我的神明在这
我儿不骗地

用尽晴天

LIYE
AUTHOR
礼也 / 著

江苏凤凰文艺出版社
JIANGSU PHOENIX LITERATURE AND ART PUBLISHING

Contents 目录 ◀◀◀

One
The First Letter
竹马回来了 ⋯ 001

Two
The Second Letter
叫你000 ⋯ 017

Three
The Third Letter
更好的晚霞 ⋯ 029

Four
The Fourth Letter
迟来的道歉 ⋯ 043

Five
The Fifth Letter
酸梅对牛马 ⋯ 055

Six
The Sixth Letter
羡慕他 ⋯ 073

Seven
The Seventh Letter
生日快乐 ⋯ 093

Eight
The Eighth Letter
我中意你 ⋯ 111

Nine
The Ninth Letter
引导者 ··· 129

Ten
The Tenth Letter
友达以上 ··· 147

Eleven
The Eleventh Letter
天生一对 ··· 165

Twelve
The Twelfth Letter
甩不掉我了 ··· 185

Thirteen
The Thirteenth Letter
那一束光 ··· 201

Fourteen
The Fourteenth Letter
恋爱进行时 ··· 221

Fifteen
The Fifteenth Letter
至死不渝 ··· 237

Sixteen
The Sixteenth Letter
我爱你，反弹 ··· 255

Seventeen
The Seventeenth Letter
小雨天气 ··· 275

我回来见到你很高兴。

你高兴得太早了。

The First Letter
竹马回来了

八月初的某一天，上午刚下过一场雨，淋湿了不少燥热的空气分子。湛蓝的天空中飘着的一抹白云，被风渐渐吹散。

三年六班的班级群里，班主任转发了一条高三提前开课的信息：各位深中高三年级的教师与同学们，根据上级教育部门相关文件，我校准高三年级暑假将开展课后托管服务，大家请统一在八月十五日返校。祝各位假期愉快！

樊羲：看到这个，谁还能愉快起来啊？

班主任罗蕙在群里说：暑假怎么说也放了一个多月，而且你们都读高三了！樊羲，你的作业要是还没写完的话，别说假期不愉快了，我让你开学第一天进校门就不愉快。还有，群里禁止说丧气话！

两秒后，群聊页面显示了一条系统通知。

群里其余四十六个人就这么看着那条尴尬又不失礼貌的消息撤回提示，最后学习委员带头说了一句：收到。

其他人也立刻跟着回应，才陆陆续续将上面的撤回提示刷了上去。

黎灵灵刚下公交车，淋了点儿雨的头发被空调吹得半干。她一下车就打了一个喷嚏，顺势瞥了一眼班级群里的消息，也跟着输入"收到"二字。

小群里，刚被班主任警告过的樊羲已经刷屏五分钟了，他抱怨学校出尔反尔，并且不忘在群里向黎灵灵求助。

樊羲：灵灵，暑假作业借我参考一下？我还差六张物化生地的卷子就写完了。

黎灵灵：你这不就是全部没做？

樊羲回了一个"羞涩"的表情包：不要说得这么直接啦，讨厌！

黎灵灵礼尚往来，回他一个"呕吐"的表情包，然后刷卡，走进了一栋办公大厦。

在进电梯前，她把拍好的解题过程和答案发了出去：我现在在外面，有点儿事，晚点儿回去了再给你们发其他的。

小群里的其他人火速出现，接收完图片，拍起了马屁。

黎灵灵大义！还有一周开学，我们火速赶作业中！

谁说站在光里的才算英雄？此刻，灵灵就是我们的光！

众人胡言乱语时，樊羲又问：对了，期末考试那会儿，你被请家长，你爸妈没骂你吧？

黎灵灵：他们怎么可能骂我，夸我还来不及呢。我又不是无缘无故吵架，是那群浑蛋先抢小悠钱的！

樊羲竖起大拇指，回了一句话：对！还得是我们无所不能、无所畏惧的灵灵。

黎灵灵在一群"狐朋狗友"面前脸不红心不跳地吹完牛，脚步正好停在公司的财务室门口。

黎灵灵点开钱包，扫了眼余额，二十八块五毛。

虽然她没被骂，但打架就是不对，被家长停掉了生活费的她深吸了一口气。

她先敲门，然后把门推开一条缝，小脑袋探进去，用颇为讨好的语气说："财务姐姐？"

财务张姐正在整理报表，听见这声音，连头也没抬："上回你缺考被扣零花钱的时候就找我挪过一次公款，这回又是因为吵架，我不可能再帮你了。"

"一个女生的小小零花钱，怎么能用'挪用公款'这种性质严重的词呢？"黎灵灵从善如流，趴到桌子上，拖长调子道，"张姐，你行行好吧,你也知道我爸妈去京市看新门店了,没人在家,我吃什么啊?真没钱了。"

张姐问:"小金库呢,你不是还有竞赛一等奖的奖金吗?"

她哀叹道:"栗子咬坏了我爸的皮带,还是最贵的那条,我只能给他重买一条。小金库已经见底了。"

栗子是黎灵灵养了将近四年的法国斗牛犬。

但黎父黎母不喜欢在家里养会掉毛的宠物,在她带狗进屋的第一天就和她约法三章。

于是狗闯的所有祸,主人都得负责。

张姐见招拆招,没有半点儿同情心:"那你确实活该。"

"我好饿!"黎灵灵点开手机里零钱余额的页面,装模作样地哀叹,"我一代天骄黎灵灵,难道要饿死在这个无情的八月吗?"

张姐发话:"行了行了,你这么饿的话,去前台客服那里找点事干吧。"

黎灵灵立马起身,双手合十:"貌美如花、人见人爱、今年相亲一定不会碰见奇葩男的张姐,大恩不言谢。"

"古灵精怪的丫头……哎,给我带上门!"张姐无奈地摇摇头。

找事干,指的是让黎灵灵随便找点儿打扫卫生的事情做。

黎家开的是家政服务公司,在本地小有名气,它给不少阿姨提供了工作岗位。因此,黎灵灵"女承家业",一直很会整理家务。

伴随着年龄增长,她这几年越来越调皮。每次黎母生气停了她的零花钱,她就去找财务姐姐求事干。

谁能不说黎灵灵是一个自力更生的聪明小孩呢。

逢节假日,公司总会人手不够。

今天也不例外,公司里的最后一位阿姨一下子接了两位雇主的单,雇主家分别在城市的东边和西边,阿姨显然赶不回来了。

黎灵灵领了城西那家雇主"基础清洁"的活,正好还离自己家近。

下了车,她往老街区里面走,不确定地又看了眼手机里的雇主家地址及备注信息：盛夏里社区，深江大道1007号。门没锁，你来了后直接进。

很眼熟的门牌号，和她奶奶家的门牌号就差两个数字。

这会儿正是下午，蝉鸣声在日光下渐起，巷子里传来零星的猫狗叫声。

开了十几年的老店还没倒闭，最外面挂着她幼时爱吃的小零食，冰柜上面摆的绿豆冰沙，一杯从三块钱涨到了五块。

她往里面走，却没看见什么人。

路两边的榕树比其他地方的长得茂密许多，绿树浓荫。幸亏须藤被修剪过，否则得垂到地上。

这一块住的都是本地老居民。

盛夏里社区的这条巷子在几年前倒是住了挺多三代同堂的家庭，新区没建成之前，这里是很热闹的。

但两年前奶奶去世后，黎灵灵一家也早早地搬到了两条街外的新区小洋房里面住。

走到那个1007号老院子的门口，黎灵灵看了一眼客服发来的地址，重重地放下手里的家政工具箱。

她眯了眯眼睛，看向院墙铁栏杆上因荒芜许久长出的爬山虎和院子外边那棵无人问津的苦楝树。

以前有人说苦楝树开花，就代表以立夏为始的夏天来了。

但这都八月盛夏了，这棵树始终没开过花。

黎灵灵的目光从那棵老树挪到了墙面的炭黑印迹上，那是老人帮小孩子记录身高随手涂抹的。

两列印迹从左高右矮到左右差不多，然后，右边的印迹在某一年突然反超，显然这人的个子一个劲儿往上蹿，再也没让左边的人追上过。

这户人家黎灵灵倒也熟悉，原主人李外婆和她奶奶是好姐妹。从住在这条巷子里起，她们就是平时吃晚饭都能互换饭菜的朋友。

黎奶奶去世后不久，形单影只的李外婆也郁郁寡欢，最后撒手人寰。

李外婆的儿子一家已经不在这个城市发展,每年顶多回来祭一次祖,扫扫蛛丝网,女儿这两年更是完全没出现过。

按道理来说,现在既不是祭日也不是年末,所以,到底是谁回来了?

生锈的铁门锁被取下来丢在了地上,预示着里面确实有人。

院子里陡然传来重物坠落的声音,而门在这时被穿堂风吹开了一点儿,发出嘎吱的响声。

人一旦往不科学的方向想一件事,脑子就仿佛塞了糨糊,有点儿转不动。

黎灵灵想了想,离开学还有一个礼拜,她又想了想自己那二十八块五毛的余额……接着,她拿起了拖把,谨慎地走出第一步。

兴许是"李外婆"回家来看看呢。老人家生前那么和善,还能为难她一个小穷鬼?

她胡思乱想着,靠着胆大和好奇心进到院子里,一股清新又特殊的味道就顺着风扑鼻而来。

李外婆以前是中医,偌大的院子里栽种了不少果树和中药,不过这两年都荒得所剩无几。

门窗上贴的对联都褪了色,樱桃树也被虫啃得没发春枝,这一段路有被扫过的痕迹。

里屋倒是不脏乱,家具都齐全,而且上面还盖了布。毕竟去年除夕夜,李外婆的儿子一家留在这儿吃了年夜饭。

客厅里开着空调,黎灵灵感受不到外面的闷热。

沙发那儿的挡灰布也被掀开了,上面放着一件缎面衬衫,一个黑色的拉杆行李箱立在旁边。

洗手间里隐约传来水声。黎灵灵压根没来得及反应,下一秒,门就被人拉开了。

一个高大挺拔的人漫步而出,他伸手扯过矮柜上的白色毛巾,擦着湿漉漉的修长手指。

这人只穿着宽松的睡裤，上身赤裸，紧实的冷白色肌肉上挂着几颗水珠，他足足比黎灵灵高了二十厘米。

他如同没有注意到屋里多了一个她，又或是看见了但懒得出声。

男生放下毛巾，拿起沙发上那件衬衫穿上，不紧不慢地把扣子系到锁骨下。他漆黑狭长的眼睛被零碎的黑发遮住了一些，唇角微微翘起。

他歪了一下头，嗓音里裹着一丝懒散："看够没，黎灵灵？"

被叫了名字，黎灵灵才后知后觉地对上他戏谑的目光，她一瞬间闭紧嘴巴，表情很快变得冷淡。

哦，这人确实不是李外婆，是她的孙子。

看够没？说得他有多好看似的！

怎么能有人这么厚颜无耻？他这张嘴可真是一如既往地毒辣，三言两语就能激起她的怒气。

这人是李外婆唯一的外孙——李钦臣。

黎灵灵和李钦臣算是发小。出生前，两人就隔着各自妈妈的肚皮认识了。

以前黎灵灵一家人和奶奶住在前边的那个院子里，两个小孩玩到一起也是自然而然的事。

初中毕业的暑假，李钦臣被爸妈领回北方读书，这两年他们就没了联系。

两年没见，他的变化还挺大。

他的个子高大挺拔，额前的黑发盖着眉骨，睫毛浓密，嘴唇薄，五官优越。

黎灵灵站在门口，不动声色地打量李钦臣，下巴轻抬，声音刻意压低："你这种身材，在我眼里也就一般吧。"

除了腿长、腰窄、臀还挺翘，头肩比优秀一点儿，皮肤白一点儿，肌肉线条好看一点儿……其他都勉勉强强啊，就是一般般嘛。

李钦臣闻言，假意露出惊讶的表情，慢悠悠地反问："那你刚才还流口水？"

她明明只是稍微讶异，张开了一点儿嘴巴！

黎灵灵无奈地道:"你眼瞎吗?"

"谢谢关心,我的左右眼视力都是5.0。"

多说无益,黎灵灵憋住火气,问正事:"你怎么回来了?"

"我想回来就回来了,正好和你一起上学。"他直勾勾地盯了她好几秒,而后毫无顾忌地打了一个哈欠。

我长了一张让你犯困的脸?

黎灵灵忽略他不着调的回复,一忍再忍:"我们这么久没见,你还是这么没礼貌。"

"过奖。"李钦臣拉开冰箱门,拿了一罐汽水,啪嗒一声打开,然后将它递过来,他低笑道,"这么久不见,我们家黎大小姐还是这么能说会道。"

过哪门子的奖,他到底哪只耳朵听见自己夸他了?还"我们家",谁跟他"我们"?

要不是早就知道这人是什么顽劣德行,黎灵灵一定要用冰汽水泼他。

比起黎灵灵的欲言又止,李钦臣完全没有久别重逢后的生疏。他看着她手上的清洁工具,已经了然她在干什么。

"你随便弄弄就行,家里不脏。"

两人说话间,院子的大铁门处传来机器声,是打理院子里绿植的工人们过来了。

李钦臣越过她,随手揉了一下她的脑袋,出去和工人们说话。

她的鼻间飘过一阵清冽的青柑橘味道,来自少年身上。

院子外边,浓绿的树叶在风中摇曳,嘹亮的蝉鸣声依旧没完没了。

也是这时,黎灵灵才有了一点儿真实感。

他是真的回来了。

段觉云:啊?所以你直接走了?连工具箱都没拿回来?

黎灵灵刚洗过澡,穿着棉质T恤。她趴在床上,点开手机里的未读消息,带着未消的怒气,慢吞吞地打字回复:不然呢,我还要帮他打扫屋子？想得美！我就算是饿死，也不给他干一分钟家务活儿！

"其实之前我也听你聊过这个竹马，我还以为你们就是小时候的缘分，不会再见了呢。没想到啊，这人居然跑回来了。可恶，偏偏我这学期转学了！"闺密段觉云发来几条十几秒的语音，"你干吗独独对他这么严格，你以前和他的关系算是最好的吧？玩的时间也是最长的？"

空荡的房间里，只有手机里传来的女孩声音，黎灵灵听得轻轻皱眉。

是啊，为什么她只对李钦臣这么严格？

亲爱的奶奶病逝，有的小伙伴移居到其他城市，有的同学家里出事就再没来过学校……就连她高中认识的好闺密段觉云，也在今年转校了。

人长大后，总会发现身边人来来往往才是常态，天下没有不散的筵席，只是黎灵灵觉得李钦臣是不同的。

他是北方人，却从小养在南方的外婆家。

他时常会在假期回京市的父母那里，但会在开学时回来，以至于黎灵灵已经习惯了他这样的生活。

但是两年前，他离开后就再也没回来。

这种不告而别的行为，她不能原谅。他凭什么还可以若无其事地和她谈笑？

总之，她做不到毫无嫌隙地接纳他。

他们早就不算最好的朋友了。

黎灵灵眨了一下酸涩的眼睛，不想多谈这个话题："你有钱吗？先借我一点儿，我爸妈现在还生我的气呢，估计真要开学前一天他们才会给我生活费。"

段觉云没有立刻回复。

但财务张姐在这时给黎灵灵转了五百块钱：这是雇主付的工钱，这次他还在平台上给了好评和打赏，看来你干得还不错。

黎灵灵不太确定地点了接收：雇主是今天下午那位？

她明明什么也没干啊。

张姐：是，你不就接了这一个单吗？这礼拜先靠这点儿钱点外卖，凑合过吧。

与此同时，段觉云也给黎灵灵转了一千块钱救急。

已经有钱用，黎灵灵也不爱借钱，当即点了退还：用不着了。

就当李钦臣为那一箱她没带走的清洁工具付款了。

黎灵灵盯着暂时充足的余额，幕地感觉肚子像是抽搐般疼了一下。算算日子，她的经期似乎要到了。

她瞥了眼装生活用品的箱子，里面空空如也。

她穿了一件长线衫，下楼前朝在沙发上躺着的栗子招招手，说："走了，今天我差点儿忘记带你出去遛弯。"

小狗从沙发上一跃而下，跟着她出去。

离家最近的便利店就在老街和新街的分岔口，步行不到十分钟。

晚风徐徐，给人带来一丝凉爽。

黎灵灵走过这条路无数次，这里隔几米就有监控，这个时间没几个人在外面散步，显得极为安静。

不去车流量、人流量大的地方时，黎灵灵也没特意套上狗绳。

一人一狗，沿着暖橘色的路灯光往前走。

下一秒，她却听到身后传来零碎的脚步声。

栗子毫无危机意识，在她身侧摇着短尾巴。

或许是后面的人察觉到她的警惕，加快了步伐，走到了她的前面。

黎灵灵下意识地抬起头。

潮牌运动鞋，长裤和连帽卫衣，来人全身都是黑色着装，身板挺直。

对方的指间还捏着手机，手机随着他走路的动作晃动着。

黎灵灵一眼便认出这人是李钦臣。

他和她的目的地还恰好一致。

他没有再像白天那样和她打招呼，或许是他已经明白她坚决的态度。

李钦臣在便利店门口停下,便利店灯牌发出蓝白色的光,打在男生的肩上。

李钦臣侧靠着外面那堵墙,身体稍稍前倾,弓着腰。他一大半张脸隐匿在暗处,表情分辨不清。

他的长相有些冷厉,轮廓分明,鼻子挺翘,狭长的眼尾微微上挑,像夜里惑人心神的鬼魅。

黎灵灵趿拉着拖鞋慢慢走近,恰好他别过头来看了一眼。

她捏紧手机,给自己打气。怕什么?他又不知道她钱包里现在的钱全是他给的。

黎灵灵扫了他一眼,就没管别的事了。

自动门一打开,黎灵灵就招呼着栗子往里面走。

已经晚上十一点多了,收银员小姐姐没站在收银台旁边,而是在清点今天到期的面包。

黎灵灵顺手拿了三包速食拉面,然后走到摆放生理用品的地方,才发现货架上只有顶端那一排还剩卫生巾。

她踮起脚,用手够了够,只碰到一个角,她又戳了好几下,那包加长版的夜用卫生巾直接掉了下来。

黎灵灵的手上还拿着拉面,一时腾不开手去接,她下意识缩了一下肩颈,低下头。

她预料中被卫生巾砸中的情况没有出现,反倒是肩背贴上了滚烫的胸口,熟悉又陌生的气息笼罩下来。

"好笨。"是有点儿无奈又好笑的语气。

黎灵灵忍不住腹诽,他能不能继续不理她?

一道饶有兴味的目光落下来,李钦臣帮她接住那包卫生巾,手掌撑在货架上。少年背对着光,周身像是笼着一圈光晕。

看这姿势,像是他把她圈在了怀里。

夏天衣衫薄,黎灵灵能清晰地感觉到他们衣料摩挲的触感,她没抬头,道:"走开。"

他置若罔闻,没挪动一步,只说:"你还要哪包?"

黎灵灵无动于衷，说："不用你管。"

但李钦臣也不需要她回答，他又不是没给她买过生理用品。他把货架上剩下的几包卫生巾一并拿下来，看着她毛茸茸的黑色发顶，突然说："你好像长大了一点儿。"

她冷哼一声，说："我还长高了呢。"

李钦臣点了下头，然后收回手，道："是长高了，我回来见到你很高兴。"

黎灵灵一副软硬不吃的样子，边往前走边道："你高兴得太早了。"

黎灵灵把东西放在收银台上，李钦臣跟了过来，向收银员使眼色。钱是李钦臣付的，他捂着扫码口，没让黎灵灵付款。

李钦臣从后面伸手过来的时候，卫衣袖子往上缩，黑色布料和冷白色皮肤形成对比。他清瘦有力的手臂上经络明显，还有几处凸起的可怖疤痕。

黎灵灵白天在他家里那会儿，就看见了那些疤痕，现下只是不动声色地移开眼。

黎灵灵把东西都塞进袋子里，提起袋子就往外面走。她大步流星，走出几步才反应过来有什么东西落下了，一转头，就看到栗子特别没出息地在用脸蹭李钦臣的腿。

这是什么吃里爬外的狗！她冷着脸，气冲冲地喊："栗子，回来！"

栗子这才感觉到主人生气了，怯生生地看过来，它刚要拔腿向她这边跑过来，但下一秒就被李钦臣按住了。

"等会儿。"李钦臣半蹲下身体，把狗头摁住，有恃无恐地撸毛，抬眸看向她，"这是不是我们以前一起养的那只狗？"

栗子自己都可能忘了是怎么变成他俩的狗的。

初二那年的寒假，李钦臣从游戏厅里把黎灵灵拎出来。两人找了一家路边的小面馆，避免她回去后被黎母"家法伺候"，正在琢磨怎么对口供。

栗子就是在那时出现的。

法斗的体型本就不大,长相还有点儿丑,黑乎乎的毛上有片辣油汤的污渍。它躲在他们的桌子底下,试图找点儿东西吃。

面馆老板说,这只狗是对面街口那家理发店的老板养的,老板家里出了事,就把店铺转让给卖烧烤的,狗也被丢弃了。

这只狗也是实心眼儿,每天风餐露宿,眼巴巴地在原主人的店门口晃悠。烧烤店的店主要做生意,怎么赶它都赶不走,平时见它来了不是打就是骂。

"它好可怜啊,我来养它吧。"

黎灵灵夹起一筷子面条,蹲在地上,看着小狗试探性地用鼻子闻了闻,而后小心翼翼地吃了两口面。

"李钦臣,你先别训我……你快看看这只没人要的小狗。"

黎灵灵扎的两条小辫子垂在胸前,发丝乌黑细软。

她是典型南方人的长相,黑白分明的眼睛很水润,皮肤白且五官精致,鼻头被冷风吹得微微泛红。

她和边上那只小狗一样,正可怜兮兮地看着他。

李钦臣说:"你爸妈都不喜欢长毛的宠物,你怎么养?"

"可以先把它放在你家里吗?你外婆肯定不会不同意的。"黎灵灵捏了捏手指,商量道,"我会每天来给它送饭。"

从小到大,黎灵灵没少做这种事情。

她看书的封面好看,买了后发现内容枯燥,就丢给他;她在花鸟市场上买回来的植物总忘记浇水,其中一盆多肉植物差点儿枯死,后来放在他房间的窗口由他代养;她答应了同学帮忙折星星,却因为睡过头,最后只能让他一起熬夜赶工……总是李钦臣为她心血来潮的行为收拾烂摊子,这次当然也一样。

可是动物不同于其他可随意丢弃的东西,李钦臣费了很多工夫给小狗打疫苗、做检查,也幸好黎灵灵对栗子很上心。

虽然栗子一直养在李钦臣那里,但从某种意义上说,这是他俩一起养大的狗。

后来李钦臣离开,李外婆又去世了,这只狗只能收养在黎灵灵家里。

黎父他们依旧不喜欢在家里养宠物,尤其栗子的毛病特别多,和常规温驯的法斗一点儿也不一样。

为了让他们接纳它,黎灵灵几乎一个人承担起照顾栗子的责任,没有让爸妈帮过忙。

听见李钦臣的问话,黎灵灵抓着袋子的手一紧。

她一个人辛辛苦苦养了两年多的狗,从来不假手于人,他什么意思,现在回来了就想把狗要回去?想都别想!

黎灵灵警惕地盯着他,想也没想就否认:"不是。"

李钦臣挑眉道:"那你怎么叫它栗子?这是我取的名字。"

像是为了证明此栗子就是彼栗子,栗子还往他的手心蹭了蹭。狗的记忆力很好,栗子居然还记得这位曾经养过它的主人。

黎灵灵忍不住了,将小狗抱在怀里:"我不管是谁取的名字,我警告你,栗子现在和你没有半点儿关系。"

他站直身体,故意道:"怎么和我没关系?它小时候腹泻,是谁抱它去的医院?谁给它买的项圈和身份牌?"

他说的倒都是事实,黎灵灵有点儿理亏:"你到底想怎么样?反正我不会把栗子给你的。"

"我没说要把它要回来,"李钦臣循循善诱,盯着她道,"但它是我们的共同所有物。"

这听上去怎么像离婚夫妻处置孩子?

黎灵灵被自己突然大开的脑洞弄得有点儿心慌,他们这是在争夺孩子的抚养权吗?

他打开手机,边说边往前面走:"你把我从黑名单里放出来,每天给我发栗子的照片,晚上遛狗也可以找我。"

这好像也不是难事。

黎灵灵犹豫道:"就这样?"

他神色倦怠,点头道:"就这样。"

"行,成交。"

李钦臣抬了抬下颌，说："走吧，回去了。"

黎灵灵这才放下狗，放心地转身。快走到新旧街区的交叉路口时，她发觉李钦臣始终跟着她，步伐很沉稳。

两人一狗的影子被路灯拉长，各自保持平缓的速度。

她转过头，说："不用你送。"

"我没送你，"男生扯着嘴角，"在送狗。"

她就不该多说这一句话。

八月十五日，早上。

每隔十五分钟响一次的闹钟响了四遍，终于把人吵醒了。

黎灵灵打着哈欠，点开母亲魏女士十分钟前在家庭群里发的消息：今天开学，你别忘了，我待会儿把生活费打到你的卡里。

魏女士：你记得吃早餐，别吃乱七八糟的零食，带齐作业，在学校里别再闯祸。

魏女士：阿臣是不是也回来了？他跟你读一个学校，他刚转学，你在学校里要照顾照顾他。晚上我和你爸爸会回来，你带他回家里一起吃饭。

黎灵灵看到最后一句，才猛地想起自己这几天除了按时给李钦臣发栗子的照片，压根没理过他。

他说回来陪她上学原来不是假话，他们真的读同一所学校。

黎灵灵踩着最近一班公交车的点，背着书包走到了站台处。

她穿着蓝白色的短袖校服和长裤，领口的两颗扣子没系上，露出雪白的锁骨和颈部肌肤。

她生得眉清目秀，偏偏从走路的姿势可以看出她的不拘小节和大大咧咧。

黎灵灵揉了揉眼皮，就这么晃神的一刹那，她看到站台边多出了一个人。

站台后面是高大的树和灌木花丛，绿意盎然里，斑驳的阳光透过叶片洒下来，仿佛这盛夏里的好天气都偏爱少年。

李钦臣斜斜地靠着站台，一只手插着兜，肩宽腿长。

他穿着利落干净的白T恤和黑裤子，宽松的T恤被风吹得贴着他线条清晰的腹肌，露出一截窄而有力的腰身。

他的另一只手也没空着，手指勾着一份打包好的豆花。

深中是老校，黎灵灵所在的校区也不在市中心，所以来这个站台坐车去深中的学生自然不多。尤其现在其他年级的学生还在放暑假，按道理说应该只有她一个准高三生。

而对方单肩挎着包，像是专门在等她。

果不其然，李钦臣见到她过来，便把手里那份豆花递过来："是甜的。"

李钦臣之所以强调豆花是甜的，是因为他知道黎灵灵只喝甜豆花，而他作为北方人，就算在这里生活了这么多年，也一直坚持喝咸的。

虽然她确实没来得及吃早饭，但她也知道无事献殷勤，非奸即盗。

黎灵灵并没有立刻接过豆花，而是语气冷冷地问："你选的哪科？在哪个班？"

李钦臣还没回答，她又很不耐烦地摆摆手，说："算了，你在哪个班也不关我的事，你只要知道深中谁说了算就行了。"

这是要新人懂规矩，有点儿欺负转学生的意思。

李钦臣扫了她一眼，装作不懂道："那深中是谁说了算？"

"我。"黎灵灵双手环胸，自上而下打量他，"所以你在学校里少跟我攀关系，少麻烦我。我们就当作是陌生人，第一次见。"

他明白过来了，嘴角噙着笑，打破砂锅问到底："你不照顾我吗？"

"这还用说？"

黎灵灵觉得他简直是厚脸皮，怎么好意思让她照顾的。

话虽如此，但她还是接过了那碗甜豆花，上车前给了他一个"你确实该讨好我"的眼神。

李钦臣看着她不留情面的背影，跟着她上车，坐在她的后面。

他低声笑了，然后叹了一口气。

她的脾气大了好多，没以前好哄了。

季钦臣，

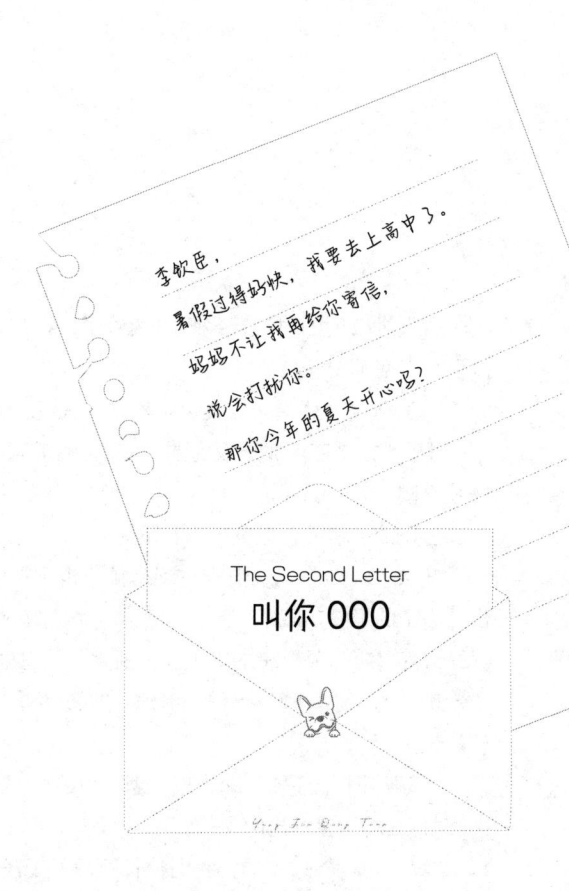

暑假过得好快，我要去上高中了。

妈妈不让我再给你寄信，说会打扰你。

那你今年的夏天开心吗？

The Second Letter
叫你000

两人进校门的时候已经打早读铃了,现在只有准高三生上课,校园里难得空旷安静。

吃了别人的豆花,黎灵灵也没做得太绝情。她往旁边的行政部指了一下,说:"喏,那是报到的地方。"她指完也没管他的反应,径直往教学楼走去。

上课铃打响了,但班干部管不住人。

嘈杂中,作业本从前排飞到后排,走廊处的垃圾桶里还时不时飞出喝完了的早餐奶瓶子。

或许是听见隔壁班的班主任在训人,教室里也渐渐安静下来。

班里的"小灵通"徐池生喊道:"哎,你们知道我们班上来了一个转学生吗?"

"都高三了他还转到深中来,怎么想的啊?"

"什么转学生?男的女的?"

"哪个学校转过来的?我们校长不是不收普通学生吗?看来这人的成绩很好哦。"

刚从教导处跑回来的周峥喝了一口水,摇头晃脑地说:"男的,长得挺帅,让我这个深中帅哥都有点儿自愧不如了。"

黎灵灵这会儿已经猜到转学生是她认识的那位了,不以为然地说:"夸张。"

"你怎么知道夸张？"周峥随口一问，"你认识啊？"

她有些应激反应，飞快地否认："不认识！怎么可能认识？谁知道是什么妖魔鬼怪！"

"不是妖魔鬼怪啊。"樊羲一抬眼，看向她身后的男生。

挺高挺帅的一个男生，穿的球鞋还是他一直没买到的限量款，品位不错。

周峥正好念出转学生的名字："叫李钦臣。"

黎灵灵演戏演到底，低头拧开手里的乌龙茶瓶盖，自顾自地问："什么？倾国倾城？夜晚清晨？"

"你们南方人都不分前后鼻音？"

一个原本不是这个班里的男声响起，在配合她的"不认识"。

在场的几十个被冒犯的南方人都抬起头，朝门口看过去。

朝阳如瀑布，少年逆着光站在门口，眼眸漆黑如墨。他手背上的经络清晰，影子被拉长到走廊上。

他像是只是针对黎灵灵的那句话，微微别过头，看着她一脸错愕的样子，喉结微动，捉弄的语气搭配着脸上藏不住的坏笑："那你喊自己什么？000？"

本来班里其他人还在因为他无差别的一句"南方人都不分前后鼻音"而不满，下一秒，听见这句对深中"小霸王花"姓名发音的调侃，都憋着笑，不敢表现出来。

毕竟黎灵灵发音不准时，确实把自己的名字喊成过"000"。因而很多人给她的备注，包括她自己的网名账号，都是这几个数字。

其实这是黎灵灵从小被李钦臣笑话的事情，但他摆在明面上来嘲笑就不一样了。

人活一辈子，就靠一张脸。

黎灵灵的眼里就要蹿出一团火，她气势汹汹地看着他。旁边的人都觉得她要发脾气了，一个个能躲则躲，噤若寒蝉。

一旁的樊羲忍了几秒，小声道："灵灵啊，他怎么知道你叫000？"

黎灵灵瞪着眼睛，将怒火转移："你给我把舌头捋直了。"

樊羲道:"我说,黎灵灵。"

李钦臣只觉得她鼓着腮帮子威胁人的模样极其可爱。他一边走过来,一边解释般指了指自己的胸口:"从这儿知道的。"

黎灵灵穿着校服,胸前还有写着名字和班级的校牌。

这样倒也说得通。

没等大家看戏发散思维,班主任罗蕙已经走进了教室:"你们上早读课怎么不知道背书啊?听不见隔壁班的声音?"

其他人立刻开始大声背书。

第一天的早读课都不知道是哪个科目的,背什么的都有。樊羲那伙人还在后面装模作样,背起了九九乘法表。

罗蕙再往里面一看,脸色和缓了一些,又招了招手让大家安静:"先开十分钟的班会,新同学你们应该都认识了?"

"认识了。"全班同学异口同声道。

刚才在"老虎"头上拔毛的勇士,谁能不认识?

"行。李钦臣同学,你坐那儿吧。"罗蕙给他指了一个位置,"就那个女生旁边。"

黎灵灵瞅了一眼自己旁边的空位,是她闺密段觉云上学期转学后就一直空下来的。

她举起手反对:"老班,我觉得他坐我旁边不太合适。"

"理由呢?"

黎灵灵说:"我不喜欢和男生坐,我会……"

她的话还没说完,罗蕙就警告道:"你少找一些奇怪的理由,作为同学,帮助新同学熟悉环境是你应该做的。"

"你直接过去坐吧,受不了了再跟我说。"她使了个眼色,让李钦臣过去。

黎灵灵反对无效,眼不见心不烦地看向窗外。

开学第一天,罗蕙倡导高三风气的声音在耳边飘过。

身旁的桌椅摩擦地板发出轻微的声音,有人坐了下来。

深中的高考改革从上届开始,不再是常规地分文理科。

六班的同学偏理科，高考考试科目是语数外物化地，其中外语可以自选。因此一个班上有学英语的，也有在上外语课时按照走班制去学德语和日语的。

学校也因教育部下令不准再区别对待学生，撤销了所谓的"尖子班""重点班"，这些班的学生全部和平行班的学生混在一起上课。

黎灵灵百无聊赖地玩着自动笔，在一声又一声的啪嗒声里克制情绪。

她不知道李钦臣是怎么进到这个班的，也不知道他的成绩如何，对他未知的感觉让她莫名地心浮气躁，烦躁的情绪在这一刻达到了顶峰。

上午两节课过得尤其快。很快就到了课间操的十五分钟休息时间。

窗帘不知道被谁拉上了。

黎灵灵有点困，打着哈欠起身，拉开了窗帘。

日光照进来的那一刻有些刺眼。时不时有女孩牵着手上厕所经过这儿，往她这儿看过来。

黎灵灵不明所以，搓了搓眼皮，咕哝道："她们看什么呢？"

"想看看你的同桌呗。"刚把头发立起来的周峥在玩不倒尺，说道，"我们六班来了一个帅气的转学生，这个消息一下子传遍整个年级了。"

旁边的位置是空的，李钦臣被班长带去领书了。

黎灵灵无聊地转过身，玩着樊羲文具盒里的几颗小石子，突然说："小悠被抢的五十块钱，我还没要回来。"

前排在安静写作业的于悠听见自己被点名，朝他们这边看过来，小幅度地招了下手。

黎灵灵触及好友的视线，抬了抬下巴回应："下次我一定不会放过那个家伙！"

樊羲准备去厕所，一抬眼看见黎灵灵手里的东西，急道："哎哟，祖宗，你别掉地上了，这是我上次做完手术珍藏的结石！"

一群人被恶心到了，统一做出干呕的动作。

黎灵灵捏石子的动作更是一顿，她立刻丢开那几颗东西，转过身来，苦着脸道："哕！我不干净了！"

以前旁边坐的人是段觉云,所以她习惯了转身撒娇,但她忘记了现在换了人。

也不知道李钦臣是什么时候回来的,在她伸手过去的那一刻,他就把湿巾贴了上去,安慰道:"没事,洗洗还能凑合过。"

她自然而然地伸手很正常,但他搭手搭得这么快就不正常了。

黎灵灵收回手,抬眼看了下周围,那群男生都去厕所了,这里暂时没人注意到他们。

她悻悻地压低声音,说:"你少动手动脚,我都说了在学校里不准和我说话!"

李钦臣别过头看着她,他本就是狭长的丹凤眼,目光冷淡起来衬得表情也冷冷的,眼尾露出毫不掩饰的戾气。

她莫名有些心虚,装作凶巴巴地道:"干什么?我说错什么了?你说话啊!"

男生的双腿随意敞开,身体往后靠,眉峰挑起:"你不是不准我和你说话吗?"

行,你可以。

黎灵灵擦干净手,在上课铃打响时撕下一张草稿纸,唰唰地写下一行字。

这节课是物理课,李钦臣兴致缺缺地看着讲台。

旁边的字条飞了过来,他打开一看,是还算熟悉的字体,上面写着:放学别走。

李钦臣回她:你约我吵架?

黎灵灵:我爸妈让你晚上去我家吃饭,想吵架下次!

字下面还画了一个她自认为看起来"凶神恶煞"的颜文字表情。

新区的小洋房都是独栋的,虽然这部分也包含在盛夏里社区中,但建筑和老街的完全不同,每栋每户的面积变小了,公摊园区面积倒是变大不少。

新区少了小巷子里的旧式居民楼,也没有小贩的叫卖声和烟火气息,街坊邻里的距离远了,近的是人工湖边的绿色植被和棕榈树林荫道。

黎灵灵家的三层小公馆就在路边,连接着一个比老房子小了一倍的前院。小区里不让开车进来,车就停在大门口。

黎母他们很喜欢李钦臣,从他进门起就嘘寒问暖。

夫妻俩刚下飞机也没多久,一脸疲惫。晚饭是阿姨做的,一桌盛筵堪比酒楼菜。

家里人吃饭没这么多规矩,在饭桌上就聊了起来。

"阿臣是第一次来我们的新家吧?待会儿好好逛逛,你那里缺什么就和你叔叔说,他给你添上。椰子鸡吃得惯吗?味道是不是太淡了?"魏贞殷勤地给李钦臣舀了几勺汤,有些懊恼道,"我们家这个阿姨只会做本地菜,要是我下厨,就能做几道北方的吃食了。"

黎父道:"瞧你这话说的,阿臣之前在这儿都待多久了,哪这么快就吃不惯了。"

没等两人争论,李钦臣及时道:"叔叔阿姨,我都能吃的。"

"能吃就好。明天你还来吧?新街和老街离得也不远,阿姨这几天都在家里。"魏贞说着,突然拿着筷子往旁边敲了一下,"黎灵灵,吃饭还玩手机!"

无辜遭殃的黎灵灵搓了搓发红的手背,不满道:"你们聊你们的,管我干什么?"

黎父在一旁煽风点火:"是,我们现在管不住你,你阿臣哥哥回来了,可有人管你了!"

这话其实也有点儿道理。

以前黎灵灵特别浑,她爱看武侠小说,喜欢看恐怖片,还总是爬树掏鸟窝。常常被魏女士说不像个女孩子。

她的脾气不好,谁的话都不听。同年纪的小孩除了李钦臣,都怕她。

他比她大了近一岁半,本就是像哥哥一样的存在。两家人的关系也好,他就顺带着软硬兼施地管教她。

只有李钦臣愿意管她,也只有他管得住她。

往事被大人们随意提起。黎灵灵臊得慌,低头扒饭,再也没往李钦臣那个方向看一眼。

"你看,一说你果然有用。"黎父拍了拍李钦臣的肩,津津有味地继续聊两人的童年趣事,"我还记得……"

吃过饭,李钦臣陪黎父在院子里下象棋。

黎灵灵躺在沙发上玩手机,深中的群很少在刚开学的时候就这么热闹,今天傍晚放学开始,就一直有人在聊天。

还有人匿名发了几张照片,配了一个惊讶的表情包。

点开第一张照片,就是李钦臣的。

他那会儿正从楼下上来,手里拿着几本班长带他领的新书。走廊上的光恰到好处,旁人能看清他的脸部轮廓和身体流畅的线条。

光是这高挺的身影就锋芒过盛,细看少年的脚踝骨骼分明。

好几张抓拍的照片都很模糊,但不管是放大还是随便一看,都能看出男生的外貌条件有多优越。

这是谁偷拍的啊?快出来,你这破手机什么型号?在哪里拍的?拍的谁啊?被拍的人叫什么?

我隐约看见校牌上写着三年六班,他们班什么时候有了这么帅气的人啊?!

别怪我没提醒你们,共享帅哥的照片是美德,谁再说深中无校草,我跟谁急!

…………

黎灵灵翻了好几页聊天记录,总算有六班的人出来说话:李钦臣,我们班新来的转学生。这一天下来,已经有不少人来偷看他了。他就坐在我后面的后面的后面。但是,他看着话挺少,一天下来我没敢跟他说一句话,暂时还没摸清他的底细。

我们群里有九百多个人呢,就没有一个认识他的吗?

一个甚至不在学校群里的人,第一天进校就这么受欢迎,这合理吗?

黎灵灵觉得很离谱,有种看见熟人变帅的尴尬感。

没等她尴尬完，又有人分享了一条论坛链接：我还以为只有我们在讨论他，原来一放照片，连学弟学妹们都想提前开学了，哈哈！

黎灵灵点进那个帖子里，匿名论坛的留言比学校群的更胆大妄为。

黎灵灵忍不住了，怒从心起，专心致志地开始敲键盘。

一个不愿意留下名字的爆料者：别吹了，这人没这么神。他很挑食，难伺候，不吃西蓝花，不吃臭豆腐，但是在长辈面前就算不爱吃鸡肉，也会装爱吃。他说话不算话，表里不一，除了有一张精致的脸，简直又坏又讨厌，他的"罪行"罄竹难书！

"灵灵，天快黑了，送你阿臣哥哥回去。你记得帮他在门卫那儿留个面部识别，下回他再来就方便多了。"魏贞端着水果盘出来，对着坐在沙发上的人下达命令。

黎灵灵在做亏心事，吓得一个激灵，欲盖弥彰地咳了两声："哦，我知道了。"

李钦臣慢条斯理地跟在她的后面，别有深意地看着她慌乱的表情。

两人出门后，走了才一小段路，李钦臣就在她身后开口："我刚刚刷到深中论坛的帖子，大家在聊我。"

"啊？"她捏着手机的手指收紧，若无其事道，"聊你什么？"

"具体的我也没看，就往下拉到了最新的几条回帖。"他漫不经心地迈着步子，说，"那个人还挺了解我的，说我又坏又讨厌。我好像知道是谁说的了。"

黎灵灵的脚步一下刹住，她急急地转过身："你猜的谁？"

一颗青柠糖在这时从上而下出现在她的面前，挡住她的视野。

她愣住了，抬起头。

"是黎灵灵。"李钦臣捏着糖果的一角，在她眼前晃了一下，"那个被我骗的小女孩，对吧？"

他是什么意思？当自己是九岁小孩呢？还以为她会和以前一样被一颗糖收买？

被他发现说他坏话又怎么样？自己又没有说错，这甚至不叫背后说坏话,叫正义女侠揭穿了他的真面目!

这个浑蛋!我一拳两拳三拳,重拳出击!

给闺密发送这几个字过去后,黎灵灵生气地把嘴里的硬糖咬碎,点开了依旧热闹非凡的论坛。

果不其然,她发完那段话,导致帖子的热度更高了,她也被几百条回帖追着问个不停。

楼上是什么意思啊?说话说一半。

抹黑!这纯属抹黑嫉妒!我不信我不信!

有知情人爆料了?报出你的名字,让我看看这段话的可信度如何。

说实话,楼主这些话我是相信的。今天下午倒数第二节课,我朋友在厕所附近碰到他,他一挥手,居然把我朋友推开了!

如你所愿,她避雷了。

看到最新这几条回复,黎灵灵犹如抓到了李钦臣的把柄。

她立刻截图,将这些控诉转发给微信里唯一没有备注的人:看吧!不是我乱说,是你自己作恶多端,引起了公愤。

五秒不到,那边的人回复她:我只记得去厕所的路上碰到一个递纸的,我不需要才推开了对方。

黎灵灵:你礼貌吗?

李钦臣:你说得也对,抱歉。

我说什么就对了?不对,你又不是推开我,跟我道什么歉?

黎灵灵还没吐槽完,手机就振动起来,有人打来视频电话。她愣了几秒,从屏幕里看到了自己乱糟糟的头发和迷茫的脸。

等了一会儿,视频电话还没挂断,对方应该不是误点。

她接通了视频电话。

李钦臣的手机就立在书桌上,卧室里的布局还和以前一样。他刚洗过澡,头发湿漉漉的,衬衫领口微微敞开,露出里面的锁骨。

台灯下,他的脸离手机很近。

黎灵灵下意识把手机拿远了一点儿,从椅子上站起来:"干吗?"

李钦臣屈着手指，抵着一侧的额角："今天你没发栗子的照片。"

"你晚上才来我家吃的饭，那会儿不是看过了吗？"而且，他还带着栗子在院子里玩了很久。

"那不一样，你该发的还是得发，"他懒懒散散地敲着桌面，胡搅蛮缠，"要不然我总觉得少了点儿什么。"

黎灵灵朝着房门口喊了几声："栗子，过来，他要看你。"

栗子刚从楼梯那儿跑上来，一身肉都在颤动。它被黎灵灵抱在腿上，手机镜头对准了它。

她一只手揉着小狗的耳朵安抚着，一只手切换手机的摄像头："你看清楚了吗？"

李钦臣像个老大爷般发号施令："嗯，手机拿远点儿，往左边移移。"

他真麻烦。黎灵灵一脸不耐烦，只能照做。

手机页面跳出来几条消息，是段觉云发来的。

段觉云：我没学号了，进不去深中论坛，校群也早就退了。你那个竹马到底长什么样啊？虽然你说过他这么多坏话，按照情理来讲，我应该站在你这边，但如果他长得很帅的话，我可能需要考虑要不要跟着你一起骂他了。

黎灵灵当即打字回复：你不相信我的审美？深中那群人的话能信吗？你忘记以前校群里搞帅哥投票，樊羲都能拿第一？

段觉云：你说得也有道理，我这不是好奇嘛。

黎灵灵切换屏幕，看了眼还在认真看狗的男生，点回聊天页面：**有什么好奇的！**

段觉云：嗯嗯。

"大晚上的，你很忙？"李钦臣冷不丁开口。

手机不断收到消息，是会振动的，他那边能感觉到。

黎灵灵瞥了他一眼，一副很烦的样子："要你管啊，你看完没？"

他微微点头，看着她乌黑的眼睛，声音在夜色里显得有几分温柔缱绻："你早点儿睡，晚安。"

电话挂断后，黎灵灵蒙了两秒。

她在栗子拱她手心的时候又反应过来，拍了一下狗头，说："你还蹭什么？他让你早点儿睡觉。"

或许是睡前和李钦臣打过视频电话，黎灵灵没睡好。

她梦到一些很杂乱的、真实发生过的事情。

比如黎奶奶和李外婆两位老人总喜欢坐在榕树下，回忆她升小学那年。因为比李钦臣小一岁，本来应该多上一年学前班，但她想和李钦臣一起上学，就死皮赖脸地在父母面前哭个没完。

又比如十岁的换牙期，黎母为她报名了夏令营。有个很讨厌的胖子一直欺负她，抢她的便当，故意惹哭她。她从小好强，也爱哭，哭起来就很难喊停，很少有人耐心地在旁边哄她。

而李钦臣来看她时，哄了一个钟头。

还有某一年的七月，放假时，李钦臣留在父母那儿没回来。李外婆院子里的那棵樱桃树的果子已经成熟，经过门口时都能闻到果香。

"你家的樱桃好红，都熟得掉到地上了。

"我可以去你家摘樱桃吗？

"妈妈说你去京市读书了，你还会回来吗？

"京市没有海吧？你想看海怎么办啊？"

那一年，她的手机坏了，没零花钱修，就用最原始的办法给他寄信，却一直没得到回复。

后来，黎父给她买了一台相机，她每天胡乱拍很多东西。

梦里的最后一个画面，是她攒了足足一周的晚霞照片，将它们放进信封里。

李钦臣，暑假过得好快，我要去上高中了。妈妈不让我再给你寄信，说会打扰你。那你今年的夏天开心吗？

黎灵灵，你不打算理我了吗？

不想理，你的头像晦气。

The Third Letter
更好的晚霞

拜昨晚的梦所赐，黎灵灵一整天的心情无比差。

　　黎灵灵最大的特点就是不会无差别发泄怒气，矛头指向十分明显。她对谁都温和，甚至嬉皮笑脸，唯独对李钦臣冷言冷语。以至于身边人只要不是傻的，都能发现黎大小姐和这位新来的转学生是真的不合。

　　最后一节课是自习课。罗蕙让大家搬桌子，布置明天开学测试的考场。

　　于悠拉着黎灵灵去上厕所，穿过堆满桌椅的走廊，等出了教学楼她才问道："你对你的新同桌有意见？"

　　"没有啊。"黎灵灵装傻。

　　"你刚才给我们都分了零食，唯独忽略李钦臣。"于悠一脸严肃，眼神坚定地道，"这不是变相孤立他吗？他只是开学那天和你开了一个玩笑，你不要这么记仇嘛。"

　　"怎么就孤立了？我给我的朋友分几包辣条和果冻而已，他又不是我的朋友，难道要我分个零食从第一排分起啊？"黎灵灵掏出手机，看了眼时间，小声嘟哝，"再说了，李钦臣又不吃这些东西。"

　　于悠没听清黎灵灵后面那句话，进厕所时正好有扇门打开，她先挤了进去。

　　黎灵灵靠在洗手台那儿，无所事事地点开手机收到的新信息。

　　李钦臣：我又惹你生气了？你不让我在学校里和你说话，那发微信

应该不算说话吧？

又，这个字可真是用得巧妙，黎灵灵不爽地磨了磨后槽牙。

李钦臣：黎灵灵，你不打算理我了吗？

黎灵灵怕他问个没完，随手回复：不想理，你的头像晦气。

李钦臣的头像是他刚回深州那天晚上拍的机场上空，漆黑的航站楼外有几处闪烁的霓虹灯。

这头像挺好看的，就是太黑了点儿。

李钦臣：什么样的头像不晦气？

看在他虚心请教的分上，黎灵灵想了一会儿，在和樊羲他们的群聊记录里翻了翻，把一张周峥之前发过的土味照片发了过去。

黎灵灵猜想他应该被她戏弄到了，索性关掉手机屏幕，懒得再看他的回复。

她站在镜子前重新绑了头发，大概是厕所里太安静，她听见三号坑位里的女生发出惊讶的声音："我的天！"

隔壁四号坑位的人："怎么了，晓蕊？"

三号坑位的人："我托人要到了六班那个转学生的微信，怎么感觉怪怪的？"

四号坑位的人喊话："哪里怪了？"

三号坑位的人有些嫌弃地说："这帅哥的头像是一个穿花棉袄的熊猫头表情包。"

黎灵灵愣在原地，他怎么真换上熊猫头的表情包了？

黎灵灵慌乱地点开微信，像确认般看着李钦臣的新头像。

她挑的熊猫头是大家默认的土气表情包：熊猫穿着红色的花棉袄，戴着绿色的头巾，熊猫脸上还流下两行蓝色眼泪，背景是一朵朵盛开的菊花。

李钦臣：*现在呢？*

现在更晦气了。

厕所的两扇门相继打开，刚才隔空喊话的两个女生出来后正好看见黎灵灵。或许是想到刚才她们说的人是她的新同桌，这会儿她们的表情都有些怪异。

来黎灵灵旁边洗手的女生走之前拿着手机问她:"哎,我问一下,这个真是你同桌的微信号吗?"

黎灵灵看着手机页面,残忍地点头:"对,他这人的喜好就这样。"

紧接着,于悠也推开门出来了,她听见八卦,凑过来问:"他的喜好什么样?到底是什么熊——"

她的声音在看见那个花棉袄熊猫头的一瞬间止住了。

于悠迟疑道:"他……他看上去也不像搞笑男啊。"

黎灵灵笃定地说:"是啊,他就是单纯喜欢。"

拿着手机的女生说:"可是他真的觉得这个好看吗?"

黎灵灵说:"他不觉得好看也不会用它来当头像了。"

"好吧。"女生似乎内心挣扎了一会儿,下定决心道,"没关系,帅哥有点儿特殊癖好也正常。"

黎灵灵想撬开这个美女的脑子,看看里面究竟装了几斤棉花。

洗完手,黎灵灵和于悠一起往楼上走,她想了半晌,发出疑问:"为什么李钦臣不理人,微信头像这么奇怪,还有这么多人对他好奇?"

"因为他确实长得很帅啊。"于悠也在回忆那个震撼到自己的熊猫头像,觉得好笑,"话说回来,你为什么对他有这么大的敌意?"

"又不是每个人都必须对他好。"她说完这句话,正好踏进教室。

班里在进行大扫除,没剩多少人在,黑板还是湿的。

桌椅已经搬开,李钦臣独自坐在窗边那张桌子边沿,脚直接踩在地上。

灯光落在少年的身上,他的表情看上去有几分心不在焉。

他似乎在发信息,听见声音时正好抬头看过来。

黎灵灵没打算和李钦臣交流熊猫头头像的事,她的本意是想走过去把自己桌上的书整理好。

但刚拖过的地有些湿滑,她没留意,一脚滑了出去,踹飞了挡在面前的椅子。她手疾眼快,想去抓旁边一切不让自己摔倒的东西。

黎灵灵在千钧一发之际抓住了李钦臣的手臂，而他也在电光石火间拎住了她的后衣领。

　　彼此的目的一致，力道都很大。

　　椅子飞出去时发出很大的声响，引起了班里其他人的注意。

　　于悠在讲台那儿收作业本，她在看清他们的姿势后，深吸了一口气，颤声开口："灵灵，有话好好说，你别……别打他啊！"

　　黎灵灵的后衣领被拽着，颈部也被勒着，脸都红了一点儿。她咳嗽了一声，朝后面的人使了一个眼色："你还不松手？"

　　"我松手你就摔倒了。"

　　李钦臣反握住她的手，让她借力站好。

　　李钦臣垂着眼，还没来得及整理被抓皱的衣服，突然就被几个男生一把从后面抱住。

　　樊羲那伙人拿着篮球回来，刚好看见这一幕，一个个义愤填膺地说："好你个转学生，竟然欺负我们灵灵！"

　　事情发生得太突然，黎灵灵很蒙："哎，不是——"

　　"灵灵，你放心，我们绝对不会让他欺负你的！"

　　周峥和樊羲两个"臭皮匠"，一边抱着李钦臣往外面拖，一边招呼两个人拦着黎灵灵："没事的，我们有分寸！"

　　"樊羲，他没欺负我！"

　　黎灵灵暴躁的声音响起，但走廊上几个男生早就没影儿了。

　　大扫除后提前放学，住校的学生回寝室洗头发、洗澡，走读的学生就回家或者出门下馆子。

　　刚才那群人哄哄闹闹地把李钦臣带到了教学楼下，然后才一个个松开手。

　　樊羲指着他鼻子说："你！"

　　"我？"李钦臣这才得空，扯平T恤的下摆，眼皮都没抬，"你们想怎么样？"

　　"你这语气好狂啊。"樊羲换了一副面孔，手拍上他的肩膀，搂着他出校门,"李同学,我们逗你玩呢。"

周峥也走过来,说:"是啊,我们没真想和你较真,这不是为了哄哄灵灵嘛,大家都看得出来,她对你的火气很大。"

李钦臣说:"你们都看得出来?"

"眼睛和智力正常的都能看出来啊。"樊羲的身高比李钦臣矮点儿,搂他的肩膀都有些费劲,说到这儿,樊羲又有点儿同情他,"可能是她闺密上学期转学走了,又来了一个男生当她的同桌,她有点儿不喜欢老罗这个安排吧。"

"对,这个也有可能。"

李钦臣轻轻皱眉:"你们很了解她?"

"那当然了,我们好歹认识了这么久。"周峥搭腔,"我们灵灵人不坏的,很可爱的小姑娘。我还记得高一那会儿,我的饭卡丢了,补办要很长时间,我靠着她的救济过了半个月。"

"她好像只对你有一点儿意见,可能你长得不合她的眼缘?"

樊羲拉着他往老街的饭馆走:"你包容包容她,能忍就多忍忍,处久了就知道她多好玩了。"

几个人七嘴八舌把黎灵灵夸了一通,问他:"怎么样,你是不是还挺诧异她的人缘的?"

李钦臣的下颌绷紧,眼里多了几分晦涩的情绪:"没有。"

他一直知道她有多讨人喜欢,也有点儿庆幸这两年她认识了很多朋友,成了更好的人。

樊羲他们也不是胡搅蛮缠的人,看得出黎灵灵是单方面针对李钦臣,但也不希望转学生对黎灵灵有不好的看法。

他们自认为说完这些,黎灵灵的形象应该在李钦臣眼里升华了。

一伙人慢悠悠地拐过一条胡同,走在前面的男生喊道:"羲哥,看到吴鹏了!"

那个男生刚说完,对面那群人就看了过来。吴鹏是隔壁职高的学生,经常欺负深中的学生。被黎灵灵他们拦过几次,还申诉到对方的学校。所以,他们之间的一直是互相不对付的关系。

两边的人形成鲜明的对比，一边的男生虽然看着吊儿郎当，但都穿着校服；另一边的男生则穿着T恤或者花衬衫，一副流里流气的样子。

他狞笑道："哟，这不是冤家路窄吗？"

"你这浑蛋。"樊羲一边说，一边把篮球递给李钦臣，顺势把他往旁边推了推。

吴鹏这边的人比较多，并不怕他，冷笑一声就走了过来："我要不是看在黎灵灵的分上，早就对你不客气了！"

李钦臣抓着篮球，懒洋洋地靠着墙观战，眼眸垂着，有几分不解地看向刚才似乎暴露出一些信息的吴鹏。

樊羲扯过吴鹏的衣领，说："她都已经跟你朋友绝交了，你少跟黎灵灵扯关系，你配吗？"

有个留红色鬓发的男生凶神恶煞地冲了过来。

李钦臣立在旁边像个事不关己的人，只是有些走神，嘴里喃喃道："绝交的朋友。"

没有人为他解答疑惑，直到一个平头男摔倒在他的身边。

角落里的李钦臣在这场闹剧里并不显眼，手里的篮球被平头男撞掉。

他没去捡篮球，只漫不经心地掀起眼皮，说："和黎灵灵绝交的男生是谁？"

平头男愣了一下，老老实实回答："吴鹏的朋友啊，沈帆。"

所以，是真的有这么一个男生。

到底是什么样的男生？他们是怎么认识的？又是怎么绝交的？

李钦臣的喉结滑动，目光冷淡，他并没意识到自己身上的怒气已经无法掩饰。

他别过头，啧了一声，忽然产生了几分烦躁的情绪。

偏偏平头男已经发现他不是自己这边的人，趁他不备想要对他动手。

平头男的手被反握住，斑驳的墙灰因受力而掉落，最后平头男无力地坐在地上，毫无还手之力。李钦臣的动作无疑引起了其他人的注意。

李钦臣用受了伤的手捡起滚到自己脚边的篮球，嚣张的话语中有几分不多的礼貌，他俯身问："可以结束了吗？"

夕阳快要下沉，热风吹动树叶，众人十分惬意。
吃完饭，只剩下樊羲和李钦臣同路。
樊羲转过头，抹了把额间的汗，说："转学生，你还挺深藏不露啊！"
李钦臣笑了一声，没说话。
樊羲拍了拍他的肩膀，说："你看，今天的晚霞好漂亮！"
临山靠海的城市，云朵都是大片集结的，随处可见浓积云。它们在不远处的海面上堆积，厚到让人看不清天空的颜色。
夏日的晚霞是浪漫的粉紫色的，饶是樊羲在这里看了这么多年晚霞，还是忍不住拿起手机拍照。
而李钦臣只看了一眼晚霞就低头喃喃道："我见过更好的。"

你们跑哪儿去了？要我说几遍啊，李钦臣没欺负我，我这么容易被人欺负吗？
黎灵灵吃完晚饭，终于看见樊羲他们回了她这条信息。
周峥：我们跟他交流一下感情，开玩笑呢。
樊羲：你放心，从今天开始，我们多了一个好兄弟，明天回学校我再跟你细说。
他们说的什么玩意儿？
黎灵灵一头雾水，又点开熊猫头头像的聊天框：你没事吧？好了，这次算我错了，我不知道樊羲他们会突然找你麻烦。
平时一向秒回的账号，此刻极为安静。
黎灵灵看着流泪的熊猫头像，仿佛看到了一个被群殴的委屈少年。
她的愧疚快要淹没眼睛：李钦臣，你原谅我这一次吧，我们暂时和好。

她依旧没有得到回复。

她放低姿态,对方也没有回答,心里也有点儿怄气了。她心烦意乱地把手机丢开,坐到书桌前打开了作业本。

魏女士在十一点半端过来一杯牛奶,提醒她:"你今天怎么这么用功?喝完牛奶赶紧睡觉。"

黎灵灵手上那套理综卷子已经做了一遍,根本没有不懂的地方。她异常乖巧地点头:"知道了,谢谢妈妈。"

房门被关上,她忍不住又点开手机,才发现自己错过了李钦臣的好几条信息和未接电话。

李钦臣:我没事。

李钦臣:我刚在洗澡,手机忘记充电了。

李钦臣:和好的话还算不算数?要去吃关东煮吗?

黎灵灵顾不得太多,直接回拨了一个电话,这次电话很快被接通。

李钦臣那边能听到风声。他咳了一声,声音低哑地开口:"黎灵灵?"

她一下不知道从哪儿说起,抿了一下嘴唇才说:"吃!"

"嗯?"

黎灵灵一脸紧张,手指掐着手心,说:"吃关东煮,你现在睡了吗?"

"没有。"他笑着说,"我在你家门口。"

她噌地站起身,从自己的窗口看过去,果然在路灯下看到一道颀长的、消瘦的身影。

黎灵灵简单地收拾了一下桌面,推开椅子,说:"那我现在下来。"

李钦臣点头道:"好,顺便带上我儿子。"

她愣了一秒,说:"什么?"

"我说栗子。"

黎灵灵出门前,又被他提醒:"外面冷,你记得穿外套。"

电话挂断后,她看了眼他发信息的时间,已经过了一个小时。他怎么会突然出现在她家楼下的?

他又不知道她会打电话给他，该不会傻站着等了很久吧?

这个想法冒出来时，黎灵灵摇摇头，晃了晃脑子里的"水"。

不可能不可能，李钦臣才不蠢。

这个时间，爸妈都睡了。

黎灵灵蹑手蹑脚地出门，比平时半夜点外卖时还要小心。

门口的感应灯恰好亮起，她关上大门，往左边看过去。

吃晚饭的时候下过一场雨，叶片上的水珠被风一吹便往下面滚，啪嗒一下，掉在少年额前的黑色碎发上，然后滑落到他高挺的鼻梁上。

李钦臣眨了眨眼睛，浓密的睫毛像是被潮湿的雾气弄湿，覆在眼睑处。他似乎在放空思绪，整个人都愣住了。他穿着黑色的衣服，半边脸隐在树下的暗处。

李钦臣一掀眼皮，正好看见黎灵灵盯着自己。

两人的眼神对上，黎灵灵走上前，手无所适从地揣进口袋里："走吧。"

两个人心照不宣，没提起要不要和好的话。

就像两人在幼时无数次吵架之后，李钦臣总会先低头来她家门口，带她去吃夜宵，两道渐行渐远的身影又慢慢地比肩而行。

栗子乖巧地跟在他们的身后。

虽说樊羲和李钦臣两方都说没事，但黎灵灵还是将信将疑地打量李钦臣的脸和身体，表面上看确实没什么事。

不过她看到他的手一直插在兜里之后，内心的疑虑越来越大。

黎灵灵随口道："这个时间便利店应该关门了，没有关东煮。"

家附近的便利店不是二十四小时营业的，于是两人去了商业街那边，那里的夜市正繁华。

地上有水洼，李钦臣怕栗子的脚踩脏了，索性用一只手抱起它走。

黎灵灵其实不太饿，和他并肩慢慢走着。她指了下旁边的奶茶店，说："我吃过晚饭了，喝点儿东西吧。"

李钦臣说："喝奶茶你会睡不着。"

"那就喝果汁。"她的手搭在点单台那儿，指着柠檬汁那行字道，

"要这个。"

他的另一只手从口袋里伸出来，用手机付钱，就这么几秒，黎灵灵看清了他指骨上的伤，有破皮和红肿。

他还说没事，她实在不明白男人的自尊心有何用。

还有樊羲他们真是群撒谎精！

黎灵灵越想越气，又无语又内疚，跟在他旁边走着，脸快要皱成一团。

李钦臣突然敲了一下她捧着的那杯柠檬汁，说："很难喝？"

"啊？没有，挺好喝的。"

黎灵灵在心里琢磨着，自己不能开口问他怎么挨打的，只能轻轻地叹一口气，然后又听见他问："沈帆是谁？"

那口气又被提上来，她别过头，仿佛听错般道："你说什么？"

走到了干净的路面，李钦臣把栗子放在地上。他好像没说过那句话似的，俯下身，身上那件绷紧的薄卫衣勾勒出肩膀和脊骨的线条。

男生揉了揉小狗的脖子，也没看她，只是重复之前的话："沈帆，你不记得了吗？"

"记……记得。"她只是好奇李钦臣为什么会知道这个人。

李钦臣似乎知道她在想什么，站直身体，目光落在她的脸上，唇角微动，似笑非笑道："你还记得啊？"

黎灵灵被他这种语气弄得莫名恼怒，看着他心直口快地回答："不就是我绝交的那个男同学嘛。"

她坦白承认，李钦臣反倒收敛了一点儿神色。

他跟着栗子的脚步，顺势走到了路边的关东煮小摊车边，拿过一个外卖盒，一边往里面加东西，一边泰然自若地继续问："你俩做朋友多久了？"

"四个多月吧。"

黎灵灵如实回答，顺便看了眼他往外卖盒里加的食材，海带、鱿鱼卷、章鱼小丸子……都是老几样。

她是很念旧的人，这么多年没什么改变，口味也没变过。

李钦臣慢条斯理地问:"你们在哪里认识的?"

黎灵灵兴致缺缺,道:"书店。"

小摊车老板问道:"要酱吗?这边扫码,谢谢。"

李钦臣拿了辣椒酱,付完钱,转过头说:"他和你一样大?"

"太多了,这个脆骨丸拿一串就好了!"她挑出东西放回去,又被老板淡定地塞回来,这才慢吞吞地答,"对,他是隔壁学校的。"

"你们怎么相处的?"

黎灵灵这次没有说话。他皱着眉,耐心地又问了一遍。

"就正常相处啊,吃饭、学习、打游戏。"

她不满的情绪就快表现在脸上,但李钦臣毫无察觉。

她恼羞成怒道:"哎,你问这么多干吗?"

李钦臣看着她的表情,说:"我好奇。"

黎灵灵拿过煮好的关东煮,径直往前走,不耐烦地嘟囔:"有什么好好奇的。"

嘴里的章鱼小丸子猛地烫到了上颚,她瞬间眼含热泪,把锅甩在身后的李钦臣身上。

他发什么神经,到底是谁给他透露了沈帆的事?

"黎灵灵,最后一个问题。"

吃人嘴软,她气鼓鼓地转身,说:"你问!"

"你们怎么绝交的?"李钦臣的手指微微蜷缩,眼神深邃,"他让你难过了吗?"

对上他关心的目光,黎灵灵有点儿不忍心撒谎了。他们怎么绝交的呢?当时她是这么和两个小姐妹说的——

"他真的一点儿都没有边界感,才认识我就想去我家蹭饭!"

她和李钦臣说实话的话,以后嘲笑她的人不会又多了一个吧?

黎灵灵纠结了两秒,破罐子破摔:"没有,我提的绝交。"

像是清楚他会追问,她咬着丸子,道:"不是他让我难过,是我让他难过了。我和他实在相处不来,而且和他成为朋友,完全影响了我的学习状态!"

"你知道吗？"她拍着胸口，颇为得意，"我上学期的成绩从来没跌出过年级前十！"

李钦臣终于望着她笑了笑，手抄进兜里，朝她走过来，眉弓轻抬，真情实感道："嗯，我家灵灵很厉害。"

被夸了，黎灵灵一下子变得乖顺："我们现在回去吗？"

"去那儿玩玩？"他用下颌指向旁边五光十色的霓虹灯牌，那是一家抓娃娃的店。

他换了硬币过来，转身看见黎灵灵站在抓娃娃机前面。

她见他看着这里，随意问道："你要玩这个吗？"

李钦臣已经投了币，说："你能抓多少？"

"我不怎么玩这个。"黎灵灵想了一下，说，"樊羲他们常常玩。"

李钦臣已经玩起来了，不动声色地问："他呢？沈帆。"

这也好奇？黎灵灵翻了一个白眼："五六个吧。"

李钦臣轻声道："你前朋友太菜。"

他说这么多，就为了这一句是吧？

他看似贬低的是沈帆，但黎灵灵总觉得他在笑话她。

李钦臣把手搭在她的脑袋上，摸了摸她毛茸茸的头发，语气像是真的在跟她商讨："以后你少乱交朋友，行吗？"

黎灵灵看着他。

"灵灵？"

一个女声从后面传过来，于悠吃惊地朝他们跑过来，在看清了黎灵灵旁边站着的另一个男生后，她瞬间愣住："为什么转学生也在这儿？"

黎灵灵的棒球服里面穿的是一条长到脚踝的睡裙，长发披在脑后，整个人看起来是居家的状态。

她的手里捧着关东煮，嘴里塞着年糕，说不出话。

她快速嚼了几口年糕，然后低下头，喝了一口李钦臣手上的柠檬汁。

李钦臣也很顺手地递过去，低声提醒道："你慢点儿喝。"

"你们……"于悠看着他们的相处方式,脑袋里冒出一些荒谬的想法。

"我们认识,以前是邻居。"黎灵灵终于顺了一口气,也没继续瞒着。

李钦臣没反驳,点了下头。

黎灵灵拿过他手上喝空的柠檬汁塑料杯,说:"等一下,我去把这个扔了。"

她刚走,于悠就探过头来:"李同学,你被威胁了的话,就对着我眨眨眼。"

他晃了下手里的硬币,眼皮掀起,朝门口那道背影看过去:"是好朋友,我和她认识十几年了。"

"十几年?那不就是青梅竹马!那为什么你们之前在学校……"于悠说到一半,反应过来,"哦,她应该是跟你吵架了吧。"

但想到之前在学校里那几天的事情,于悠又不是很确定地问:"可是灵灵对你很恶劣很坏啊,你们真的是从小到大的好朋友吗?"

李钦臣回过头,反问她:"她怎么不对别人坏,只对我坏?还不够证明我在她心里最特殊吗?"

刚丢完垃圾跑回来听到这句话的黎灵灵愣住了,心想:他在说什么歪理?

我错了，怪我。　　　　这句道歉来得好晚。

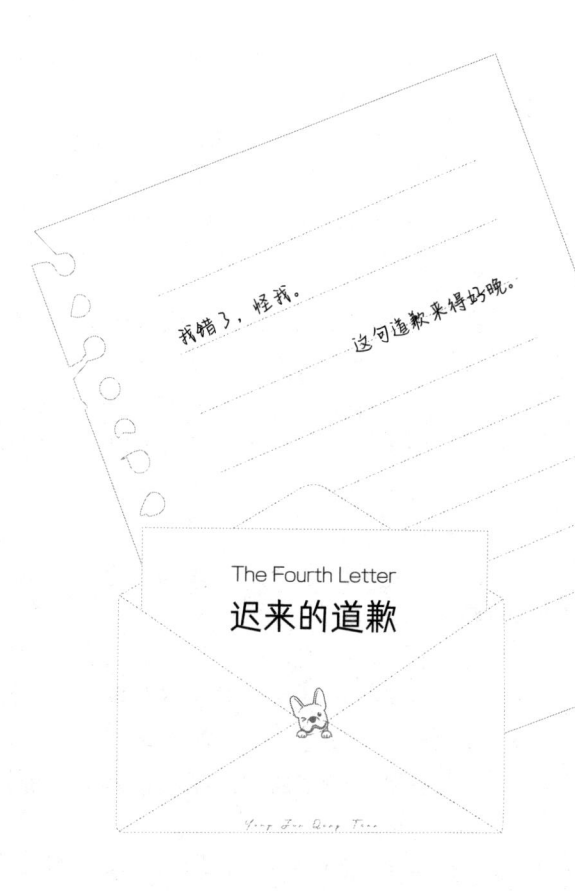

The Fourth Letter
迟来的道歉

于悠本来还对黎灵灵和李钦臣这层关系保持怀疑态度,但看见黎灵灵那只不近生人的法斗犬在蹭李钦臣的腿后,算是默认这个说法了。

几个人在深夜偶然遇见,没聊几句就各自告别。

穿堂风肆意地吹过,少年步伐稳健,速度不快不慢。

他抱着肥胖的栗子,上衣被迫贴紧宽阔平直的肩背,腰腹线条若隐若现。

黎灵灵走到他旁边,喊他:"李钦臣,你刚才在和小悠胡说八道什么?"

他一下一下抓着狗的脖子,别过头说:"什么?"

"你说我不对别人坏,只对你坏啊。"她虽然觉得这是事实,但又不想承认全是自己的错,"那你说你是不是活该?"

虽然他们并没明说是因为什么事情闹得不开心,但彼此心里都有数。

李钦臣停下脚步,漆黑的眼睛直直地盯着她:"是我活该。"

他妥协得太快,黎灵灵反倒不知道怎么继续责骂了。她垂着眸子,正好看到栗子的爪子在不安分地挠他指骨上的伤口。

她拍了一下狗头,阻止它的行为,别别扭扭地小声道:"你知道就好。"

第二天,黎灵灵惦记着李钦臣受了伤,难得早起,买了两份早餐在公交站台那儿等他。

黎灵灵发消息给他：你别买早餐，我给你带了。

这两天是开学考试，早上不用按照早读时间到教室，也不用按规定穿校服，他俩慢悠悠地走到了校门口。

李钦臣放慢脚步，黎灵灵走了好一会儿才发现把他落在了后面，不解道："你走这么慢干吗？"

他一只手插兜里，一只手勾着自己的书包，声音低哑，一副倍感荣幸的模样："我能和你一起进去？"

她前几天对他是有多恶劣？至于吗？黎灵灵拉了下他POLO衫的下摆，不耐烦地说："能能能，你快点儿走。"

本来他俩的长相在年级里就挺瞩目的，这会儿一起进校门后又是以这种比较亲密的姿势相处，没多久，不少人就盯着他们看，看完还得和身边人议论两句。

黎灵灵也是有自己的想法的，一开始是想着不理他，不想让他在学校里沾半点儿她的光。

但经过昨天那件事后，她觉得应该补偿一下李钦臣。

"你也真是的，明明跟樊羲说一句和我认识就行了……偏要一根筋，较什么劲？！"她在前面低着脑袋嘟囔。

李钦臣没听清，正要凑近再听几句，就被一声"钦臣哥"打断了。

两个人皆是一愣，都往声源处看过去。

黎灵灵现在看见樊羲就烦，正要指着他们训一顿，谁知道他们直接对她打了声招呼，而后就跟她身后的李钦臣勾肩搭背，一口一个"钦臣哥"，叫得亲热。

"钦臣哥吃早餐没？"樊羲谄媚地拿出东西，"三号铺子最难买的糯米鸡！"

"哎，看考场没，钦臣哥？"

"钦臣哥，你今晚放学去干吗？要不我们——"

"停！"黎灵灵终于听不下去，走上前，扯着李钦臣的领口把人提出来，"你们刚才叫他什么？"

"钦臣哥啊。"樊羲乐呵呵地解释,"你是不知道,我们昨儿放学碰到吴鹏那伙人了,李钦臣以一敌四,逆转乾坤,当得起我们喊他一声'哥'!"

黎灵灵有点儿受不了,问李钦臣:"所以你受伤是因为和别人动手了?"

她的眼里隐隐冒火,紧盯着他:"行,你等着。"

她怒气冲冲地离开,樊羲那伙人看着有点儿后怕:"钦臣哥,我不是让你忍着点儿她吗,怎么又惹她生气了?"

李钦臣整理着被揪乱的领口,垂着眼,看着这群给他捣乱还不自知的男生,语气颇有些不善:"是啊,我怎么又惹她生气了。"

黎灵灵:他就是狗!说他是狗都侮辱我的栗子了!我从来没有见过这么厚颜无耻的人!

段觉云:宝贝,冷静。

黎灵灵:放学后我就去揍他一顿,把他揍成猪头!

黎灵灵气势汹汹地打完这一行字,同一个考场的于悠搬着椅子坐过来:"你快看校园校草投票墙,你那竹马哥哥荣登榜首!"

黎灵灵说:"你能不能注意下你的措辞?从现在开始,我和他绝交了。"

于悠见怪不怪,道:"你们又吵架了?没事,你先看看这个嘛!"

黎灵灵一脸不满,却望了过去。

表白墙上有别人偷拍他在公交车站台的照片,应该是昨天傍晚拍的,能看见紫粉色火烧云的背景。

照片有些模糊,但那人还贴心地把旁边的男生打了马赛克。

图片里,李钦臣穿着深中蓝白色的校服,整个人看着闲散又颓丧。他的头垂得很低,以至于额前的碎发遮住了眉眼,精致的面部轮廓和下颌角都陷在阴影里。投稿人应该不是深中的学生,她的原话是:千辛万苦加上了墙。这是我放学路上遇到的,看校服应该是你们学校高三部的。这照片拍得不错,比上次的高清多了,是同一个帅哥吧?

当然是高三六班的转学生李钦臣学长啦,让我盼望开学的理由又多了一个!嘿嘿!人家是高三的,肯定在冲刺高考。

黎灵灵看着下面那些评论,心想:李钦臣这被人关注的生活还挺多姿多彩。

"什么感觉?我昨晚看见你俩的时候都忘记拍照了,你们这不分伯仲的颜值,也难怪能做这么多年的朋友。"于悠感慨万千。

"我有什么感觉?"黎灵灵捏捏指关节,"我现在只想把他打一顿。"

"可是周峥说,你那竹马很厉害。"于悠一本正经道,"你不一定打得过他。"

"哼。"她冷笑一声,又反应过来,"周峥跟你说他干什么?你是不是把我卖了?"

于悠的表情微变,她搬起椅子准备撤离,迅速留下一句:"你搞这么神神秘秘干吗?

铃声响起。

监考老师带着试卷走进来,于悠逃过一劫。

但是托她这个叛徒的福,一整天下来,黎灵灵已经收到了不少"问候"。

"我听说你和转学生是青梅竹马啊?"

黎灵灵面无表情道:"不知道。"

"你和李钦臣关系这么好,晚上回的同一个家?"

黎灵灵说:"造的什么谣?"

"你能不能让他通过一下我的好友验证?"

黎灵灵回道:"关我什么事!"

"李钦臣他——"

"不熟。"黎灵灵瞪过去,"你再问我揍人。"

一直到晚上放学,其他考场的人才陆续回到教室里。

黎灵灵本来是想兴师问罪的,然而樊羲直接冲了过来,笑嘻嘻地拍了拍她的肩膀:"你早说你和钦臣是这种关系嘛!嘻,搞得之前我们还怕你俩处不来。"

黎灵灵回答："你误会了，你知道我和他是什么关系吗？"

樊羲顺着她的话茬问："什么关系？"

黎灵灵咬牙切齿，一字一顿道："主仆关系！"

樊羲脑子一抽，说："啊？你们的关系这么离谱吗？"

"哈哈，羲哥，你是真不怕死啊！"

黎灵灵不满地瞪向站在后门的那群人。

李钦臣坐在其中一把椅子上，眼皮耷拉着，两条腿大大咧咧地叉开，手肘抵着膝盖上的文具袋。他听见了那句话，也在人群里轻笑。

旁边有男生和他说话，他稍稍别过头，唇角弯起的弧度还没落下去，他别过头的那一刻，漆黑有神的眼睛恰好对上她恶狠狠的目光。

他今天好受欢迎。

黎灵灵感觉自己在学校里辛苦结交下来的好人缘都在移动。

放学铃在响，大家相继背起书包出去，教室里空下来。

黎灵灵看见了魏女士发来的消息：你爸的朋友送了一箱波士顿大龙虾和十斤澳洲指橙，你和阿臣一起回来吃。

黎灵灵：他说不吃。

魏女士：你别想着独吞，他没来你也别进屋。

黎灵灵：妈，你就说谁才是你亲生的？

魏女士：这个问题要是让你爸听见，你今晚就真的回不来了。

黎灵灵头疼，伏在桌子上，怨气满满地往旁边递去一个杀气腾腾的眼神。

李钦臣接收到视线，拿出五十块钱放在她的桌上："这是我昨天帮你要回来的。"

"他抢的是小悠的钱，你昨晚碰见她怎么不给她？"

"我不认识她。"言下之意，他是因为她才把这五十块钱拿回来的。

黎灵灵接过钱，心情好了一点儿，大概是因为他表明了自己和她才是最好的朋友。

这种想法很奇妙，从小到大都是如此。

她并不排斥李钦臣加入她现有的好友圈，可是如果他把交到的朋友排在她前面……她就会非常非常不开心。

"原谅百分之五十。"

李钦臣用手支撑着额角，看着她说："什么意思？"

黎灵灵冷哼一声，道："意思是我还没完全原谅你，但是你可以在学校里和我说话了。"

他从善如流，笑声懒洋洋的："好，谢谢。"

"还有，我妈让你和我一块儿回家吃龙虾，你先等我片刻。"黎灵灵摸了摸鼻子，站起身，理直气壮道，"我去所里办点事儿。"

李钦臣拿起桌上的一包纸巾，十分讨好地递给她："行。"

黎灵灵太磨蹭，当她从厕所回来时，教学楼已经空空荡荡。

她刚到走廊上，身前猛然撞过来一个女孩子，直接摔坐在地上，给她行了一个大礼。

哎哟——她险些被吓到，差点儿没站稳。

"对……对不起！"女孩的声音慌乱，头发凌乱，还在抽泣。

是十二班的蒋咿，黎灵灵在开学的时候见过她。

黎灵灵知道她，是因为她的声音在年级里很出名，私底下被人讨论最多的就是她是"夹子音"，声音格外嗲和尖细。

她其实天生就是这样的嗓音。可即使是这样，也总有人乐此不疲地捉弄她，比如后面追上来的王千霞那几个人。

黎灵灵皱着眉，把女生扶起来，对着那几个追过来的人问："你们几个在干什么？"

王千霞看见黎灵灵，才让身后的人都止住脚步。她有些顾忌，朝不远处六班的教室门口看过去。她大约是想看看樊羲那伙人还在不在。

"你往哪儿看啊？"黎灵灵看出她的心思。

黎灵灵不同于这些只会抱团欺负弱小的乌合之众。

魏女士知道她从小是不能吃亏的性格，所以从她小学开始，就一直给她报班学防身术强身健体。

王千霞警告道："黎灵灵，你别惹我！你真以为我怕你？"

"我惹都惹了，你不也老惹别人吗？"黎灵灵的态度很冷淡。

后面那几个女生收到王千霞的眼色，赶紧拽着她先跑了。

黎灵灵转过身，看着身后从某个教室里抓着一个扫把出来的蒋咿，不由得失笑："你找了半天就找到这个啊？"

蒋咿的个子才一米五出头，在同龄人里算是很娇小的，她被欺负也很难还手。她的脸颊还红着，她有些不好意思地说："谢谢。"

"你的声音还真的挺好听的，跟我说句话都像在撒娇。"黎灵灵打趣了一句，把拿回来的校服递给她，"你快点儿回去吧。"

蒋咿有点儿着急："那你怎么办？"

"我也回去啊，站在这儿干等吗？"

黎灵灵一副"我又不傻"的样子，对着她做了一个再见的手势。

她想着书包和李钦臣都还在教室，加快了点儿脚步，结果一进门，正好和李钦臣碰上。

"你出去干吗？"她先发制人。

李钦臣的目光扫过她："刚才你有没有听见什么声音？"

黎灵灵若无其事地说："什么声音？你饿了吧，走，我们回家。"

她尽量表现得无事发生，可惜李钦臣的眼睛太敏锐，一下就看见她不太对劲的神色。

两人离开学校，还没走多久，就遇见两个校外的男生，一个穿着黑T恤，留着寸头，一个穿着白T恤，一头鬈毛，像是黑白双煞。他们的身后是王千霞那几个人。

竟然又回来了。黎灵灵有点儿烦躁，吸了吸鼻子，往那边一指，转移话题："你朋友？"

李钦臣："……"

"你不是说只有她一个女生吗？"留着鬈毛的男生朝后面问道。

王千霞看见黎灵灵旁边的男生，也有些纳闷。

几个人迅速围了过来。

黎灵灵本着"一人做事一人当"的原则，把李钦臣推到了一边。

李钦臣有点儿无奈，叹了一口气，把她拉过来，调换位置。他走上前，把手放在"黑白双煞"的肩膀上，他的语气还算客气，随意地问:"你们几个要找她吗?"

留着寸头的男生一副好商量的语气道:"行了,兄弟,你就别多管闲事了,我们主要是要找那个女生谈谈。"

"哦,这样啊。"

李钦臣眼里的情绪未变,他好声好气地询问:"男生就应该对男生,找女生算什么事?你怎么还专挑矮的?"

没等寸头男生反应过来,李钦臣便将人按住了肩膀。

黎灵灵在他身后探出半张脸偷看。她为什么有种被保护了,但并不算很开心的感觉?

寸头男生被李钦臣按着,刚要开口,肩膀又被人捏了一下。

像是比较了一下两人的身高,李钦臣稍稍别过头,然后说:"既然我俩也不一样高……"他顿了一下,痞里痞气地笑了一声,"那我只好学你们,找比我矮的了。"

黎灵灵愣住了。

你没完了是吧?矮矮矮!我一米六六的身高算矮?

王千霞大概能预见他们讨不到便宜了,突然大声说:"别闹了,你们六班的班规,惹事可是要挨罚的!"

李钦臣往后面看,问:"真的?"

黎灵灵点了下头。

黎灵灵刚想站出来,装模作样地阻止这场闹剧,但没等她开口,后边已经传来嗒嗒的高跟鞋声。

一般情况下,听见这声音的学生早该跑了,但李钦臣显然不懂规矩,还乖乖地给来者让出一条道。

罗蕙大声喊道:"你们干吗呢?"

罗蕙来得风风火火,不到一分钟,刚才还混乱的场面已经被她处理。

她转过身,张口就是算账:"怎么回事儿啊,黎灵灵?"

黎灵灵一脸难以置信地指了指自己:"怎么又是我?"

"李钦臣才来我们学校多久,他能惹什么是非?"

其实开学报到时，李钦臣的父母没出现，是黎灵灵的母亲在微信上跟罗蕙说，这俩孩子从小到大都是好朋友，她这才特意安排他们当同桌。

罗蕙一副习以为常的样子："我太了解你了。不要带坏新同学。"

罗蕙没好气儿，又转过头训导李钦臣："刚才还好是蒋咿同学看见我没走，叫我来帮忙，要不然还不知道你们会闯什么祸。"

黎灵灵摇了摇头。

蒋咿，你这小姑娘真是好心办坏事。

"帮助同学我可以理解，但是不能冲动！有事儿找老师，老师不在就报警，要相信成年人比你们有更好的解决办法。"罗蕙说累了，"好了，但看在你是第一次的分上，就算了。"

"别啊！"黎灵灵一脸刚正不阿，"李钦臣同学在我劝告之后依旧准备动手，他明知故犯，他……唔唔！"

黎灵灵坑队友的话还没说完，李钦臣就从后边捂住她的嘴，把她往后拽。

他一只手拎起两个人的书包，和班主任告别："谢谢老师，我们知道了，下不为例。老师再见。"

黎灵灵闻到一股小青柑的味道，是独属李钦臣的味道。她的后背隐约抵着少年温热的胸膛，硬得很。

彼此的衣服还在她扭动间不断摩挲，体温也在两人间相互传递。

黎灵灵刻意忽略这种难以言喻的微妙感，一直在喊："唔，你放开！放开我！李钦臣，你好过分！"

李钦臣笑了一声，顺着她的话问："李钦臣为什么过分？"

黎灵灵愣了两秒才反应过来他松手了。她退开几步，不满地看着他："有难都不同当，算什么朋友？"

他抬起手腕看了眼时间，突然扯开话题，指了一下马路上的车："你等几秒，往那儿看。"

"看什么……"她不明所以，转头朝那边看过去。

晚霞似乎在风中飘动，白色的月亮挂在高楼大厦的右上空，正值晚高峰，几百米外的十字岔路口在堵车，远远地就听见车主们在不耐烦地鸣笛。

来来回回走了两年多的一条路，并没有什么特别之处。

只是下一秒，黎灵灵眨了一下眼睛，就看见整条道路的橙黄色路灯突然亮了，光芒沿着这条道路流淌，一直到看不见的远处，像一条蜿蜒曲折的银河。

"啊，好看。我忘记拍视频了。"

她极少观察这种细节，却也不得不承认刚才那景观很让人眼前一亮。她转过头，才发现身侧的李钦臣不知道上哪儿去了。

她的手机还在他拎着的包里，她站在原地愣怔了一会儿，没看见人，她慢慢地低头，只看着石板路的人行道。

"你看完了？"李钦臣拎着从便利店买的创可贴和零食，站在她身后，他用冰镇乌龙茶戳了戳她的手背。

黎灵灵挥开他的手，不领情地提起自己的书包背好，不作声，一直往前走。

她的脾气来得快去得也快，但每一次都是有原因的。

只是这次李钦臣是真有点儿想不出来原因，他大步追上去，拉住她的书包背带往自己身边带："你又怎么……"

他看见黎灵灵通红的眼圈，一下子愣住了，声音也放低："怎么了？"

她扭头避开他，却挣脱不开他的手。

李钦臣看她眼角湿润，牵着她的袖口，说："黎灵灵，和我说句话。"

黎灵灵的眼泪啪嗒落了下来，情绪突然就爆发了，她打他的手臂："你跑哪里去了？走之前和我说一声不行吗？每次都这样，动不动就消失，什么烂习惯啊？！"

汽车的鸣笛声，路上行人说话的声音，以及她的抽泣声，一起涌进李钦臣的耳朵里。

他很怕黎灵灵哭，以前他哄人的话在此刻竟然说不出来。他看着她发疯的样子也不躲，反而抬起一只手，让她打得痛快点儿，另一只手往上移，轻轻地覆在她酸涩的眼睛上。

"我错了，怪我。"

这句道歉来得好晚。

看对眼的是青梅竹马，
看不对眼的是酸梅牛马。

The Fifth Letter

酸梅对牛马

李钦臣回到这座城市的第一天，黎灵灵就一直用一种不愿提起以前的事情的态度对他，到今天她才发现不行。

　　她不想接受他会再一次消失不见这个可能性。

　　但莫名其妙因为一件小事崩溃，还在路上大哭这个行为，对黎灵灵来说实在太丢人了。

　　好在李钦臣没笑话她。

　　两人的默契就是在第二天把这件事若无其事地翻篇。

　　这次的周考算作正式开学的摸底考试，成绩排名会在周末发在有家长的班级群里。

　　周六，黎灵灵一起床就发现魏女士把她拉进了一个群里，她看了眼群名：盛夏里高考冲刺小分队。

　　群成员只有她、魏女士和李钦臣。

　　她妈还挺时尚。

　　魏女士转发了班级群里的成绩排名，李钦臣排第一，黎灵灵紧随其后。新高考实行赋分制，仔细看，他俩的分数其实没差多少。

　　但黎灵灵严重偏科，化学成绩拉低了总分。

　　魏女士：这次考试，阿臣同学一如既往在客观事实和阿姨的主观心理上都是优秀的第一名。祝贺！

　　李钦臣：谢谢阿姨。

魏女士：虽然灵灵同学也发挥稳定，但是从高二开始，你的化学成绩就一直拖后腿，还是希望你考虑一下请补课老师的事情。

黎灵灵打了一个哈欠，打字：不想请。

魏女士：好，那就由阿臣同学负责教你。我希望期中考试考完后，能看见你减少各科目跟阿臣的分数差。

黎灵灵：反对有用吗？

李钦臣：好的，阿姨，我一定不负所托。

黎灵灵：马屁精。

魏女士：灵灵同学对新的补课老师出言不逊，罚这周零用钱减半。

黎灵灵：李钦臣，你……

她极力克制骂人的冲动，只在后面发了一堆火星文。

魏女士：你再发这些火星文，我就把你踢出群聊。

黎灵灵闭嘴了。

最后，魏女士简单说了下周末她和黎父都不在家，让黎灵灵叫阿姨来家里煮饭或者自己煮。

魏女士：当然了，你也可以试试请求阿臣来家里给你做几顿饭。

刷完牙，黎灵灵刚换了套裙子，李钦臣的信息就发了过来：为什么你的化学成绩一直提不上来？

他还真当上老师了。

黎灵灵擦了一把脸，随意回道：我不喜欢邹水芍。

邹水芍是他们的化学老师，五十岁出头。她讲课的效率不高，这么多年都是照本宣科。

李钦臣：懂了，你来开门。

黎灵灵下楼后，给栗子换了新的狗粮，直接发语音："你不会真带着化学卷子来的吧？"

李钦臣回复语音："差不多，还有你的早餐。"

走到院子里，黎灵灵从大门空隙看见除了他，还有其他人。樊羲、周峥、于悠和徐池生都在外面。

"灵灵！你怎么是鸡窝头，刚起来吗？这都快中午了啊。"

"灵灵，早上好！"

"你们来开 party（派对）不提前通知我？"黎灵灵打开门，数落他们的话还没说完，一杯温豆浆就贴到了她的脸上。

李钦臣说："他们来煮火锅，你先吃这个垫肚子。"

他走在最后面，把虾饺递过来，然后抱起还在对着生人吠个不停的栗子往里面走。

黎灵灵还没睡醒，慢吞吞地跟在他后面。

几个人手里都提了菜，除了李钦臣，他们都没来过这里几次，此时坐在沙发上四处打量。

于悠和徐池生负责洗菜、准备食物，两个人进了厨房就没再出来。

他们四个就百无聊赖地坐在客厅里。

樊羲掏出手机连无线网，说："玩个游戏？好无聊。"

黎灵灵喝完最后一口豆浆，说："同意。"

周峥探着脑袋，看见厨房里的人端水差点儿洒了，猛地站起身，伸了个懒腰："哎，还是得需要我这个一米八四的大男人来搭把手，我去帮忙了。"

"峥仔，你不带我们？"樊羲立马抱怨，"我玩这个一向很笨啊！"

黎灵灵更新完游戏，毫不留情地拆穿旁边的人："你怕什么？李钦臣都不会玩。"

樊羲："……"

得，这把纯属来拖后腿的。

三个人在广场匹配了一个网友，名字很特别，叫"我是龙傲天"。他们刚落地就碰到专业车队，然后看见了屏幕上的击杀公告。

黎灵灵本来觉得李钦臣这个新手坚持不了几分钟，没想到这人的运气特别好，什么稀有物资都能捡到，队友都被他养起来了。

反观匹配的队员"龙傲天"，没一会儿就喊："我被补了枪，谁有急救包？谁来开车接我啊？我捡到了比基尼，谁要？"

黎灵灵在给枪上子弹，翻了个白眼，真想开枪打他。

她急着找车,倏地听见旁边嘭的一声响,击杀栏上写着:"111"击败了队友"重生之我是龙傲天"。

樊羲绷不住大笑:"哈哈,绝了!"

"龙傲天"也很蒙:"你怎么连自己人也打啊?"

"肇事者"李钦臣找到了一辆车,他若无其事地问:"这个游戏可以杀队友?"

黎灵灵憋着笑,点点头。

"龙傲天"本来想骂人,但想想全队的急救包都在他那儿,只好忍气吞声:"算了,那你先来救我吧。"

李钦臣说:"好"。

下一刻,他开着车从"龙傲天"只剩一丁点儿血的身体上轧过去,直接把人轧死了。

樊羲笑得大声,喊道:"牛!"

三个人难得一致,立刻关了队内的麦克风,"龙傲天"打出来的字全部被系统屏蔽成了星号键。

或许是对面那个车队也是半吊子水平,到最后,居然只剩下他们这两队人。

黎灵灵他们埋伏在高山上,目前弹药不足,旁边唯一的物资是一辆越野车。听枪声大概能判断出对方整个队伍的人都还活着,不缺子弹。

她看了眼李钦臣,又看了眼那辆车,丢了一个东西给他。

李钦臣明白她的意思,喊人上车:"樊羲,走,跟我下去逛逛。"

"这个时候下去?"樊羲本来还以为他有什么绝招,屁颠屁颠地跟过去,一路开枪掩护,"还得是钦臣哥,虽然第一次玩这个游戏,但是没想到你跟开了挂——"

嘭的一声巨响,车子爆炸了,他们身后还不断丢来炸弹。

幸运的是,对方也被炸死了。

黎灵灵松了一口气,说:"我们赢了!"

胜利来得猝不及防。

但看着死亡公告，樊羲一言难尽地看着李钦臣，眼神里饱含被拉去送死的幽怨。

樊羲觉得纳闷："为什么不是灵灵跟着你去送死掩护，我在后面捡漏'吃鸡'啊？"

他刚说完，黎灵灵就拿起抱枕砸他的后脑勺："一把游戏靠我带飞你还好意思这么说，为我战死是你的荣幸！"

李钦臣往后靠着椅背，冷白的手指轻点着屏幕，颇有点儿"助纣为虐"的意思，他低笑道："对。大小姐开心，我死得其所。"

"我真倒霉，跟你们玩，我是你俩的祭品！"樊羲一眼看穿似的道，"钦臣，你说实话，是不是又惹她生气了，然后拿我献祭呢？"

李钦臣跷着二郎腿，一副事不关己的悠闲模样。

他的手搭在膝盖上，指尖下垂："那你问问她，这招有用吗？"

樊羲感觉自己就是多余的，气得不行，道："你俩打起来别带上我。"

黎灵灵没再说话，把枕头丢到背后，顺手打开电视机，找了一部恐怖片投屏。

她不傻，不是看不出来李钦臣这些天都在有意无意地哄她，但是她懒得戳穿，这本来就是他应该做的！

毕竟，李钦臣放了她两年多的鸽子。

樊羲开口打破平静："这个《咒》是不是挺吓人的？"

黎灵灵说："是吧，你别被吓尿了。"

她兴致缺缺，正好听见厨房里的人在喊帮忙。

于悠他们把一口锅拿出来，放在客厅的茶几上，插好电源。桌子上摆满了洗好的菜，有海带丝、响铃卷、虾滑和肥牛等。

买的菜太多了，锅又不够大，都摆到了沙发上。

他们不是第一次在家里吃火锅，不过之前都是在樊羲家吃。

黎灵灵在阳台接了魏女士打来的电话，出来后扫了一眼客厅里坐好的人，说："李钦臣，我妈喊你接电话。"

"阿姨是担心我没给你弄午饭吃？"他抬起头，还有开玩笑的心思。

黎灵灵没笑出来，抿了抿嘴唇，把手机塞给他，含糊道："不是，他们去京市和你爸妈碰上了，正好你妈妈在旁边。"

她指了下手机，把这里的空间留给他。

客厅里热火朝天，电影还在放，大家不断地往锅里面丢东西。

"哎，虾滑先放，它熟得慢！"

"谁放的韭菜饺子？煮好了就先捞起来，我要放卤蛋了。"

"空调的温度再调低点儿，热到我想脱衣服了。栗子是不是想上桌啊？"

黎灵灵难得沉默，没吃几口，她摸了摸栗子的脑袋，有些担忧地往阳台那边看去。

在她的印象中，李钦臣父母的感情一直不是很好。

她很小的时候，就听魏女士和黎父聊天，说起这一对夫妻，有一次他们居然因为吵架，把五岁的李钦臣丢在了高速公路上。

也难怪他们会把小孩送到李外婆这里养。

等到李钦臣长大，他爸妈就更少回深州了。即使是过年他们会回来，也经常吵架，闹到要街坊邻居来劝和的地步。

后来，黎灵灵对他们的记忆也逐渐模糊。

不知道这两年在京市，他们一家人是不是还和以前一样。不过刚才她听李钦臣母亲的声音，倒是把对儿子的关心表现得很殷切。

李钦臣靠着阳台接电话，侧着身体，日光照着他流畅的下颔线。他的表情十分淡漠，手指敲着栏杆，一副很没有耐心的样子。

下一刻，他似乎有所感应，瞥了过来。

黎灵灵险些被抓包，立马低头吃了一口饺子，她后知后觉发现是韭菜味的，脸色突变，吐了出来。

她索性起身去洗手间漱口，再出来时，正好看见李钦臣挂断电话。他仍旧站在阳台那里，始终看着她的手机。

他是很有分寸的人，不会没礼貌地去翻别人的东西。

黎灵灵对他的修养有自信，对自己没有任何秘密的手机也很有自信，只是看到他脸上出现了别有深意的笑时，黎灵灵瞬间自信不起来了。

她想到了前两天在网上有一个提问：为什么女生说自己和一个男生是"主仆关系"会被一群人笑？

很不幸的是，这个提问让李钦臣看见了。

他挂掉电话那一刻，有一个新回答从屏幕上方跳出来，他顺势切换了页面。

上面显示了她匿名发布的问题和回复，也显示了诸多参考答案。

最上面显示的是点赞最高的一条回复。

蜘蛛虾：妹妹，你玩得挺野啊。

匿名用户回复蜘蛛虾：什么意思？

蜘蛛虾：主仆关系就是 dominant-submissive。这是一种某一方为主导掌控者，另一方为顺从的服从者的关系。你和你说的那个男生谁是主导者，谁是顺从者呢？

黎灵灵往下多翻几条评论便懂那是什么意思了，甚至还有贴心的网友贴上了几个科普实践的网址，点进去足够打开她的世界观。

偏偏黎灵灵的胜负欲作祟，回复蜘蛛虾：我当然是主导者！

李钦臣若有所思，看着她回复的这几个字，本来还挺冷淡的目光立刻多了几分兴味。

哐当一声，阳台的门被黎灵灵大力推开。

黎灵灵对上李钦臣漆黑的眼睛，咽了咽口水，她不想露出马脚，便强装镇定道："我的手机。"

李钦臣一脸淡然，把手机还给她。

黎灵灵看了眼后台刚才运行过的 APP，里面并没有出现她用过的软件。她悄悄地松了一口气，转过身准备回去："走吧，过去吃东西。"

李钦臣却突然拍了一下她的肩膀。

她还没转过头，就感觉他俯下身，气息就在她耳侧，笑声里带着点儿玩味，胸膛都因为笑声而隐隐震动。

他低沉的声音在她耳边响起："我想知道小狗要怎么叫。"

他看见了？太丢脸了！

黎灵灵的耳根一下子红透，眼睛睁大了许多，她推开他，结结巴巴道："你……你别跟我说话！"

李钦臣看着她蔓延到脖颈的绯红，视线一寸寸挪到她咬着的嘴唇上，没打算放过她。他压低声音继续道："你既然不懂，为什么不来问我？"

"滚……滚开啊！我不知道你在说什么，我不想和你说话！"黎灵灵几乎语无伦次，又不好意思往他那边看，急忙推开门往里面跑去。

那几人看见黎灵灵跑过来都有些吃惊，然后又看了一眼慢悠悠关上阳台门，踱步过来坐下的李钦臣。

几人的目光在两人之间徘徊，始终没看出哪里不对劲。

于悠夹着肥牛，蘸着酱端过去，殷勤地道："李同学，给你的。"

"我怎么没有啊？"周峥不满地叫唤。

于悠瞪了他一眼，说："你别吵，我欠李同学五十块钱人情呢。"

"谁放的恐怖片啊？把我的小心脏都吓到了。"

"放冰箱里的啤酒冰好没有啊？拿过来开几罐呗。"

"周峥，你把火关小点儿！我的白菜要煳锅底啦！"

锅里食物的香味飘散开，但所有的热闹都和黎灵灵无关。她埋头苦吃，生怕抬头就对上李钦臣调笑的视线。

可是栗子这个不识相的，这个时候突然吠了两声：汪汪——

"哎哟，吓死我了！"樊羲就在小狗边上，差点儿跳起来，"我还以为它要咬我呢。"

李钦臣抓住栗子的项圈，把它往自己这边移了一下："没事，你刚才坐到它的脚了。"

大家都是直接盘腿坐在茶几旁边。樊羲刚才也没注意到，他摸摸后脑勺，说："怪我没注意，栗哥别生气。"

李钦臣笑了一下，说："没生气，它就随便叫了两声。"

"你这也能听出来啊？"周峥也插了一嘴，"话说，小狗的叫声确实会有不同，有时候是饿了，有时候是要去遛弯，养狗的人可能最清楚这些。"

李钦臣看了一眼黎灵灵，不知道想到了什么，微微别过头："我和栗子待在一起的时间少，灵灵更懂小狗是怎么叫的。"

黎灵灵听得神经发麻，把这两声狗叫和他刚才的话联系起来，又羞耻又恼怒。她夹了一筷子贡菜，直接塞进他的嘴里："吃饭就别说话！"

于悠惊呼一声："不烫吗？"

贡菜刚捞出来，放在碗里不到半分钟，何止是烫，还辣得呛口。

李钦臣不吃辣，显然被呛得不轻，旁边的徐池生赶紧递了一瓶冰水过去。他捂着嘴，别过头，轻咳了两声，后来就真的再没说话了。

一顿午饭，大家说说笑笑吃完了。

夏末深州本来就多雨，没一会儿就电闪雷鸣，乌云密布。

大家怕晚了回不去，都走得很快，只留下李钦臣。

黎灵灵还是怕他语出惊人，提刚才那档子事，见他望过来，赶紧吩咐："你把他们带过来的，你负责收拾桌子！"

他没出声，还真就低头干活去了。

黎灵灵觉得不太对劲，凑过去问道："你怎么不说话了？"

"我，喀。"他的声音喑哑，乍一听像老了几十岁。

他是被那口辣贡菜呛到了，喝了一瓶水也没缓过来。

黎灵灵听到他讲话就没忍住，哈哈大笑："你活该！你现在说话的声音特别像老街那个二傻子，喉咙卡着几块石头了吧！"

雷声乍响，刚才还明亮的屋子霎时间暗了下来，门外传来倾盆大雨的声音。

不能说话的李钦臣看着都顺眼了不少，虽然他的声音挺好听，平时话也不多，但每次他一开口，说的都是能让人气半晌的话。

她恨他不是哑巴帅哥。

黎灵灵对此刻的状况很满意，也不担心他会提起刚才在阳台上发生的尴尬事件。

她半躺在沙发上，悠闲地看他擦着桌子，时不时还咳嗽几声。

黎灵灵一脸嫌弃，道："你这嗓子怪吓人的，要不你还是走吧。"

"黎灵灵。"他用警告的眼神看她。

她听见他这奇怪的嗓音就笑得不行，敷衍地摆摆手："好好好，我不笑你了。我睡会儿午觉，你记得把锅洗干净。"

黎灵灵说完就真的闭眼了，打定主意不干家务活。

过了一会儿，厨房里的水声停了。

李钦臣用纸擦干指尖的水，看了一眼躺在沙发上呼吸均匀的少女。他本来只是想拿空调毯子帮她盖一下，谁知踩到了地板上一个空的水瓶。

他手疾眼快，撑着沙发靠背，半跪在地上。黎灵灵睡得挺香，轰鸣的雷声也丝毫影响不到她。

两人之间隔着几厘米的距离。

李钦臣垂眸看她，她的头发散落在地上，白净的脸，唇色是浅红的，睫毛浓密得像把小刷子。

这是很清纯的长相，如同雨后的栀子花。

李钦臣伸出手，轻轻地戳了下她右脸小酒窝的位置。

黎灵灵睡得熟，没被他这偷偷摸摸的举动弄醒，只是皱着眉，咂巴了一下嘴，轻哼一声。

这一幕本该只有天知地知他知。

但李钦臣刚要勾起唇角，幕地抬头看见了栗子直勾勾的眼神。

小狗蹲坐在地板上，歪着头，有些不解地看着他，它的短尾巴晃了晃，表示友好。

几乎是下意识的，李钦臣竖起手指，抵在唇前，对着栗子做了一个嘘声的动作。

不知道他是要它保密，还是怕它突然叫出声把黎灵灵吵醒。

可是下一秒，他的理智回笼，或许是想到实在没必要多此一举，狗又不会说人话。

少年无所谓般放下了手指，做出一个瞄准开枪的手势，对准无辜的栗子，懒洋洋地配了音："嘭。"

黎灵灵一觉睡到了下午五点钟，家里静悄悄的，听不见半点儿声音。雨已经停了，窗外吹进来的风泛着凉意，她拉了拉身上的被子。

整间屋子有点儿安静。

只是下一秒，她放在茶几上的手机振动了几下，同时屏幕亮了：晚饭我帮你弄好了，放在冰箱里了，你拿出来放在微波炉里热一分半钟就能吃。

我到家了。

睡太久会头痛，你起来记得喝口茶。

你还没醒？

黎灵灵是猪。

看到最新的信息，黎灵灵的脸黑了，当即回道：你才是猪！

李钦臣迅速回复：那些视频有好看的吗？

黎灵灵：什么视频？

李钦臣：别人给你长见识的那几个网址。

黎灵灵："……"

这事儿过不去了是吗？

黎灵灵愤怒地发语音，几乎是在吼："你不是说不出话了吗？你闭嘴！我没看过，你别问了，再问我拉黑你！"

少女恼羞成怒的声音从手机里传出来，李钦臣隔着屏幕都能想象到她的样子，估计是刚睡醒，头发乱糟糟的，腮鼓成小河豚的模样，光是想想都觉得格外可爱。

这个声音仿佛成了这间老房子里唯一的生机。

李钦臣站在冰箱前，白皙的指尖搭在一罐冰汽水上，他像是被逗笑般，轻轻地扯动唇角，回复她：我的嗓子好像更严重了，说不出话。

黎灵灵这才正经了一点儿，问他要不要去买药。好歹是她那一筷子贡菜把人塞成这样的。黎灵灵秉持着要对他负责的态度，周一早上又给他准备了早餐和凉茶，但效果并不显著。

在学校，李钦臣算是真成了大家眼里的"哑巴帅哥"。他本来就很少主动搭理人，可是一个上午了，大家居然连黎灵灵和他互怼的话也没听见。

上次周考的试卷讲完,下课铃声打响。

化学老师邹水芍已经拿着教案站在了门口。

班主任罗蕙表示歉意,说要拖几分钟堂。她站在讲台上,拍了拍手:"下周举办运动会,大家都知道了吧?你们体育委员交上来的名单不够人数。"

运动会一共举办三天,高三生学业要紧,只需要第一天参与,但是学校依旧要求大家踊跃报名参赛项目。

"还差一个女子标枪。"罗蕙指了下教室左手边靠窗的那排学生,"就黎灵灵吧,我看你没报名参赛。"

黎灵灵没有集体精神,当即反对道:"凭什么我去投标枪啊?又不是只有我没——"

她的话还没说完,桌洞里的手机发出两声振动,大概是骚扰电话。全班在这时很有默契地咳嗽,帮她遮掩。

黎灵灵有点儿窘迫,伸手进去,表情未变,给手机设置了静音。

为了表示不是她的手机,她下一秒欲盖弥彰,转头看向旁边的李钦臣,眼神里带着点儿谴责:你怎么还带手机来学校了?

李钦臣才不帮她背这个锅,在本子上唰唰地写下五个字,举起来给她看:都知道是你。

毕竟很少有男生会用《樱桃小丸子》的音乐,更别说他这种连手机壁纸都是系统自带的男生。

讲台上的罗蕙没好气儿地在报名单上把她的名字写上去,对刚才发生的小插曲装聋作哑,继续道:"还有男子四百米接力跑,最后一棒找不到人了。"

"老师!"黎灵灵这会儿倒是积极举手,指了下她的同桌,"李钦臣说他想为班级争光,他去!"

罗蕙推了推鼻梁上的眼镜,说:"哦?"

李钦臣还说不出话,张口就疼得蹙眉,咳嗽了几声,含糊其词。

黎灵灵热情传话,笑眯眯地瞎编:"老师,他喉咙痛,刚才咕叽半天说的是保证为班里拿第一！"

李钦臣："……"

罗蕙用赞赏的目光看过去："孺子可教啊，虽然李同学来这个班级才两个月，但他还是不错的，大家要向他学习。"

两个人一起报名运动会的事情就这么定了下来。

李钦臣转过头，把笔搁在桌上，一副要"秋后算账"的模样，朝旁边的人看过去，眼里写着四个字：我不想跑。

黎灵灵一副"不畏强权，你奈我何"的嚣张模样，回视他，也明白他要表达的意思：木已成舟，你必须得跑！

硝烟四起，后排和平区的观战选手周峥别过头，说："这两人要是打起来，我们帮谁？"

樊羲很讲义气，说："兄弟情也讲先来后到，我肯定帮灵灵！"

徐池生说："李钦臣不会打黎灵灵，但他一个人应该能打我们仨。"

果不其然，在他们继续说话前，黎灵灵用手肘抵着桌面撑脸看他，抬手"哥俩好"地拍了拍少年宽直的肩："你放心，就算是跑最后一名，我也不会嫌你丢人的。"

这激将法太拙劣。李钦臣嗤笑一声，没同意也没再反对。

罗蕙一出教室，门外的邹水芍就进来了。

上课铃声正好打响，前排的于悠提出想去上厕所。邹水芍不耐烦地瞥过去，说："你没听见打铃了啊？不准去，拖你们堂的又不是我。"

"芍老师！我也想去放水！"后排的周峥和几个男生大摇大摆走上前，嘴里没个正经，"不让去就憋不住了，你也不想我丢这个脸吧？"

"是啊是啊，美丽大方的芍老师！"

被一群男生死缠烂打，邹水芍才松口，笑着往他们身上丢了一截粉笔，又装严肃道："好了好了，五分钟，快去快回，都像你们这样，还上什么课？！"

她嘴硬心软也不是第一次了，班里其他人早已习以为常。

黎灵灵一看是她的课，撇撇嘴，都懒得再往讲台上看，转头拿出一套数学题,打了两个哈欠。

坐在旁边的李钦臣看她一眼,帮她把遮光窗帘拉上了。

还剩最后一节课。

好不容易等邹水芍的两节化学课结束,黎灵灵正要趴在桌子上休息一会儿,于悠就来喊她一起上厕所。

"我真的服了,为什么上高三了比以前更困?"于悠捂着嘴巴,一脸倦容,"我昨晚还特意十点半就睡觉了。"

黎灵灵也犯困,没什么精神地说:"珍惜吧,高中最后一年了。"

从厕所出来,她揉了揉眼睛。九班的学习委员汪惜正巧跑上前来喊她:"黎灵灵,灵灵,等一下!"

汪惜是一个挺文静的女生。之前学校开设了一学期奥赛补习班,她和黎灵灵作为年级前四十名,都被选进去了。

两个班级离得远,平时两人交流不多,但她们也算点头之交。

黎灵灵不明所以,回过头问道:"怎么了?"

汪惜不好意思地瞥了一眼她旁边的于悠,想了想,直言道:"你帮我把这个给你的同桌,就你那个好朋友。"

她一边说,一边往黎灵灵的口袋里塞了一封信。

黎灵灵愣了几秒,她万万没想到,做李钦臣的传信鸽这种事情再次出现了。

等她回过神,汪惜早就走了。

于悠啧啧叹道:"没想到你的竹马居然被汪惜小美女看上了,她真古板,这年头还写信呢。"

黎灵灵抿了一下嘴唇,说:"信有什么少见的?我早上还收到一封呢。"

于悠好奇地扒拉她的口袋,说:"我们看看她写的什么吧。"

"不要了,不太好。"黎灵灵感觉做这种事情很浪费她的时间,语气也有些低沉,"李钦臣有什么好的?肤浅。"

于悠哼了一声,说:"你不要这么瞧不起我们喜欢长得漂亮的人啊!"

黎灵灵不屑道:"就他那烂脾气,谁愿意跟他玩?"

两人走到了教室外的走廊上。

于悠随口答道:"他的脾气挺好的啊,人家是话少,但不是高冷。我看你们这对欢喜冤家真是应了那句老话。"

"什么老话?"

于悠摊着手说:"看对眼的是青梅竹马,看不对眼的是酸梅牛马呗。"

黎灵灵:"……"

她摸了摸外套口袋里的信,往后排窗口的位置看过去。

教室里的人趴下了一大片,但李钦臣没睡觉,他的侧脸被日光照着,鼻梁挺直,嘴唇薄,指间攥着笔,正在百无聊赖地转着。

下一秒,他的目光落在旁边的桌面上,轻轻地皱了一下眉,像是嫌弃她的桌面太乱,索性放下笔,帮她整理乱堆成山的书本。

黎灵灵不得不承认,她很早就正视过李钦臣这个人。

他有着优越的外形和家世,却很少以此为荣。一身慵懒的气质中和了他过分冷厉的眉眼。

他那张嘴又喜欢说些不着调的话,仿佛对他开什么冒犯的玩笑都能被轻松化解。一双丹凤眼看着人时,像是格外深情似的。

于悠说的话或许也有道理。他们分开的这两年,双方早就发生了变化。

这节数学课的最后几分钟,黎灵灵有些心不在焉,抖了抖脚,带动桌子,连带着旁边的李钦臣也受了影响。

他别过头,说:"内急?你不是才去过厕所吗?"

她懒得理他。

放学铃声响起,数学老师正好说了"下课"。大家一起站起来,喊了声"老师辛苦",然后一窝蜂地冲了出去。

黎灵灵提起早就准备好的书包,没等他一块儿放学。她从口袋里掏出那封信,拍在他的桌上,没看他的反应,直接一言不发地快步离开。

那封信里写了什么，她才不好奇。

她又不是没收过信，来回就那几句话，先是赞美，后是要联系方式，最后一个姓名落款。

对了，一般来说信里会有邀请吗？

她没写过，也的确好久没看过，记不清了。

这样想着，黎灵灵快走到校门口时，无聊地掏出口袋里早上收的别人给的信，打算看看。

她掏出信的那一刻愣了一下，为什么她感觉这封信很陌生，像是第一次见？

早上她收的那封信好像不是粉色还带爱心贴纸的吧？写信的明明是一个体育生，他递信过来的时候，信纸上的花纹挺素净的。

不会吧，这么倒霉的事情都让她碰上了？

汪惜的信现在她手里，那她帮忙送给李钦臣的信难道是早上自己收到的那封？

手机在此时振动了一下，李钦臣发了信息过来。

李钦臣：每次我看见你都有种别样的感觉。

黎灵灵发了一个问号过去。

李钦臣：上次打球，我不小心碰到了你的手。我第一次知道女孩子的皮肤这么细腻，触感如同上周下雨天，我踩到的那只蜗牛。

黎灵灵发了一排问号过去。

李钦臣：你平时看起来是很开朗的女孩，聪明美丽，像是坐在火箭上活蹦乱跳的玫瑰花。

黎灵灵反应过来了，他在转述那封信上的文字。

这是什么体育生？花钱进深中的吧！

这种文笔还学别人写信，语文考试时作文能及格都算他厉害。

李钦臣：我是高三十八班的曲远航，希望你能记住这个让你一生难忘的名字。

谢谢，一生很长，但我短时间内是忘不了了。

黎灵灵捏紧了拳头。

李钦臣这家伙在看她的笑话。

她直接打断他,恶狠狠地发了一个"鲨掉你"的表情包:你在哪儿?

李钦臣:高三十八班,曲远航同学的面前。

我回来见到你很高兴。

你高兴得太早了。

The Sixth Letter
羡慕他

黎灵灵本来还在校门口,看见他的回复后,几乎是疾跑冲刺返回教学楼。

这个时间,学校里的人都走得七七八八了,她一路跑过来还算没有什么阻碍。十八班就在二楼楼梯旁边,她冲上去前,还有几个背着书包慢吞吞走路的人,被她这架势吓到了。

本来她应该义正词严地跑到这个班直接拉着李钦臣走的,但是她鬼使神差地停在了拐角的楼梯间。

教室里应该是没人了,她悄悄地探出脑袋偷看。

她看见李钦臣把人喊到了走廊一角,一只手抄着兜,骨节清晰的另一只手勾着肩背上的书包。

他脸色如常,但表情冷淡,那道打量的目光看上去就像是存心来找碴儿的。

曲远航还穿着体育生的训练服,两个人的个头差不多,但他常年训练,肤色比对面这位黑了一个度。

曲远航当然也听说过李钦臣,站直身体,道:"你找我有什么事?"

于是黎灵灵捏紧了手机,听见李钦臣用还没痊愈的嗓子,跟老父亲似的教育人。

他说了今天以来最长的一句话:"信我看见了。"不知道的还以为信是送给他的呢。

曲远航听见是聊这个,有点儿羞涩,摸了摸鼻子:"怎么样,我的文采还可以吧?都没抄,全是我自己写的!"

黎灵灵在沉默中有种想把那封信塞进他嘴里的冲动。

她觉得李钦臣应该也是这样想的。

因为李钦臣回答得十分不留情面:"你的文笔很差,我劝你把心思放在正事儿上。体育联考距离现在没多长时间了吧?我们也快高考了,你不要做些损人不利己的事情。"

黎灵灵越听越觉得不对劲。

他这该死的家属感是哪儿来的?怎么如此熟练,仿佛做过好多次这种事情。

曲远航是一个二愣子,没听出来他的意思:"你放心,我的专业成绩很好,肯定能考到好学校!"

"那等你考到了再说。"

像是耐心耗尽,李钦臣漫不经心的目光锁定了拐角露出的一点衣角,他低声说道:"你再来找她,我对你不客气。"

他疯了吗?挑衅一个四肢发达的体育生?

像是真害怕下一秒曲远航会打李钦臣一拳,黎灵灵连忙跳出来喊道:"李钦臣!"

她出现的那一刻,两个男生之间剑拔弩张的气焰收敛了许多。

曲远航扬起笑脸,说:"灵灵,我加你好友了,你怎么没同意?"

李钦臣别过头看她,威胁道:"你敢同意试试!"

"你是谁啊?就算是她爹,也不能限制她的交友自由吧!"曲远航本来被他贬低一顿就火大,这会儿更是撸起了袖子。

黎灵灵眉心一跳,她赶紧上前站到两人中间,分开他们。

她扯着李钦臣的手臂拉他走,跟平时劝栗子和其他小狗别打架似的,说:"好了好了!别闹了,我们回去了。"

曲远航还不死心,在后面喊她的名字,声音飘荡在走廊里。

黎灵灵的脸都被喊红了,她感觉有点儿丢脸,皱着眉,也没回头:"你别找我了!他说的话就是我要表达的意思!"

"等会儿。"李钦臣停住脚步,从口袋里把那封信掏出来放在旁边的栏杆上,余光落在后面的那道身影上,"还给你。"

曲远航:"……"

一直拖着身边的男生走到校外,看见门外大叔奇怪的眼神后,黎灵灵才松开手,跟他算账:"你干吗跑过去跟他说那些话啊?"

李钦臣的袖子被她拉扯得一边长一边短,外套松松垮垮,硬质的拉链头快拉到腰腹那儿了。

他整理了一下领口,才慢条斯理地睨她:"我说什么了?"

黎灵灵瞪他:"我听见了,你说要对他不客气!我以前怎么没发现你有这种动不动就威胁人的习惯?"

公交车停在站台前面,门打开,空调冷气泄出来。

李钦臣拎起她的书包,顺势推着她上去。他刷了两个人的公交卡,在嘀声中淡淡说道:"又不是没威胁过。"

就这么一句话,让黎灵灵有点儿愣怔。

这趟公交几乎坐满了,她被领到爱心座位后面唯一的空位上坐下。

李钦臣像往常那样站在她旁边,为她隔绝了拥挤和嘈杂。

她看他神色自若,似乎没把刚才的话当回事,然后突然想到初一的时候,他确实有为自己和初三的一个学长起过争执。

那个学长可和曲远航不一样,他没有要求黎灵灵记住他的名字,交友的方式也简单粗暴。

他一到周五就来送电影票,大摇大摆地跑到班上找她。

诸如此类让人反感的行为简直数不胜数。

他死缠烂打了近一个礼拜,和她不是同一个班的李钦臣都听说了这件事。

周一下午,放学时她没等到李钦臣,反倒在教务处看见了一脸瘀青的他,才知道他去找了那位学长。

那位学长本来也是一个混子,李钦臣没让他讨到什么便宜。

只是那天之后,学长真的没再来找过她。即使是在食堂碰上了,学长也对她敬而远之。

那时黎灵灵对李钦臣受伤可能会被家长责骂这件事更害怕点儿。

放学路上,两个小孩都磨磨蹭蹭没回家。

黎灵灵在药店买了药膏,一边给他擦药,一边试图甩锅到他的身上:"看把你的脸都弄成什么样了,回去后怎么说啊?"

少年扭头看她,清瘦的脸上还有一道伤痕,锋利狭长的眼睛微微眯起,他顾左右而言他:"你怎么不早点儿跟我说那个人骚扰你?"

黎灵灵被他的反问弄得有些措手不及,恼羞成怒地说:"要你管!"

他的唇角微微勾了一下,接话也快:"嗯,管到底。"

李钦臣说话算话,他也一直是这样管她的。

坏事不让做,黎灵灵可以有稍微出格的举动,但是不能犯大错。

回忆到这里收住,黎灵灵低着脑袋看手机,她从手机屏幕倒映的画面里看见他锋利的下颌线,轻声喊他:"李钦臣。"

在这么吵的环境里,他依然听到了她喊自己的名字,俯身回她:"什么?"

黎灵灵抬起头,把口袋里的另一封信递给他:"喏,这个才是别人给你的。"

"你还不知道应该怎么办?"他没接信,手插进兜里,语气里带着点儿"你能不能举一反三"的无奈。

她不解道:"难道我也要学你去威胁别人吗?"

李钦臣伸出手,敲了一下她的额头:"你自己看着办。"

"我才不要像你一样。"黎灵灵一边揉着脑袋一边咕哝,慢腾腾地把信塞回了口袋里,想着明天回学校还是把信还给汪惜吧。

过了一会儿,她盯着手机又喊他:"李钦臣。"

他对她想一出是一出的行为早已习以为常,气定神闲地"嗯"了一声。

"我给你买点儿西瓜霜吧。"

他现在这声音真是太难听了。

大概是因为很早就开始补课，正式开学的日期、军训、新生入校等也和高三学生无关。

日子真的过得很快，一眨眼，黑板上的高考倒计时只剩下251天。

蝉鸣声渐渐消失，气温降低，深中的秋季运动会也拖延了一周后才举行。

塑胶跑道上还有小水洼。还好在开幕式举行前，太阳升了起来，日光照耀着每一面高高举起的班级旗帜。

每届运动会来临时，各班都会换上自己挑选定制的班服走方阵。六班的班服是高一就定制好的民国风学生装。大家排队时就叽叽喳喳吵个不停。

和高一、高二年级学生松弛的状态不同，这边的高三学生手里都拿着单词或古诗文小册子。

黎灵灵举着班牌站在最前面，她本来不太习惯在这种场合看书，但被诸多老师盯着，她也只好拿出化学公式本瞄了几眼。

太阳正毒辣，前面的班级的学生还在慢慢入场，校长正念着千篇一律的开幕式致辞。

她百无聊赖地看了眼旁边的"异类"，带着点儿幸灾乐祸，说："你好显眼啊，要不你去后面找周峥他们要个公仔头套戴？"

李钦臣瞥了她一眼，十分挑剔地道："会出汗。"

"难伺候。"

他是唯一没有穿班服的人，也被罗蕙选为了高三年级的学生代表，待会儿他要去主席台上致辞。

黎灵灵听着广播里校长的励志发言，喷了一声："年年如此，毫无新意。"

李钦臣瞥她一眼，问："你想要什么新意？"

"至少不是每次都说些打鸡血的语录吧。我们被教导的十几年里都在跟旁人比高低，现在比成绩排名，今后比薪资待遇……"黎灵灵叹了一口气，老气横秋地摇摇头，"总是习惯去用别人的标准来衡量自己。"

她从小就有些离经叛道,不喜欢一成不变,更不喜欢照本宣科。

李钦臣当然明白她的意思。

黎灵灵看着他空荡荡的手,说:"你的演讲稿呢?"

他理所当然地回答:"我没写,哪有时间写。"

"昨晚你——"话说到一半,她心虚地止住嘴。

李钦臣故意问:"昨晚我怎么了?你说啊。"

昨晚他本来是有时间写发言稿的,但是黎灵灵拉他去公园看日落,顺便遛狗了。

这两年多,遛狗这件事她从不假手于人。不过李钦臣一回来,她就很自然而然地把责任分给他一半。结果昨晚因为她贪吃路边摊的烤红薯,错过了最后一班公交车,导致打车回去已经很晚了。

黎灵灵撇着嘴,嘟囔:"本来就是我俩一起养的小狗,拉你一起遛弯怎么了?栗子现在吃这么胖,我一个人都快拉不住它了。"

李钦臣点头,赞同她的观点:"你说得对。"

"那你真没写稿子啊?"她想说要不拿她之前写的演讲稿照着读一遍,反正听上去都符合主题要求。

没等他回答,那边已经有人在喊他的名字。

黎灵灵耸耸肩,表示爱莫能助,给他一个"自求多福"的表情。但其实她并不担心,小学五年级就拿过英语演讲比赛市第一名的人,临场发挥不会差到哪儿去的。

李钦臣走到了主席台旁,校长发言后,就轮到他了。

高三年级的学生这时也陆续进场,黎灵灵在举牌时正好经过主席台,听见了他在话筒前的第一句话:"老师、同学们,上午好,我是高三六班的李钦臣。刚才我在台下被朋友建议别说太多废话,所以接下来我打算长话短说。"

黎灵灵错愕地抬头。他口中的朋友最好不是指她。

李钦臣站在一群老师和领导中间,显得鹤立鸡群,他的身形清瘦修长,格外显眼。他正低着头往下看,眼睛明亮又锐利。

"好好学习这种话听得太多,高三最后一年,我聊点儿其他的。"

旁边有人不屑地说:"这个男生到底在干什么?演讲跟唠嗑似的。"

黎灵灵正听着,不耐烦地瞥过去,说:"你行你上?"

她冷着脸,一下便让那个男生悻悻地闭上嘴。

"在当今网络普及和快速发展下,我们这一代人比前人接收到更多各种各样的碎片化信息,好坏都有,所以学会辨别它们和拥有自主思考能力成了第一要务。"

广播里,男生的声音有些慵懒,甚至因为脱稿,语速缓慢,多了点儿聊天时的随心所欲,但每一句都是条理清晰的。

"我能分享的观点就是:去接受世界不如自己想象中那么完美的事实,也相信世界兼收并蓄的本质。做高山亦做溪流,豁达明理而不保守,葆初心绝不半途而废,千千万万个青少年人便是燎原星火。

"我没能力祝各位都能飞黄腾达、平步青云,但我祝大家都做有力量、有信仰的人,不要轻易被驯化。

"人生悦己,我与诸君共勉。谢谢!"

他的话音刚落,台上的几位老师带头鼓掌。很快,场下排山倒海的捧场起哄声响起,这不到一分钟的脱稿演讲,反倒让不少人认真听了进去。

"脑子好的就是有两下子啊!我还以为他光是脸长得好看呢。"

"这段话得背多久啊,哈哈,还好我刚才录下来了!"

"我还是喜欢这种接地气的演讲!"

身边人小声讨论着,都在夸李钦臣的这段演讲。

黎灵灵居然有几分与有荣焉。

她在队伍前站好,用手挡着阳光,往主席台上看。校领导似乎还在和李钦臣说话,不知道在聊些什么。

男生站在那儿,微微低头,尽显谦逊。李钦臣在一群中年人里显得格格不入,挺拔又灿烂,如同一棵被浇灌得生机勃勃的松柏树,有锋芒却不刺眼,松弛却不失稳重,这才是他原本的样子。

但黎灵灵总觉得,他是在回到深州后的一天天里变好的。

从第一天晚上他倚着墙时懒散的模样,变成现在游刃有余的状态,变化很明显。

不过黎灵灵转念一想,回到深州后,他重新拥有小狗,结识了新的同学伙伴,也不再夹在那对貌合神离的夫妻之间,确实不算孤单。

运动会开幕式结束后,各项比赛正式开始,夹道两边还有家长进校观赛。今天算是校园开放日,校内什么人都有。

于悠抱着练习册坐在黎灵灵旁边,把校服外套盖在脑袋上,哭丧着脸说:"这十点多的太阳也太晒了。"

这边的阶梯观众台没有遮阳板,黎灵灵也被晒得两颊通红,手上还拽着两块号码布,一块是她自己的,另一块是李钦臣的。

于悠本来还不精神的声音突然在某一瞬间大了点儿,她撞了撞黎灵灵的胳膊:"他怎么来了啊?"

黎灵灵在用曲别针戳号码布,有气无力地抬眼:"谁……沈帆?"

没错,带着几个男生朝她走过来的就是沈帆。两人都一年多没正儿八经见过面了,这哥们眼里的愚蠢是一点儿也没减少。

他穿着不知道从哪儿弄来的深中校服,但遮不住一身的大logo名牌,头发烫成小鬈毛,微微泛栗色。撇开一米八五的身高不谈,他那张脸倒是有股日系男生的帅气。

黎灵灵看着他走上前,再看着他手里那只气球,难以置信道:"这个气球上面为什么有一张我的照片?"

沈帆面无表情地耍帅,把气球递给她:"好久没见,这是见面礼。"

于悠憋着笑,躲在外套底下不敢出声。

黎灵灵盯着气球上的大头贴,伸出曲别针,啪地扎爆了气球,板着脸道:"你找我什么事儿?"

气球爆炸的声音引得周围的人都围观过来。

沈帆半蹲在她的面前,有些忧郁地说:"我爸妈让我下个月出国,我来……"

他的话还没说完,黎灵灵被闪光灯闪到眼睛,打断他,指着不远处的人说:"樊羲,你不准再拍我!"

"灵儿啊,不是我故意要拍你。"樊羲勾着旁边一个男生的肩膀,笑得不行,"李钦臣问我,你在哪儿呢,我拍给他看看。"

她感到莫名其妙:"有什么好拍的,他人呢?"

"他刚被铅球砸了,现在应该在医务室。"有个男生喊道。

黎灵灵"啊"了一声,从阶梯上站起来,问:"他怎么被砸的?他不是被学生会的人借去计分了吗?"

还蹲在那儿的沈帆仰起头,扯了下她的裤脚:"哎,我——"

手机振动,黎灵灵本来正好点开和李钦臣的对话框。

他刚才发了好几条信息。

你有空给我带瓶水吗?

我刚才被铅球砸了,也没多大事,就流了一点儿血。

樊羲说你的朋友来了,你没空管我的话就算了,没事。

黎灵灵的手指按在键盘上,一下子被他这种类似示弱的话弄得有点儿不知所措。她在思考是先问他在哪儿,还是先问他伤得到底怎么样。

可没等她输入第一个字,那边的人又蹦出两行字。

顶多。

会有一点儿难过。

沈帆还记得第一次见黎灵灵是在高一。

书店门口,她像一个遗世独立的仙女,睫毛纤细浓密,唇瓣殷红柔软。乌黑的瞳仁盯着娃娃机里的东西,辫子的小皮筋上还有个金属蝴蝶发卡,因为穿着一尘不染的白色裙子,她白皙的腿露了出来。

黎灵灵站在书店门口的抓娃娃机前,面无表情时有几分美人的高傲感,手里硬币快空了也没抓到一个。

长得太漂亮的女孩实在吸引人的目光,沈帆一眼就看见她了。

这姑娘有点儿缺心眼儿,人家抓娃娃都是找位置好的抓。但她不是,看中一个就执拗地只要那一个。她喜欢的那只长耳兔子窝在犄角旮旯里,最难抓。

硬币全部用完，她也只把那只兔子移出来了一点点。她站在原地不动，似乎在纠结要不要继续花钱抓娃娃。

没等她纠结完，旁边一个文花臂的大叔色眯眯地凑过来，把四个硬币在掌心掂了掂，说："小妹妹，叔叔送你几个硬币玩，你要不要啊？"

黎灵灵瞥了对方一眼，拒绝道："不用，我要回家了。"

花臂大叔死皮赖脸地拦着她："你别急着走啊，叔叔又不是坏人！"

沈帆就是这个时候出场的，把女孩护在了身后。

解决完花臂大叔后，他又花了几十块钱把那个兔子抓出来了，追上去送给了黎灵灵。

谁听了不说这是一段"英雄救美"的佳话。

说实话，沈帆觉得自己作为一个跟黎灵灵一年多没见的绝交了的朋友，特意跑过来找她，挺自讨没趣的。

准确来说，他俩做朋友之后就没觉得有趣过。

在出国之前，沈帆想和黎灵灵道个别，却没想到她竟然这么快有了新朋友！

沈帆耐不住性子，说："灵灵！你今天要是敢去他那儿，我就赖——"

他的狠话还没放出来，黎灵灵就皱着眉挥开他的手，指了下自己的号码布，又指向不远处，说："别烦我，我要去丢标枪了。"

"赖在……哦。"

知道她是去比赛，沈帆收了话语。

旁边的于悠起身帮黎灵灵把号码布别好。

沈帆乖巧地拿过她的校服外套，说："去吧去吧，我在这儿等你回来。"

黎灵灵看了他一眼，又看了眼他后边的那几个男生，懒得再说话了。

她一走，沈帆顺势坐在于悠旁边打听："小萝卜头，那个男生叫什么？"

黎灵灵身边这群朋友对沈帆的观感都很一般。人是还行吧，但好好一个富二代总跟些不三不四的混混玩。何况这人还没啥脑子，得罪人也不自知。

于悠已经懒得反驳自己不叫"小萝卜头"，她往旁边挪挪位置，说："是她认识十几年的竹马朋友。"

沈帆自顾自嘀咕："竹马？"

"很帅哦，比你帅多了。"于悠看着他的脸，在旁边幽幽地补上一"刀"，"不信你看。"

她把手机递过去。

屏幕上显示了一个视频，是各大年级帅哥的合辑。

丢标枪就两分钟的事儿，黎灵灵走了个过场就被男子接力赛那边喊去做志愿者了。

她的胳膊上多了一根老师帮忙绑的红色志愿者布条，也就是"送水条"。

终点站的草坪上有个遮阳伞搭的小棚，一张桌子上摆着运动员名册和成绩记录表，几个学生会的人和体育老师也在那儿聊天。

黎灵灵百无聊赖，蹲在地上拔草，被太阳晒得迷迷瞪瞪，有点儿犯困。

她的旁边还跟着一个喋喋不休的外校人员——帮她遮阳的、人高马大的沈帆。

李钦臣过来的时候，看见的就是这样和谐共处的场景。

广播里正好在播放给高三运动员加油的稿子。

"青春总是伴随着大量的焦虑痛苦和对未来的迷茫，但它一定有好的一面。就像我们不会再经历第二次感同身受的高三时光了，都拼尽全力吧！为今天的不后悔，也为明年六月的不后悔，大家加油。"

黎灵灵听完，正好站起来，就发觉面前多了一道影子。她本来觉得自己不矮，但夹在两个身高一米八以上的男生之间，难免感觉呼吸空间都狭窄了一点儿。

黎灵灵上下扫了眼面前的男生，好像也没有哪儿受伤，她像是早有预料般扯了下嘴角:"我就知道你又在骗我。"

他要真是被铅球砸出血了,哪还有闲工夫逗弄她。

李钦臣是过来检录的,余光扫过她后边的沈帆,没理会他,只旁若无人地低笑:"你知道我在骗你,就连水也不给我拿了?"

"我忙着写加油稿呢,刚才主持人念的就是我写的。"黎灵灵说着,踢了下脚边上的水,"要水自己拿。"

沈帆的手插着兜,他忍不住插进两个人之间,走上前问:"你就是李钦臣?"

有什么好打招呼的?

黎灵灵有种说不出来的尴尬,简单介绍道:"这是沈帆。"

"嗯。"李钦臣抬起眼皮,点头打了个招呼,"号码布给我。"

沈帆笑道:"哥们儿,我上哪儿找你的号码布?"

"你帮灵灵拿着的外套是我的。"李钦臣抬手拿回校服,从校服口袋里掏出了号码布,又递回给他,"谢了。"说完,他就越过他们去检录了。

沈帆:"……"

李钦臣好像也不是特别在意沈帆?黎灵灵松了一口气。

但沈帆就不爽了:"你这个好朋友没什么礼貌啊!"

黎灵灵抬手把外套拿回来挡在脑袋上,懒洋洋地点头:"对,你待会儿记得当着他的面说。"

广播里在喊参加男子接力赛的选手就位,罗蕙喊来六班的人做啦啦队。第一棒是班里体育生转文化生的老黑,第二棒是体育委员,第三棒是周峥,留下的李钦臣是冲刺棒。

冲刺棒其实很不好,最容易背锅,更何况隔壁班还有体育生参加。

六班的女生们在前面被罗蕙带着喊口号,樊羲和一群男生来到了终点。

黎灵灵看了眼其他班的阵容,瞥了樊羲一眼:"你怎么不去跑?"

"没我的位置了啊。"樊羲理所当然地指了跑道一下,问,"你是不是忘记谁给李钦臣报名的?"她还真的差点儿忘了。

运动员们都在各自的起跑位置做拉伸准备,甩手又拍腿的。但最后就位的李钦臣站得不太直,甚至还有点儿恹恹的,打了一个哈欠。

他后边那个人盯着他很久了,他终于回过头,给了对方一个眼神——那人是十八班的曲远航。

隔着一百米,曲远航对李钦臣竖起小拇指。

李钦臣伸手揉了揉后颈,仰头时喉结凸出,上下滚了几下,一脸不把他当回事儿的样子。

樊羲那几个男生在终点做解说,指点江山:"我感觉今年拿第一的应该是十五班,他们班那两个体育生都上场了。"

"也就是我没去,让这群猴子称大王咯!"

沈帆半点儿不见外,接话道:"确实,你们班这个阵容就不太行。"

"起点处那个黑哥怎么回事儿?我还以为他披了一块电影幕布在身上呢。"

黎灵灵掏了一下耳朵,别过头说:"都闭嘴!"

枪声一响,起点处的四个人冲出起跑线。

前两棒六班其实还挺有优势,但到第三棒时,周峥这个不成器的开始得意忘形,在接棒时把接力棒摔在地上了。

刚跑过来递给他棒子的体育委员一口气差点儿没上来,一巴掌拍在他的屁股上:"峥仔,你快点儿啊!"

坐在观众席的六班人站了起来,挥舞着手上的单词册子,大喊:"加油加油!六班必胜!"

"周峥,你今天必须快点!"

"哈哈,这是在拖后腿吗?"

"别骂我了——"跑道上的周峥也要崩溃了,边跑边朝前面的人喊,"钦臣哥,我对不起你!"

短跑看速度,刚才耽误的这几秒已经让六班垫底。李钦臣作为最后一棒,压力最大,但这种情况就算跑输了也怪不到他的头上。

旁边第三棒的曲远航在这时已经完成交接棒，不忘喘着气嘲笑："哟，你还在这儿呢？早知道我……"

他还没说完，李钦臣已经拿到接力棒。他像离弦之箭般冲了出去，一阵风带过去，跑道上的尘土飞扬。

曲远航的嘴巴还张着，猝不及防吃了一口灰，接上刚才的话："我——慢点儿……呸呸呸！怎么还有石子儿啊？！"

最后一棒每个人的速度都快到难以想象，跑道上相继掠过几道身影。

六班的人都以为拿奖无望，一个个自我安慰"友谊第一"时，却看见李钦臣这匹无声无息、不被期待的黑马超过了第二名！

刚才还消沉的士气立刻大振，大家大喊："管什么友谊第一！要李钦臣第一！"

"李钦臣，冲冲冲！加油！"

"快要追上十五班了，拿个并列第一也行啊！"

樊羲那伙人揍完周峥，也冲到跑道边上喊加油。逆风翻盘的比赛最容易吸引人的注意力，一群人把前面的条幅遮得严严实实。

黎灵灵也有点儿好奇，她踮起脚，试图看看能不能看见结果。

余光中，她看见李钦臣和十五班那个男生一起冲了过去，想再看清楚点儿，又被别的班看热闹的人挡住了，具体战况完全看不见了。

她还没跳起来时，突然听见裁判宣布比赛结束，全场都发出欢呼的声音："呜呼！厉害！"

终点聚集了很多人，黎灵灵推了推前面那个女生："喂，哪个班赢了？"

她还没听见答案，就听见樊羲兴奋地对她喊："灵灵，是李钦臣！不是差不多，更不是同时，我们清清楚楚地看见只有他跑在最前面！"

她笑了。

也对，李钦臣向来只会拿第一。

裁判宣布名次之后，人群渐渐散开。

李钦臣从终点走过来，他额前的头发湿润。他高挺的身影逆着日光，腰背的脊骨透过被汗弄湿的 T 恤，清晰可见。

"钦臣哥，还得是你！"

李钦臣避开张着双臂要来负荆请罪的周峥，看向他身后的黎灵灵。

两人的眼神对上。

黎灵灵抿了一下嘴唇，正要把他的外套还回去。

沈帆没注意到他俩的对视，还在旁边商量般道："待会儿一起吃饭吧？"

衣服没拿走，黎灵灵手上的那瓶水却被李钦臣拿走了。

李钦臣灌了几口水，算是打断了他们的交流。他突然晃了一下，滚烫的体温和无法忽视的重量就向黎灵灵压了过来。

黎灵灵差点儿没站稳，下意识扶着他绕过自己肩膀的手臂，问："你怎……怎么了？"

"我跑得太急，脚抽筋了。"李钦臣的气息沉缓，人半压着她，垂着的眼皮抬起来，看向旁边的沈帆，"吃饭？介意我一起去吗？"

沈帆感觉自己再看不出来一点儿东西就很愚蠢了。他咬牙切齿道："去呗，你别靠着灵灵了。来，我扶你！"

沈帆正要伸手，李钦臣又站直了。

感觉到力道收回去，黎灵灵还担心地看他的脚踝："你的脚现在不抽筋了吗？"

"嗯。"

他低着头，突然伸手，虎口卡着黎灵灵的下巴，将她的头抬起来，他笑着问她："你在哪儿蹭得这么脏？"

他的指腹有些粗糙，不紧不慢地刮蹭着女孩脸颊上沾到的灰尘。

黎灵灵脸上的那点儿泥沙应该是刚才她无聊拔草时溅到的，本来她也没感觉到哪儿不对劲，但是他今天好奇怪，有种荒唐的温柔。

边上这么多人看着，或许是觉得他俩本来就关系好，都无所谓这种近距离的接触，反倒庆幸今天两人没吵架。

黎灵灵白皙的脸颊被搓了几下，隐隐泛红。

李钦臣刚运动过，轻微的喘息令她的耳根莫名其妙有些发热。

黎灵灵不知道怎么形容这种感觉,索性恼怒地拍开他的手:"好了吧?你不要趁机报复捏我的脸!"

拍得好。

沈帆在旁边暗暗道,又忍不住插话:"走吧,也快到中午了。"

黎灵灵真不知道这顿饭有什么好吃的,但总归是她先提出和沈帆绝交的。她怀着愧疚的心情点了点头。反正是最后一次了,就当是给他的践行宴吧。

但是,她实在不懂李钦臣为什么也要凑热闹。

因为多了一个人,显得这种离别的场面有些许诡异。沈帆订了一家私房菜馆,楼下还设置了供客人娱乐的台球桌,他一向会挑好的、贵的吃。

半开放的包间里很安静,环境雅致,服务员上菜速度很快。

黎灵灵端起边上倒好的茶水,抿了一口,说:"沈帆,你要出国了是吗?"

沈帆点头道:"我爸妈说我混日子——不是,说想送我去外国读大学,锻炼一下自己独立生活的能力。"

黎灵灵若有所思,道:"高三才开学一个多月,你这么早就走?"

李钦臣接腔:"申请了预科吧。"

"你还真别说,"沈帆咽下这口气,"让你猜对了。"

"也对,你的英语这么差,可能在语言环境好一点儿的地方就能学好了。"黎灵灵知道他是什么德行,一点儿也没给面子,直言道,"祝你一路顺风。"

饭桌上有种离别的凄惨感。

沈帆指着桌上的凉拌秋葵道:"灵灵,你记不记得这道菜?"

黎灵灵安静地吃着菜,抬眼等他的后文。

"我们第一次出去吃饭,我说我不喜欢吃秋葵,但是你喜欢吃,我为了配合你的口味,回去让我家阿姨做了一个月的秋葵。"沈帆说到这儿,捂脸悲伤地道,"可是我还是不喜欢吃它。"

她还是第一次知道这件事,嚼着秋葵时,表情有些一言难尽:"其实你不用这样委屈自己的。"

沈帆说:"可是我想和你多吃几次饭啊!"

李钦臣不着痕迹地添油加醋:"你还没看出来吗?你和她从饮食口味上就不合适,勉强没有好结果。"

沈帆白他一眼,继续道:"你跟我绝交的时候说你喜欢考试能超过六百分的——"

黎灵灵打断他:"等会儿,我的原话是我喜欢和考试超过六百分的人做朋友。你天天找我瞎聊天,浪费我的学习时间了。"

"啊?你不是说喜欢能考六百分的人?我为此还请了三个家教教我,通宵达旦地学了一个月!"沈帆说到这件事,不免落寞,"但我不是学习的料,第一次月考还是只有三百分。"

"耳背,理解能力还不行。"李钦臣在一旁分析,"还好绝交得早。"

黎灵灵也不知道背后还有这种事情,安慰道:"你往好处想想,你之前只考两百多分呢。"

像是被她说服,沈帆赞同道:"我考两百多分时你还愿意和我交朋友,我还有什么不知足的?"

李钦臣靠着椅背,一脸事不关己地点评:"现在你考三百多分都没挽回她,可见她也没多在意你。"

"他说得没错,黎灵灵,你就是不怎么在意我!"沈帆觉得李钦臣说得有道理,抱着酒瓶,悲叹的声音更大了。

黎灵灵有点儿受不了,转过头小声恐吓:"你干吗老拆我的台?"

李钦臣睨她一眼,手掌压在她的脑袋上,把这张气鼓鼓的脸扭回去,他的眼皮耷拉下来:"背了感情债的人没资格说话。"

她又不是背了他的感情债!

饭吃到尾声,黎灵灵以上厕所为借口准备出去买单。都说是饯别宴,她总不好意思让沈帆请客。

她才起身,李钦臣就知道她要去干什么,把自己的手机递了过去。

就一顿饭的钱,她也没扭捏,接过手机就出去了。

黎灵灵一出门,李钦臣就把边上的茶推了过去,客客气气地道:

"喝点儿吧。"

沈帆一脸惆怅,叹了一口气,看着他说:"我真羡慕你,和灵灵认识这么多年,可以一辈子不分开。"

李钦臣上下打量他,没说话。

沈帆明显感觉到对方目光里的敌视和压迫感,下意识挺了挺背脊:"你在看什么?"

他坦诚开口:"我在看她当时到底为什么想和你交朋友。"

他这么一问,沈帆记起后来自己经常带着黎灵灵去抓娃娃,两个人的手气都不好,每次都是花大钱抓小玩偶的冤种。

沈帆叹道:"可能是因为我……有钱吧。"

李钦臣像是听到了什么天方夜谭。

"她十岁的生日宴会在本市最贵的酒店举办了三天,穿的高定礼裙的价格够买一百件你身上的这种外套,从小到大,她想要什么没有?"

黎灵灵的家庭条件从来不差,只是家庭教育里没有炫富这一环,养出了她难能可贵的好性格。

李钦臣觉得沈帆这回答太可笑,他敲了敲桌面:"你现在告诉我,她是因为你有钱才和你做朋友?"

沈帆愣了一下,茫然道:"那我还有什么优点啊?"

"是啊。"李钦臣表情冷淡,蹙眉看着面前这个男生,想从沈帆身上找到点儿答案,他自言自语,"你到底有什么好的?"

沈帆又回忆起两人正式成为朋友的那天,黎灵灵似乎在心情低潮期。

她只是闲闲地看了眼他身后的摩托车和一群狐朋狗友,然后低喃:"你看着不像好学生,跟你交朋友是不是算不乖?会被人管的吧?"

沈帆那会儿心里忐忑,都想让那帮兄弟原地解散了,却不料她的下一句是:"那我们从今天开始就是朋友了。"

李钦臣身体前倾,瘦削的手腕搭在桌沿上,正视他:"她是这样说的?"

"对啊!"沈帆苦闷地道,"我还以为她也想做坏学生呢!"

不是,她好像只是觉得她不听话,就会有人回来管她。

李钦臣的坐姿放轻松了一点儿,他想通了什么,慢悠悠地否认他的想法:"她是心情不好,找你消遣。"

沈帆:"……"

黎灵灵回来前真去了一趟洗手间,再回来就被服务员告知李钦臣和沈帆去楼下的台球桌打球了。

她下去时,正好看见沈帆抱着台球杆坐在地上耍赖。

他不承认自己差劲:"我为什么考不过你,打球还打不过你?"

黎灵灵打了电话给沈帆的朋友,让对方来接他,转头她就看见他扶着额角,眼尾都有点儿红了,跟哭过似的。

也不知道这两人是怎么聊的,突然就哥俩好了。

沈帆一个劲儿地说小时候被妈妈关在地下室的事,就差把童年阴影都说出来了。不知道的,还以为李钦臣才是他的朋友。

把人送上车后,黎灵灵的心里有股说不出的闷气。李钦臣到底跟沈帆聊什么了?有必要聊得这么亲近吗?

"本来吃完饭就可以走了,你还要和他打什么台球?"黎灵灵指着出租车离开的方向,不满道,"你看看现在都几点了,还把他弄哭了!他朋友过来的时候可能都以为我们欺负了他。"

"我没欺负他。"

少年和她并肩走着,两个人的距离近,时不时就碰到彼此的手臂。

黎灵灵抬起脑袋,不悦地看着他。

李钦臣垂着眼,指尖戳了一下她的酒窝。他唇角的弧度很浅,轻声说:"我没欺负他,是羡慕他。"

感觉你应该不会喜欢和狐狸合照。

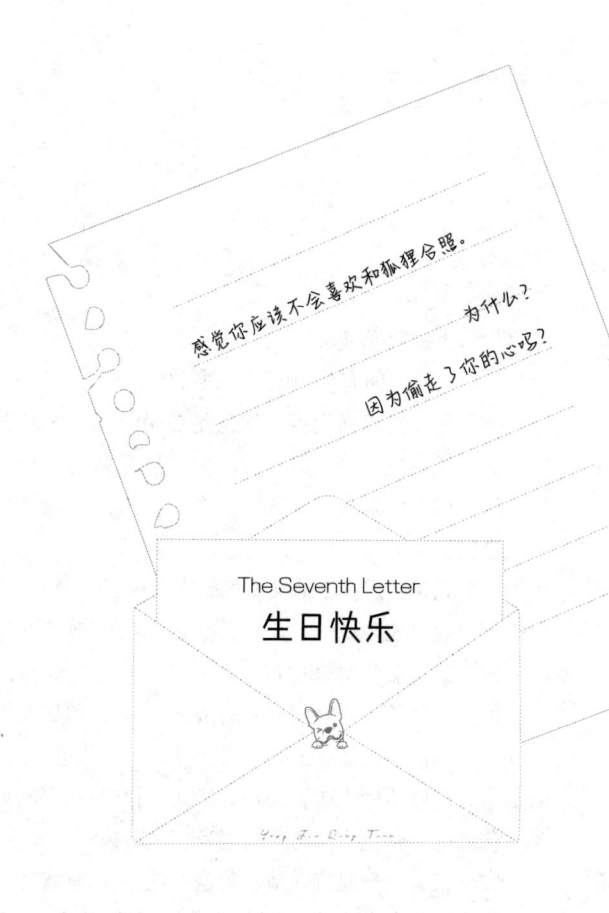

为什么？

因为偷走了你的心呢？

The Seventh Letter
生日快乐

李钦臣说羡慕沈帆。
　　可是沈帆有什么值得他羡慕的？
　　黎灵灵本来觉得李钦臣是在阴阳怪气地讽刺沈帆，但是看他的表情，又不觉得他在开玩笑，脑子里突然闪过一个想法：他是羡慕沈帆能出国吗？远离家里人，一个人自由自在地待在国外。听上去是挺不错的。
　　只是，那等于他又要把她丢在这里。
　　她对他来说一点儿也不重要，两年前是这样，现在也是。
　　黎灵灵的神情黯淡下来，她没有打开他胡作非为的手，直接扭头拦了一辆的士，怒气冲冲地留下一句话："那你羡慕去吧！"
　　她耍小性子总是耍得很明显，一点儿也不给旁人解释的机会。
　　李钦臣跟上去，坐在她旁边，扭过头瞧她，声音有几分散漫："我羡慕他，你也生气，难道要我打他一顿？"
　　黎灵灵一脸奇怪地看着他，说："你有病啊？"
　　他靠着车后背，手腕搁在膝盖上，指尖一下一下无意识地敲着，像是终于忍不住了，唇角抿直："黎灵灵，你跟我横什么？"
　　李钦臣那种从小到大和她说正事时的压迫气场罩下来了，有些久违。黎灵灵似乎还是会本能地想起以前被他管着的事，所以会心虚和慌乱。

黎灵灵捏着衣角，缩了一下肩颈，索性一言不发，看向窗外。

李钦臣本来就比她大一岁，早熟，情绪稳定，是家长眼里的优秀孩子。

就连樊羲他们喊他"哥"也不是贬义，而是因为他身上那种比同龄人成熟淡定的气场。

他垂眼睨着她，说："随便和混子交朋友，你对自己负责了吗？"

黎灵灵撇撇嘴，辩驳道："他又没有多混……"

其实说起来，沈帆只是不认真读书，并不是多坏的男生。

李钦臣气极反笑："你还维护起来了？"

司机像是见惯了这种哥哥教训妹妹的情况，从后视镜里看了眼后面的两人。

一个鼓着腮帮子，扭头看车窗外面；另一个眉头蹙着，一脸冷淡。

司机也是闲的，索性当和事佬："哎哟，哥哥的语气不要这么凶嘛，吓到你妹妹了。"

"他才不是我哥哥！"

"我可不是她哥哥。"

两个人不约而同地给出意思一样的答案。

司机噢了一声，笑着在目的地停车："好好好，到家了。"

车就停在黎灵灵家门口。

黎灵灵一打开车门，栗子已经在院子里摇着尾巴迎接主人了。

今天的运动会算是自由活动日，他们拖到晚饭时间才回来，也不用再特意跑回学校了。

绯色晚霞被风吹散，一大片鱼鳞云覆在头顶。

家里两个长辈不在，估计又是一起出差了。黎灵灵还在生气，开了门，连狗狗都没理就直接上楼。

栗子直奔李钦臣的脚下蹭他，本来还有些生疏的狗现在已经被他养熟。他半蹲下身，熟门熟路地给它套上狗绳，带它去外面的草坪上遛。

黎灵灵在楼上窗口瞥了一眼，气闷地找许久没聊天的闺密段觉云吐槽：他就会凶我！对栗子都比对我好！他就知道欺负我！讨厌李钦臣的第 n+1 天！他这么想离开就别回来啊，谁稀罕他回来！

段觉云：你稀罕啊。

黎灵灵发了一个问号给她。

段觉云：灵灵，你没发现你非常稀罕他吗？我在聊天记录里搜李钦臣，发现从他回来之后，你提过他九十二次了。

黎灵灵不认账，发语音："难道我提李钦臣不都是在骂他吗？"

段觉云被说服："那倒也是。"

段觉云的学校开学了，她今天还在照常上课。

两个人没聊几句就各忙各的。

黎灵灵正犹豫要不要出门去找狗，下一秒就看见小群里樊羲对她说：灵灵，玩把游戏？快点儿嘛！玩一把游戏我就到家了，周峥他们都没空，我在公交车上好无聊。

她正好也觉得无聊，点进游戏链接才发现这把玩的是国际服，而且还有一个人在——李钦臣。

一个队伍四个人，除了他们三人，另一个是樊羲随手拉的路人。

大家都开着麦克风，樊羲认真听了几句最后一位队友说的话："哈！这国际服还真能匹配到外国人啊？"

黎灵灵应了声："你和他聊聊，正好练口语。"

她和李钦臣在冷战中，语气也不佳。还好樊羲大大咧咧没听出来，还真去和那位国际队友组队了。

四个人分成了三路走，两个人沉默，另一边倒是热闹。没几分钟，就听见樊羲用蹩脚的发音乱飙英语："Hi, friend（嗨，朋友），来我这边。"

外国友人大概没听明白，叽里咕噜回了他一句。

"他说的啥玩意儿？"樊羲一脸蒙，喊了句，"灵灵！"

黎灵灵压根没注意他俩的情况，在捡装备时狙倒一个敌人，道："我没听。"

"车库！哎呀，car（车）！"樊羲给那个外国人标记了一个点，急得不行，"有一把 AKM（自动步枪）！"

毒圈开始进行第一轮缩小，樊羲还在喊自己的队友："来我这儿！Friend, come on（朋友，来吧）！"

"你怎么连英语也听不懂啊？"

老外继续说了一串外语，彼此都在互相盲目地交流。

啪的一声响，樊羲被打死了，他怒骂道："还好我到站了。灵灵，钦臣，我退了，你俩继续带着老外玩吧。"

黎灵灵抬眼看了眼地图，点头说："来我这里。"

她重复两遍后，发现这外国友人好像真的听不懂英语，她也听不明白对面说的什么语言。

当她差点儿自我怀疑时，就听见一直没出声的李钦臣帮她说了两句，说的不是英语。

黎灵灵明白过来了，是德语。

他们这一届高考的外语可以选其他语言，李钦臣学的就是德语。

她听到了，但是没回话，也没跟他走。

这会儿跟在李钦臣旁边的德国人倒是热情开口了："你的朋友倒下了，快去救她！"

黎灵灵的位置在荒野草丛里，没有定位很难发现。李钦臣已经开车过来了，打了几枪，他问道："要帮忙吗？"

黎灵灵心想：这不是废话吗？

他想听她回答："出个声。"

那个老外这时说了几句话，黎灵灵没听懂，就听见李钦臣用慵懒的声音翻译道："他让我来救你。"

他应该还在外面遛狗，话筒里能听见栗子叫了两声，还有徐徐的风声。

他像是在外面转了一圈，终于把她生气的原因搞明白了。

李钦臣缓声道："我跟你说羡慕他，没羡慕他别的。"

他是怎么做到一边解释这件事，一边还能玩游戏的？

黎灵灵迟疑地跟过去上了车，板着脸自卖自夸："那你是羡慕他有个举世无双的好朋友吗？"

少年坐在公园的长椅上,头往后仰了仰,明显凸起的喉结上下滚动。他低笑着哄她:"嗯,灵灵好厉害。"

她被夸得脸颊微红,明知道他是不着调的德行,却总是忍不住浮想联翩。

李钦臣微不可察地叹了一口气,声音仿佛低到尘埃:"这都让你猜着了。"

十月二十三日,是黎灵灵的十八周岁生日。

虽然平时樊羲那群人总是"灵灵灵灵"地喊她,但也就是图个尊重,她本来就比绝大部分同届同学要小一岁。

至于她为什么读书比大部分人早一年,在这个学校里,这个原因恐怕只有李钦臣和她自己清楚。

给黎大小姐过生日这件事已经提上日程,李钦臣吃晚饭那会儿才听到周峥他们说要去提定制的蛋糕。

几个大男生准备生日惊喜都有些手忙脚乱。

樊羲说:"老板是熟人,说准备了两个一样的水果蛋糕,柠果和草莓的。之前灵灵是不是说不喜欢吃柠果味的啊?"

"于悠不是说她喜欢吃柠果吗?"

"不喜欢柠果味,但是喜欢吃柠果,没毛病啊!"

吵吵闹闹中,樊羲反应过来,说:"钦臣在这儿呢,让他选!"

他们默认李钦臣肯定比其他人了解黎灵灵的喜好,事实上也确实如此。

李钦臣选了草莓口味的蛋糕,顺便订了餐厅的豪华包间。他抬起头道:"前两年她的生日是怎么过的?"

"高一那会儿我们没这么熟,不过那个时候她和沈帆的关系不错,应该是去看了电影吧。"

"去年刚好碰上周日,大家一块儿玩了庆生的剧本杀。"周峥拿出几张游乐场的门票,晃了一下,"今晚我们一起去玩夜间场的。"

晚自习结束，班里的走读生留下了一部分，给黎灵灵庆生。樊羲在点蜡烛，有人顺势把班里的灯关了。

一群人把寿星围在中间，李钦臣倒是没在其中。他靠在教室门口放风，旁观她身边的热闹。也或许是不缺这一年，毕竟在这之前，他们已经一起过了十多年的生日。

黎灵灵的脑袋上还戴着小皇冠，她闭眼时，睫毛漂亮浓密。几乎是等蜡烛一点好，她就直接吹灭了。

于悠诧异道："灵灵，你是不是忘记许愿了啊？"

"没有。"

她本来想说今年没有什么愿望了，但是顿了一下，视线穿过黑压压的人群，落在那道修长的身影上。

李钦臣的个子高挺，他懒洋洋地倚靠着门框。走廊的灯光将他的身影切割成立体的明暗面，轮廓分明。

他看着漫不经心的，但注意力确实一直在她这边。

黎灵灵收回目光，笑道："今年我的愿望送给大家吧，高考都要取得好成绩。"

"哈哈，你今年好官方！"

"行！借寿星吉言，赶紧切蛋糕吧！"

"这个蛋糕好甜啊，你别切坏那个草莓啦！"

后半场是蛋糕大战，大家都玩疯了，没人注意要小心老师，教导主任就这么被他们这栋楼里的吵闹声吸引了过来。

但是一同陪着值日的还有班主任罗蕙，她见到教室里的画面时，拦着教导主任，护短道："孩子过个生日，您别去扫兴了。"

教导主任指着自己从门口经过时脸上啪地被甩上的奶油，眼里要喷火："我扫兴？罗老师，你看看你班上的学生疯成什么样子了！"

"高三压力大，明天会打扫的。"罗蕙看着他眼镜上沾着的一坨奶油，憋着笑，"他们还请您吃了几口呢。"

教室关门后，一群人就去了游乐场。第二天正好放月假，大家倒不怕玩得太晚，也无所谓今天晚点儿回家。

到游乐场时,樊羲那几个男生要去坐大摆锤和海盗船,留下黎灵灵和于悠在门口的纪念品店里逛。

于悠买了好几个玩偶和钥匙扣,拎着一个装满东西的袋子。

黎灵灵只挑了一组猫和老鼠的卡通饰品头绳,她从小就喜欢看这部动画片,循环往复不知道看了多少遍。

两个人再出来时,正巧看见一群人在和一个穿着狐尼克玩偶服的工作人员合影。

于悠拉着她走进人堆里,说:"我保证这个扮演狐狸的工作人员是帅哥!"

"为什么?"

"之前我看到过他们这个游乐场的视频,来兼职的全是附近的男大学生,一个个摘下头套后,帅得跟小明星似的!"

她们挤到最前面时,黎灵灵不知道被谁推了一把,往前走了几步,差点儿撞到那只"狐狸"。

工作人员虽然穿着玩偶服,戴着手套的手却牢牢扶住她的肩膀,没让她摔倒。

有人拍着视频,喊了一句跟这个卡通人物相关的著名台词:"尼克狐尼克,你被捕啦!"

狐狸的扮演者很有职业精神,低下头,摸了摸面前黎灵灵的脑袋,出声道:"为什么?因为偷走了你的心吗?"

在一片女孩们欢呼的起哄声里,黎灵灵听清了头顶上方的男声。

有点儿主播的腔调,她的耳朵被揉红了。她明白了于悠为什么说这里的工作人员肯定都是帅哥,显然光是听声音就已经很让人心动了。

她兴致勃勃地和于悠一起拍了两张合照,才从拥挤的人群里走出来。

"难怪大家都说这是最帅的狐狸,太会了!"于悠被迷得不行,一个劲儿在旁边说,"我晚点儿要把这两张照片发到动态里,你记得点赞。"

黎灵灵点点头,她绑的马尾辫刚才被揉乱了,索性扯下发圈,将长发散下来。

她往旁边看了一眼,人流少一点儿的项目有射击,可以赢娃娃,她一眼看中了一只蓝色大鲨鱼。

于悠在她走之前把手上的袋子给她:"我去上个厕所,你帮我提一下。"

"那我在那儿等你啊!"

她边说边挥手往后退,脚冷不丁踩到一个人。

那人像是故意停在那儿不动,黎灵灵正要转身道歉,一抬眼就看见了李钦臣那张冷峻英气的脸。

她今晚玩得开心,当即咧开嘴道:"怎么就你一个人?"

李钦臣低头看她,道:"我过来找你,他们去鬼屋了。"

黎灵灵不太敢玩鬼屋项目,"哦"了一声:"那我们去玩射击?对了,我刚才还跟那个网红狐狸合影了,你也去拍一张吧!"

李钦臣立在原地没动,随意地开口:"为什么?因为偷走了你的心吗?"

没来由的一句台词,黎灵灵的心跳骤然加速。或许是因为刚才这句台词被那只狐狸这样念过一遍,她的胸口有一点儿酥麻。

比起那只狐狸扮演者调情般的嗓音,李钦臣的声音显得更冷淡,尤其他还顶着一张没有表情的脸。

可是她为什么会觉得面红耳赤?这句台词果然让人羞耻。

"原来你也看过这部电影的配音版。"黎灵灵揉了下脸,若无其事地往射击摊子那边走,"算……算了,我感觉你应该不会喜欢和狐狸合影。"

李钦臣跟在她身侧,走了几步又重复道:"为什么?因为偷走了你的心吗?"

你是复读机吗?

黎灵灵有点儿恼怒:"可以了,你别念了。"

"为什么?"

好,这回黎灵灵算是懂了。

李钦臣刚才肯定看见自己在那只狐狸面前被撩到脸红的样子了,他在取笑她。

黎灵灵忍无可忍,停下脚步,打断他:"李钦臣,你够了啊,别逼我在这么快乐的时候揍你!"

"你不喜欢?"他狭长的眼尾一挑,道,"刚才你不是玩得很开心吗?"

于悠从厕所回来就觉得这两个人的气氛有点儿不对劲。她没敢多出声,默默拿了包,说了句"我去找周峥他们",然后试图逃离这个气氛剑拔弩张的地方。

黎灵灵喊住她:"你走什么?周峥他们玩的是鬼屋,以你的胆量,有什么好去的。"

于悠咬着牙,站在她旁边道:"可是你这里看上去比鬼屋还可怕!"

她指了一下旁边气定神闲看着她们的李钦臣,黎灵灵白了那边一眼,说:"你无视就好啦。"

黎灵灵走到射击摊前,拿着一把枪捣鼓了几下。枪口从几分钟前她看上的那只鲨鱼瞄向它旁边的另一个玩偶。

于悠咳了一声,说:"灵灵,你到底要打哪个啊?"

黎灵灵冷着脸,吐出两个字:"狐狸。"

她的手气不行,虽然平时打"吃鸡"这种枪战游戏很熟练,但真上手了感觉还是不大一样。

几轮气球打下来,狐狸没打到,她阴差阳错打着了鲨鱼。

黎灵灵没要鲨鱼,把它送给了一直在旁边摇旗呐喊的于悠。

"我来吧。"在旁边看了挺久的李钦臣接过她手上的枪,慢条斯理地试手感,这是要帮她打的意思。

黎灵灵咬着牙,冷哼道:"你也不一定能打中。"

他也没特意辩驳,只是懒洋洋地反问:"是吗?"

结果李钦臣百发百中。

他站在路灯下,校服外套松松垮垮的,昏黄的灯光照亮少年锋利流畅的下颌线。

他不仅长相优越，枪法也好。

不一会儿，他就把那只抱着柿子的狐狸打下来了，他还没去拿，旁边围观的漂亮女孩就凑过来要微信，拦住了他的脚步。

于悠都看得赞叹了："李同学这种废话少又特厉害的人，真是为数不多的优质男！你有这竹马还挑剔什么？你要什么，他就给你什么。"

黎灵灵拉着她往前走，很是不服地"哼"了一声："他才不是为了我！"

于悠被黎灵灵拖着走，抱紧那一袋东西和鲨鱼，不解地问："那他为了什么？"

黎灵灵放缓脚步，斩钉截铁道："他想显摆，所以在那儿孔雀开屏！"

"你怎么这么笨？"后面人高腿长的某人已经追上来，轻飘飘地否认她的话。他拿着那只狐狸轻轻地敲了一下她的脑袋，稍微弄乱了她的头发。

黎灵灵恼怒地转过身，抬眼瞪他。

李钦臣望着她气鼓鼓的脸看了两秒，居然还笑了，然后把狐狸塞进她的怀里："我只是想让你笑笑。"他不是为了耍帅，只是为了哄她开心。

他这招没立刻哄好黎灵灵，却很快让没怎么见识过"温柔帅哥"的于悠沦陷了。

去餐馆的路上，于悠还在为李钦臣吹耳边风："我好羡慕你！我也想有个帅气的竹马啊！"

黎灵灵："……"

黎灵灵现在有种身边的朋友都被李钦臣征服了的感觉。

李钦臣订的是一个豪华大包间，吃完了饭桌上的东西，服务生又送上各种零食和饮料。

此时樊羲和徐池生正在充当活跃气氛的人，组织大家一起玩游戏。

几轮游戏下来，气氛火热。一开始的热烈劲儿逐渐消退，大家吃饱喝足，也玩够了，多少有些困倦了。

黎灵灵吃饱喝足，现在脑子混沌，看什么都晕晕的。

李钦臣姿态慵懒地坐在一旁，眼皮耷拉着。

他微微别过头，看着昏昏欲睡的黎灵灵，及时捞住女孩往下滑落的手臂，站起身。

李钦臣的眼眸一片清明，他对众人道："谢谢大家来给灵灵过生日。她困了，我们先走了。"

"很晚了，我们是该回去了。"

包间里，大家呵呵地笑。

于悠抬头看过去，就见到黎灵灵咬牙切齿的模样，一只手在挣扎般拧人。

李钦臣不受影响，低声问她："什么？"

她憋屈地吸吸鼻子，说："上厕所上厕所！我要憋不住了。"

于悠看见那道求助的眼神看过来，连忙起身和另一个女孩拉着黎灵灵往外面走。

被好友搀扶着，黎灵灵还不忘指着沙发上的公仔玩偶说："李钦臣！我的狐狸……记得拿。"

这会儿已经是深夜。

洗手间外面的拐角处，少年一只手拎着外套，另一只手抱着狐狸公仔，配上那张没有表情的脸，极有反差感。

他的个子很高，散漫地靠着墙面。于悠把黎灵灵洗过的手擦干，转角就看见这一幕。

她有时觉得李钦臣是面冷心更冷的人，印象中他和他们总是格格不入的，就像此刻。

人在喧嚣里反倒独树一帜，半点儿不沾尘。

听见含含糊糊的声音离自己近了，李钦臣眼里的淡漠敛去，掀起眼皮朝前面看去："樊羲他们还在包间里，要再吃一会儿，我帮你们叫好车了。"

"好，我们吃完就走。"于悠有点儿扶不住了，把手边的女孩往前推过去,"你现在送灵灵回家吗?"

"嗯,谢谢。"

李钦臣把人接过来,将外套绑在她的腰间,俯身弓着背,语气也柔和许多:"黎灵灵。"

黎灵灵条件反射,兴高采烈地大声喊:"到!"

她试图站直身体,但是才站好就控制不住地往一边倒,当她被男生拽回来时,表情似乎还带了点儿难以置信。

李钦臣被她逗笑,拉过她的手腕,半牵半抱带着她往前走。

于悠站在走廊上,目送他们离开。

李钦臣在路边的小餐馆里买了豆芽汤,黎灵灵喝后总算清醒了一些。

出租车停在小区门口,在花园到小别墅那不长不短的一段路上,她自发地爬上了李钦臣的背,安分了没几十秒,她又拍了他一下,说:"我的狐狸!"

他晃了一下,扣住她的手,说:"拿了。"

"哦。"女孩有点儿凉的唇瓣贴着他的后颈,呼出的气息微热,因为靠得近,两人能闻到彼此身上的气味。

她应该是喜欢少年身上青柑的味道,又用力嗅了几下,在他开口前问:"李钦臣,你不回家吗?"

"李钦臣要先送一个小迷糊回家。"

"李钦臣要送哪个小迷糊?"黎灵灵趴在他的身上,占有欲很强地搂紧了点儿,像在呓语,"不行,你不可以送别人回家。"

男生的嗓音低沉:"为什么?"

"你送别人回家的话,黎灵灵怎么办?"她一本正经,像是很有逻辑地说,"就没有人送黎灵灵回家了。"

都不知道该说这玩意儿是聪明还是笨,这种时候还惦记着自己的利益。

李钦臣笑了一下,妥协道:"那我只送黎灵灵回家。"

身后的人沉默了片刻,就在他以为背上的人睡着了的时候,那只搂着他脖颈的手又动了一下,细白的手指戳了一下男生的脸。

黎灵灵肆无忌惮地点了几下,说:"就算你这样说,我也不会相信的。"她指责道,"你这个人,总是说话不算话!"

他唇角扬起的弧度僵硬了一瞬间,问她:"什么时候?"

"高一的时候,有个猥琐大叔要给我钱,让我陪他玩,是沈帆来帮的我……你不是说过会一直当我的靠山吗?"话说到这里,她的声音哽了一下,慢吞吞道,"可是你回京市了,你不理我。"

微黄的灯光给他们身周染上淡淡的光晕,风吹过来身上有些凉。

一路上都很安静,能听见背上女孩均匀轻微的呼吸声。李钦臣垂眸看着柏油路上的影子,漆黑的眼眨了几下,声音很沙哑:"然后呢?"

"然后……"黎灵灵叹了一口气,哑巴了一下嘴巴,"然后,李钦臣是一个浑蛋。"

他没有辩驳:"嗯。"

像是没听见这回应,黎灵灵话题一转,小声道:"你手臂上的疤是怎么弄的?像被什么东西划伤很多次……有点儿难看。"

明明是重逢的时候就看见的伤口,但她一直憋着没问,仿佛多关心几句就象征自己输了,只有现在,她借着迷糊劲才敢说出口。

"李钦臣,你赢了吗?"

他沉默了一会儿,道:"赢了。"

"那就好。"黎灵灵放心地点头,须臾,少女又像是挽回面子般补充道,"省得还要我去替你找回场子,我很忙的。"

他沉默了片刻,说:"生日快乐。"

黎父黎母都在家,院子里的灯还亮着。

黎灵灵说会晚点儿回家,让他们帮她遛一会儿狗。虽然她报备过,但夫妻俩还是在客厅里开着电视等着。

"叔叔阿姨,同学们今晚给灵灵过生日。"李钦臣背着人进屋,边换鞋边说,"她累了,我就背她回来了。"

黎父接过他手上的狐狸公仔，一脸疑惑地捏了捏。

看见是李钦臣送女儿回来，魏贞开门时的表情才好了点儿，但还是一巴掌拍在黎灵灵的屁股上："哎哟，这死丫头！还好有阿臣在。"

"啊！好痛。"黎灵灵半点儿没有会被父母骂的觉悟，搂着李钦臣的脖子不松手，也不下来，哼哼唧唧，"你想把我甩开？没门儿！"

魏贞看得头疼，一边让李钦臣背她到房间的床上，一边拧着她的耳朵，在后面数落，还不忘吩咐："老黎，去把煮好的凉茶端出来！"

李钦臣身上的T恤被拽得皱皱巴巴，关门前还看见魏贞在拿毛巾给黎灵灵擦脸。女生被毛巾擦得脸都红了，一直喊疼。

她哼哼唧唧地喊住他，问他要去哪儿。

他明知道她现在记不住事情，也就是随口一问，但他还是认真答道："我回去了，明天你再来找我玩。"

黎灵灵重重地点头，这才放人走："好。"

"你就惯着她吧！"魏贞在旁边看得哭笑不得。

门关上后，黎父端着凉茶上楼，把那只狐狸公仔丢在床头："你闺女都这么大的人了，怎么还跟小时候一样？就喜欢赖着阿臣。"

黎灵灵在厕所刷牙，哼着乱七八糟的歌，完全不知道两位家长正坐在她的房间开批评大会。

魏贞没好气儿道："赖着阿臣怕什么？我们眼皮子底下长大的孩子，你还担心你闺女被拐跑了啊。"

她就差明着说，就算是要拐，也是黎灵灵把人家拐回家来。

"阿臣我倒是放心。"黎父操心地道，"这不是他爹妈烦人嘛，我就怕这孩子还没调节好。"

魏贞看了眼卫生间，宽慰地拍拍丈夫的背，说："他比寻常孩子有主意。"

黎灵灵难得睡得沉，闹钟都没把她叫起来。今天正好放月假，她睡到自然醒。

一夜无梦，她精神奕奕。

吃过早饭,她又在床上赖了一会儿,看向床头那只狐狸公仔,记忆慢慢回笼。李钦臣送给她的狐狸,李钦臣背她回来的,之后的细节比如她说了什么,就完全没印象了。

她怕自己出糗,点开微信,找到好友的聊天框问对方:昨晚发生了什么吗?

于悠:发生什么?你们回家之后还发生什么了吗?你快点儿告诉我啊!

看她这激动的反应,应该是没有什么奇怪的事情发生。

黎灵灵瞥了眼消息栏里的漫画更新提示,点进去,把更新的这两话津津有味地看完。

随后她把漫画链接转发给于悠,附赠文字:没发生什么。好消息,断更的漫画终于更新了。

于悠的消息继续跳出来:讲真的,你没考虑过发生什么吗?你知道我昨晚怎么过的吗?我目送你俩走后,把之前的泡面番《青梅竹马是消防员》又看了一遍!

黎灵灵的表情怪异,正要回到微信页面打字,看见消息列表时愣了一下。

刚才的漫画链接她居然没有发给于悠,而是发给了李钦臣。

救命!

黎灵灵的眼睛都瞪大了,这要是一般的漫画就算了,可这是密友之间才能分享的大尺度漫画啊!

消息发出已经超过两分钟,撤回不了了。

他为什么没有反应?是还没来得及看吗?

黎灵灵尴尬得满脸通红,丢开手机,往被子里拱了几下,她死了算了!

等等,现在才八点多钟。昨晚他送自己回家应该很晚了,也被自己折腾得很累。他没回复,是不是代表还没醒?

李钦臣是黎灵灵的狗。

这条消息发出去,依旧没有回应。

他肯定没醒!

只要黎灵灵在李钦臣起床之前,不动声色地拿到他的手机,删除聊天记录,那就是天知地知她知,没有第四方知道。

这个认知从脑子里冒出来的那一刻,黎灵灵立刻以百米冲刺的速度跑出家门。

早晨的空气极为清新,走到盛夏里老街巷还能闻到肠粉、油条的香气,她不由得摸了摸有些饿的肚子。黎灵灵还穿着拖鞋,睡裙没来得及换。

李钦臣家旁边的阿婆正在院子里浇花,老人家年纪大了,患了轻度的阿尔茨海默病,记不住人也记不住事儿,阿婆狐疑地看了她一眼,大概是怀疑她不是这家的人。

黎灵灵坦荡地从兜里拿出备用钥匙,打开锁进屋。关上门之前,她还特意咳了一声,让老太太看清楚自己可不是小偷。

一进到里面,她的脚步立刻放轻了。

果然如她所料,李钦臣没醒。

屋子里安安静静的,听不见半点儿声音。她轻车熟路地来到卧室,转动了门把手。

两年多没进的房间其实没有任何改变,浴室门口丢下了男生昨晚换洗的衣服。书桌上的灯没关,可见他昨晚确实是困极了,估计倒头就睡下了。

虽然是十月底,但卧室里还是开着空调。

黎灵灵屏气凝神,怕惊动他,特意脱掉了鞋子,踮起脚往床边走。均匀的呼吸声轻浅,墨灰色的丝绒被下藏着一个人。

李钦臣的睡相很好,没有踢被子的习惯。他额前的黑发有些凌乱,鼻挺唇薄,阖上眼时身上多了点儿居家的温和,像一个睡美人似的。

黎灵灵咕哝着,又往他床上扫了一眼。

手机被随意地丢在了靠墙的床头,偏偏这张床特别大。难度升级了,她要越过李钦臣才能拿到手机。

来都来了,黎灵灵很轻地呼出一口气,蹑手蹑脚地爬上他的床,甚至吸紧了小腹，试图在主观上减轻重量。

床在她上来的时候还是稍稍陷了下去。

她半跪着，伸手往里面探，指尖就要够到手机的时候，膝盖却跪不住了，整个人都压在了李钦臣身上。

男生闷哼了一声，英气的眉皱着，两只宽大的手掌搭上来，摁住了重重砸向自己的"凶器"。

他缓缓地掀起眼皮，眸里透着惺忪的睡意和不满，但或许是鼻间的香气太熟悉，那份不爽的感觉稍微减轻了。

完了，黎灵灵把手撑在一侧想起身，但肩背被摁得动弹不得。

两人四目相对，安静了几秒。

一个大概睡意未消，另一个心虚一笑，轻声蛊惑："你在做梦，知道吗？"

李钦臣看着她，漆黑的眼睫毛垂下，声音有些沙哑："你来我梦里，就为了占我便宜？"

ich liebe dich.

The Eighth Letter
我中意你

说出"你在做梦"这个借口的时候,黎灵灵就有点儿后悔了。如果他真信了,梦到她在他床上,那也应该是噩梦吧?

果然,他以为她在占他的便宜。

不对,她在李钦臣眼里到底是什么形象啊,梦里来占他便宜还被他说得这么理所当然?

黎灵灵转了转眼珠子,心虚地道:"呃……我……"

她的话还没说完,李钦臣就伸手拍了拍她的背,像安抚一般。

他的呼吸匀速缓慢,仿佛又睡着了。

黎灵灵连大气都不敢喘,脸蛋被迫闷在被子上好一会儿都没动。

片刻后,她忍不住在心里骂道:李钦臣有病啊?就算是梦到她来占他便宜,也不该是这个反应吧?

当她纠结要不要动的时候,男生的呼吸又沉了几分。

她不敢动,有点儿骑虎难下了。

日上三竿,窗帘没拉紧,有一缕刺眼的晨光从缝隙里照进来。

晨光里,他眯着眼好像能看见女孩头顶上竖起来的几根头发。

李钦臣一只手搭在自己的额头上,喉结滚动了几下。在半梦半醒间,他慢慢地睁开眼,垂眸看向在自己身上趴着装死的某人。少年冷白色的耳郭和后颈的肌肤一点点转红,手臂上的青筋脉络凸起。他蹙着眉,终于屈起手指敲了下女孩的脑袋,懒洋洋的嗓音带了点儿警告:"黎灵灵,你还要压多久?"

"你装睡?"黎灵灵本来就憋气快憋不住了,听到这句话,赶紧手忙脚乱地起来,瞪着他。

她完全忘记自己刚刚私闯民宅,是理亏的那个人。

她的头发乱糟糟的,唇色有点儿红,唇上有她刻意咬出的浅浅齿印,被闷久了的鼻子、眼睛也泛红,像是被折腾得快要哭了。

一个漂亮的小疯子。

李钦臣望着她那张不自在的脸,淡漠漆黑的眼眸里多了几分情绪,手肘搁在后颈处看她,理直气壮道:"是啊,我想看看你来做什么。"

黎灵灵的睫毛轻颤了一下,她蓦地想起他刚刚在自己耳侧的呼吸声,也是这样的,沉缓、慢条斯理的。

她的心口酥酥麻麻的,好像有什么东西要往外面冒。

被子上也带着男生身上的青柑味。他的私人领域,到处都有他独有的味道。

窗外有噪鹃的叫声,清晨单车经过巷子里响起车铃声,这画面熟悉又久远,此刻时间仿佛倒退了。像是回到了十年前,她来喊他起床,让他陪自己去玩。她向来爬上床就不管不顾,直接掀起少年的被子,用拿过冰的手捂上他的脸。

但现在,她不可以再这样了。

她对这种陌生的情感到无所适从,慌忙从他床上爬下来,欲盖弥彰地咳嗽了好几声:"你少乱想!我……我就是来看看你怎么还没醒,这都几点了……你都多大了,还睡懒觉!"

她边说边往后退,也不打算听他的回答,一口气跑到了门外边。

门嘭的一声关上了。

李钦臣缓慢地垂下眼皮,屈起长腿。

安静的卧室里只能听见他的呼吸声和空调运作的声音。

这冤家。

黎灵灵跑到院子外面才停下来,用手捂着脸颊,在门口蹲了一会儿,大口地喘着气。

怎么回事儿?他们以前抱在一起也没什么感觉的。

小时候他们不是睡觉还盖同一床被子吗?

难道是因为两年多没见?他好像一下子长得好高,肩膀很宽,她两只手都有点儿抱不全了。她尽量说服自己,他们和以前不同了,每个人都会变的。

男女有别,她会不好意思也情有可原。

不然,她何必跑过来删除那见不得人的漫画链接呢?

冷静了片刻,她想起正事儿,又慌慌张张地跑回去,拧开门把手,说:"李钦臣,你别看——啊!"

她在撞见他赤裸着上身的时候,惊叫一声。

李钦臣站在浴室门口,别过头看她,他的下半身只穿了一条松松垮垮的灰色运动裤。

"黎灵灵。"李钦臣有点儿颓然地靠着浴室门,声音沉沉的,"你到底……"

"好了好了!你要洗澡是吗?"黎灵灵打断他,手掌张开挡在眼前,直奔他床上,"我不打扰你,你赶紧进去。"

手机还在床头那个位置,他应该没看。

她内心窃喜,伸长手臂去拿手机,刚把东西握在手里要跑,身后就有什么重物压了下来。

黎灵灵的动作一顿,她结结巴巴道:"李……李……"

男生阴森森的声音从耳后响起,他摁着她的肩胛骨,说:"甜蜜陷阱?"

他念的是自己看的那部漫画的名字。

还是被他看到了!

黎灵灵的脸颊一瞬间爆红,脚指头都蜷了起来,羞耻得要命。

手上的手机被拿回去,李钦臣别过头看她通红的侧脸,有点儿难以置信地问道:"还是……"

别说了,她好想找个洞把自己埋了。

黎灵灵放弃挣扎，欲哭无泪地道："我给你一百块，你当没看见，行吗？"

他低声笑了，戏谑地说："大小姐出手真慷慨。"

他笑得胸口也跟着震动。

黎灵灵恼羞成怒，但是因为气短而音量不足，更像是在求饶："你闭嘴。"

李钦臣听见她这声音，笑得更厉害了，手指往她发热的脸颊软肉那儿捏了一下："你还会害臊？"

空调明明开着，日光也不算强烈，但黎灵灵感觉自己像是一只落入网里的鸟，怎么飞也飞不出去了。

网貌似还在收紧，她的呼吸滚烫，快要喘不过气。她趁他不备，赶紧推开他，迅速抓过一只枕头往边上挪了点儿，眼睛乱瞟着，怎么也不肯对上他的视线。

"我走了！"她气急败坏地丢下这一句，逃窜般出了门。

床上，李钦臣保持着刚才的姿势没动，她就为了这件事儿，折磨了他一个早上。

他唇角的笑意收敛了一点儿，把头埋进她刚才趴着的位置，无意识地轻嗅，说了句："我真是服了。"

月假放了两天，黎灵灵因为这件事躲了李钦臣两天，连遛狗都是开了门把栗子放出去就走。

李钦臣的微信账号也被她拉黑了，免得受到他的嘲笑。

段觉云：你这周怎么提都不提他了，又吵架了？

黎灵灵：单方面冷战中。别聊他，晦气！

段觉云都看笑了，百忙之余，她抽空给黎灵灵发了语音："为什么我听你的描述，感觉这哥们百毒不侵啊？我还是头一次见你被一个男的气得无可奈何。"

黎灵灵愤怒地道："他何止百毒不侵！我根本找不到能让他吃瘪的招。"

向来只有她战败丢脸的份。

段觉云:"我给你出个主意?"

"别出馊主意!"黎灵灵有气无力地回道,她对段觉云显然没有半点儿信任感。

"我说真的。"段觉云一本正经道,"名人说过,看上去无坚不摧的男人,其实最大的破绽就在于是一个纯情男。你试试得到他、抛弃他、让他吃吃感情的苦!"

黎灵灵想了两秒,火速回她:"说这话的名人是有多无聊。"

段觉云好心好意劝道:"你别管出处嘛。我最近看的一本古早仙侠小说里就是这么写的,让一个男人痛苦就要虐他的身心,骗他的感情!"

"你把那本小说发我看看。"她迟疑了一会儿,又说,"晚点儿发,我先去写两套卷子平复平复心情。"

今晚刚下过雨,室内外都有些凉意。

黎灵灵披上外套,盘坐在书桌前,将空调温度调高了一点儿。院子里传来栗子的狂吠声,应该是李钦臣带它回来了。

她顺势从窗户那儿往下看。

正巧,她瞥见男生也朝她这个方向看过来。

李钦臣穿着水墨风的衬衫,衣摆一半塞在裤腰里,显得更为肩宽腿长,颇有几分矜贵阔少格调。白衫黑裤,柔软顺滑的面料勾勒出他周身的线条。

他站在院子里,悠闲地给她发短信:还躲?

是八百年没发过的手机短信,黎灵灵盯着他的号码没动,又看见手机屏幕上蹦出来一条新短信:给我一百块钱,我当事情没发生过。

这个无赖,终于还是找她要钱来了。

黎灵灵干脆利落地把他的微信从黑名单里拉出来,火速转了一百块钱封口费:两清。

李钦臣没回她消息,她往窗下看,发现站在那儿的人早就不见了。

下一秒,房门被人敲响。

黎灵灵愣了片刻，支吾道："直接进来。"

他还没把门全推开，黎灵灵就知道是李钦臣，快速地道："我已经给过你钱了，你最好别提我不爱听的话，不然你还我钱。"停顿了一下，她凶巴巴地补充，"要翻三倍还！"

这是两人之间独有的游戏规则，没人打破过。黎灵灵对这个规则的记忆能追溯到很多年前的某个大年夜。

她端着一盘水饺出门，撞见李钦臣的父母在吵架，彼时夫妇俩唯一的儿子正发着高烧。

李钦臣像是对这种场景早已司空见惯，只是安静地坐在石板路前的阶梯处，垂着眼不闻不问，等着他们吵完。

黎灵灵伸出手把他拉起来，自认为非常蛮横地冲到两个成年人中间，说："叔叔阿姨，你们看不到阿臣哥哥吗？他生病了！你们可不可以先送他去医院啊？"

她像小大人一样板着脸"教训"长辈，她早就绷不住了，边说边哭，但还是攥紧了李钦臣的手，小声安慰他："没关系的，我去叫我爸爸开车送你去医院。"

后来黎父真的开车过来，魏女士也过来调和李钦臣的父母之间的矛盾。

那晚，在李钦臣打针时，给他呼呼吹气的是黎灵灵，针头冒血时捂着他眼睛的也是黎灵灵，给他拧瓶盖送水的还是黎灵灵。

她在楼梯间偷听到黎父黎母聊天，他们说李钦臣的父母并不是因为相爱才结婚的，还说到了李家一地鸡毛的家庭情况。

黎灵灵一转头，看见李钦臣举着吊瓶站在她的身后。

自家父母在谈论他家里的隐私，而他又正巧撞见她偷听。

也不知道当时她的脑子里在想什么，她把窘迫收起，故意装凶道："你给我二十块钱，我就当刚才没有来过这里。以后我要是还聊起今天的事情，我就赔你六十块钱！"

他看着她须臾，半晌没说话。

当黎灵灵快要撑不住对李钦臣道歉的时候，他从口袋里掏出了一张纸币递给她。

当时的二十块钱对黎灵灵来说是巨款。

现在的一百块钱对她来说也是一笔不小的钱。

虽然离谱,但他们确实都用着坑对方钱的方式,守护了彼此不想提起的事情。

门外的李钦臣露面,手里还端着一碗黎父让他带上来的雪梨糖水。他像是投降般顺势举起另一只手,扬了一下,表示OK。

黎灵灵谨慎地盯了他几秒,见他确实没有要嘲讽她的意思,才稍稍松懈,指了下桌子:"糖水放这里。"

李钦臣不是第一次进她的房间,上回送她回家时也进来了,但没有在里面逗留。

他发现自己的心思后,就很少单独进她的房间了。

粉红色的墙壁在他不在的这两年重新刷过一次,上面还有她自己画的图案。

黎灵灵的爸妈对她的管教较为宽松,就连这房间的壁画都是随她折腾,也没考虑过和外面的装修风格合不合衬。

李钦臣没关门,看向她桌面上的作业,明知故问:"你在干什么?"

"做题目啊。"

桌上是两套化学卷子,平板电脑的页面上还显示着网课。

他瞥了一眼,说:"上课时你又不听,会做吗?"

黎灵灵坐回去,说:"你小看谁?我上课不听不也能拿年级前十?"

李钦臣拿过她的错题集,轻描淡写地问:"你为什么不听课?"

她不想整理小情绪,敷衍道:"要你管呢。"

"我说过了。"

黎灵灵微愣,抬眼等他说话。

李钦臣扯了一下唇角,好脾气地俯身回答她:"我管。"

"我和邹水芍有过节。"黎灵灵盯着他漆黑的眼眸,咳了一声,长话短说,"高一的时候我们吵过一架,之后我没再听过她的课了,她也说过不管我。"

其实，邹水芍在班上的风评也确实差劲，倒也不是区别对待不同成绩的学生，而是她格外偏爱男生。

李钦臣没再细问，只是指着最后一道大题说："这里一直配平不了，是因为你记错了化学式。"

他拖过凳子，坐在了她旁边，自然而然地拿起笔，把正确的化学式写在旁边，顺势把平板电脑关上了。

"你这门网课课程的主讲老师是偏奥赛模式的讲法，不太适合我们这届高考生，不如让我教你。你的基础很好，做一下易错和少见的难题就行。"他见她发呆不出声，拿着笔轻轻点在她的额角，"你在想什么？"

男生应该是刚洗过澡，额发微微潮湿，身上清冽好闻的沐浴露香味铺天盖地侵袭而来。他稍稍挽起袖子，青筋脉络分明的小臂搁在桌沿。

他骨节清晰的手指转动她那支花里胡哨的圆珠笔时，显得有点儿滑稽。

这一点儿也不酷，他不像是高不可攀的"太子爷"了。

虽然他平时不着调的样子她也见惯了，但学校里那些人应该是没见过这样的李钦臣的。

黎灵灵没忍住，笑了一下，回过神后又对上他直勾勾的眼神，心虚地随便说道："没想什么。"

她只是在想，他们在学校当同桌就算了，怎么回家还在当同桌？

李钦臣给她补课补到晚上十点才走。

他走之前，魏女士硬是拉着他们坐在餐桌前吃了鸡汤夜宵。

黎灵灵坐在凳子上晃腿，听见黎父在厨房远远地说："学到这么晚辛苦了，跟家里养了两个小孩似的。"

"我倒是想有两个小孩！"魏女士嗔怪道，"当初也不知道是谁在产房门口哭个没完，说千万不让我再生了。"

黎父嘿嘿一笑，半点儿没有被妻子在晚辈面前揭短的尴尬。

他们的甜蜜爱情"秀"了十几年了,黎灵灵早就没有感觉了,只是在笑着摇摇头的时候看见了旁边的李钦臣。

他的唇边也挂着淡淡的笑,但是眼底的情绪并不算明朗。

旁边的手机屏幕亮起。

段觉云的消息发了过来:我想了一下,发现我给你出的招真是绝!你俩青梅竹马,你勾引他不是分分钟手到擒来?

黎灵灵的脸色微变,她不太明白段觉云为什么会讨论起这种无厘头的问题,但她还是好奇地问道:怎么说?

段觉云:你比其他女孩子更了解他的喜好啊。只要你做他喜欢的事情,他就很容易对你心动吧。

有点儿道理。

他一日三餐都在她面前吃,他们一起订正试卷,经常闲来无事发短信,甚至傍晚赶着同一片晚霞回家。因为他们共享奈飞账号,对方看电视剧看到多少集都一清二楚,他平时一个别人没察觉的微表情都能被她察觉。

他们还养着同一只小狗。

没有其他女生比她离他更近,近水楼台先得……

等等,黎灵灵及时在脑子里刹车。

谁要变成李钦臣的心动对象啊?

可是,她还是不由自主地转头问:"你的择偶标准是什么?"

话出口的那一刻,黎灵灵已经不知道怎么圆回来了。她只是觉得自己明明清楚他所有的喜好习惯,却唯独不了解这一点。

他们并没有聊过这种事情。

李钦臣过去的十八年里,有两年和她毫无联系。

电视机里,晚间新闻还在放着。魏贞和丈夫一起去收拾厨房。

偌大亮堂的客厅一瞬间变得很安静。

少年喝汤的动作停住,喉结滚动了一下,他掀起眼皮看过来:"什么?"

"就是……啊,我刷到一个朋友圈动态,正好有问这个的。"黎灵灵支支吾吾的，找到借口，小声又问了一遍，"所以你喜欢什么样的长相？浓艳系的，还是淡艳系的？单眼皮还是双眼皮？我们好像都没聊过这个话题。"

明明他们这么熟悉，这样的问题说出来竟有些不好意思。

果然男生和女生还是不一样的吧。

黎灵灵默默地想：她和段觉云、于悠她们聊这些话题就不会有这种说不清的别扭感。

李钦臣不动声色地抬了抬下颌，说："那你呢？"

她的理想型……貌似取决于最近追的是哪本漫画的男主，并没有具体的形象。

黎灵灵怕如实讲了后，又被他想起之前的漫画，只好蛮横地道："你先说，我先问的。"

眼看那边厨房里的两位长辈就要出来，她催促般地敲了下他面前的碗。

李钦臣起身收拾碗勺，留下一句："有酒窝的。"

段觉云：说得这么具体，他之前不会有一个心动对象是带酒窝的女生吧？

黎灵灵：我没问，应该没有……我感觉跟他聊这些好尴尬啊。

段觉云：你有什么好尴尬的？

黎灵灵不知道怎么解释，明明她这性格和男生交往起来都能处成姐妹兄弟。

她和李钦臣已经熟到不能再熟了，亦亲亦友的，但聊起这种事还是莫名其妙不自在。

段觉云的消息又发了过来：我懂了，就是你七岁的时候能爬到他床上去，但你现在十八岁了，总不能像以前那样，你已经意识到他是你最好的朋友，可同时也是一个异性。

黎灵灵边点头边称赞道：你真是我肚子里的蛔虫。

虽然前不久，她还"爬过"李钦臣的床。

段觉云敷着面膜，僵硬着脸问：对啦，我发给你的小说你看了没？

黎灵灵：我就翻了一下，我又不爱看小说。

段觉云：好看的！我已经看见那个男主被骗之后都哭了，好爽！

黎灵灵：啊？

段觉云感觉自己出的主意很好，诱惑道：你想不想看见你那不可一世、无坚不摧的竹马也哭？

黎灵灵的思绪被她拉回来，李钦臣哭？听上去就很激动人心了。

他那样的人别说哭，就算再不开心、再委屈也是云淡风轻的表情，仿佛对什么都不在乎。

黎灵灵照了下镜子，不确定地问：他说喜欢有酒窝的……我这种算吗？

段觉云：你这种当然不算啊，酒窝好歹得凑一对吧。

黎灵灵也是有酒窝的，但只有一边脸上有，而且很浅，要笑得很用力才能看见。

这在她所学的生物知识里，父母都没有，但她有的情况叫作隐性性状，一般都是熟悉的人才能注意到她那"形单影只"的酒窝。

因此，段觉云想也不想就否认，又猜测道：我感觉他应该喜欢沈佳宜那种脸上有两个小酒窝，笑起来甜甜的女生！男生不都爱这种清纯白月光吗？看来你的竹马哥也是俗人啊。

黎灵灵知道自己和"清纯白月光"这几个字不搭边，顶多被人赞一句"呛口小辣椒"。

她百无聊赖地戳着脸上那一个酒窝，叹一口气，得出了一个结论：李钦臣的理想型果然不是她这种类型的女生。

在她快要睡之前，手机屏幕亮了。

黎灵灵本来还以为是段觉云没说完事儿，点开一看，才发现是李钦臣的消息，就三个字：那你呢？

黎灵灵：什么？

李钦臣：之前你问的话。

黎灵灵一下子反应过来，他半点儿吃不得亏，在对自己说出长相喜好后,也要知道她的。像是赌气似的,她迅速敲了一句话:*我喜欢有梨涡的,而且一定得是单个梨涡!*

李钦臣:"……"

这个条件和他没半点儿关系。

随口一提的"报仇"计划在碰壁后,就这样被搁置。

高三生学业繁重,他们的生活还是在各种模拟卷和试题中度过,漫长燥热的夏天仿佛过去很久了。

十一月下旬,深中迎来了期中考试后的家长会。

黎灵灵这次进步不少,排名直冲年级第二。

魏女士开心地给黎灵灵零花钱,还翻了个倍,她特地换了身漂亮的大衣,准备和黎灵灵一块儿去学校。

早上去学校前,李钦臣在门口等她。

黎灵灵喝完最后一口粥,思忖片刻,拉了拉妈妈的衣角,说:"要不您这次不去参加家长会了吧?"

魏贞正在挑选背哪个包,闻言不解道:"怎么了?你们班主任昨天还交代所有家长必须到场。这可是关键时期了,不能让你老师觉得我们家长不重视。"

"您前两年都去参加了啊,她不会觉得您不重视的。"

黎灵灵做了一个双手合十的动作,起身道:"再说了,有什么重要的事情我会告诉你的,爸爸不是都出差半个月了吗?您一个人在公司肯定更忙。"她一边说,一边把魏贞手上的包放回去,"求求你啦,妈妈。"

她越这样,魏贞越起疑:"你为什么不让我去?你不会在学校做了什么坏事儿吧?"

"哪能啊!"黎灵灵站起身,捧着魏贞的脸亲了一口,"真没事,您可爱听话的女儿要去上学了,晚上见!"

她突然这样冲自己撒娇,魏贞又气又笑地擦脸:"多大的人了!这口水——记得带学生卡!"

"知道啦!"

出了门,黎灵灵冲到男生背后,拍了一下他的肩膀,说:"走吧。"

李钦臣往屋里看了一眼,然后目光落在她的脸上,一脸奇怪地道:"今天要开家长会,阿姨不去吗?"

黎灵灵垂着脑袋,踩路面上的方格线,尽量脸不红心不跳地说:"她今天太忙了,没时间。"

"是吗?没时间她还给你熬粥了。"他漫不经心道。

"就……就只有熬粥的时间。"像是话里有话,黎灵灵伴装随口道,"哎,没关系啦,他们忙自己的。我们都这么大的人了,不需要家长去开会。"

小姑娘实在不是擅长撒谎的人,何况在李钦臣面前,她向来会被他一眼看穿。

他突然想起初三那年也是开家长会,老师要求家长必须到。黎灵灵把她的父母都拉来了,分给了他一位"爸爸",和今天差不多。

只要她和他一样没有家长来学校,那看上去孤单的人就不会只有他。

黎灵灵完全不知道他想了这么多,脚步忽然顿住,往旁边高了不少的地方站上去。

她一只脚踩在马路牙子内侧的花圃石阶上,转过身,笑得俏皮:"李钦臣。你看,我跟你一样高!"

"嗯。"

少年跟在她身侧,拿出放在兜里的那只手,护在了女孩的腰后面。

"对啦,你知道我被选去跳舞了吗?"黎灵灵随口一提。

李钦臣点头道:"知道。"

元旦节算是高三年级唯一能期待的假期,但在那之前,班主任抽签,抽到了元旦汇演要出个人表演节目。

为了节省时间,又为了高三生有参与感,二十多个班级里只抽七个班,每个班只需要派出一个人就行。

黎灵灵被罗蕙点名参加,理由是:"班里没有艺术生。你的形象好,成绩也好,这两年又和樊羲那伙人违反校规好多次。最后一年了,你给同学们做个表率吧。"

于是黎灵灵跳舞这件事就这么被迫定了下来。

课间休息,于悠挽着黎灵灵的胳膊去小卖部买雪糕,问道:"你待会儿是不是要去练舞啊?"

黎灵灵应道:"是啊,说什么怕耽误高三生学习,就只给了一周的练习时间。"

于悠叹了一口气,说:"我好羡慕你。"

"有什么好羡慕的?"

"你们是伴舞,"于悠聊到这个,眼睛都要发光,"是给新来的德语实习老师做伴,每天看着大帅哥的脸,跳舞都有劲了吧?"

黎灵灵她们确实是给一个唱德语歌的人做伴舞,动作也不难,但是她还真没有注意过那位新来的德语老师。

那位德语老师年纪二十五六岁,据说还是中德混血,长得极好看。

"你也喜欢 Baron 老师?"

于悠激动起来:"什么叫我也喜欢?谁不喜欢啊!"她的话音一转,"要不你帮我去问问他喜欢什么性格的人?"

黎灵灵的脑袋摇成拨浪鼓:"他只来实习一个学期。"

于悠叹了一口气,又用可怜兮兮的眼神看过来:"灵灵,举手之劳,你不会不帮我吧?"

"我想想怎么问……"黎灵灵也有点儿苦恼,"那位 Baron 老师的中文好像很差啊。"

黎灵灵是一个聪明的人,聪明体现在方方面面。

比如此刻,刚练完舞的她连衣服都没换,就拉着李钦臣来了外语教研组。

快到门口了,她才"做贼心虚"地松开了他的手。

李钦臣选外语时选的就是德语,也是小语种班的科代表,他的手里还抱着一摞外语作业。

见她停住脚步,他终于出声:"你到底要干什么?"

话刚出口，坐在工位上的 Baron 就朝他们看了过来，笑着打了声招呼："Guten tag（你好）！"

教研组这会儿只有他一位实习老师。

外籍人士的性格一般都外放，这位也不例外，有着天生的小鬈毛，绿色的瞳孔，像只开朗的哈士奇。座位那儿贴满了学生们表达好感的爱心便利贴。

他说的是德语，黎灵灵有一瞬间还真被这无害的笑容蛊惑了，蓦地明白了为什么于悠这么喜欢他。

李钦臣把作业放到他的座位上，转身时又被黎灵灵拉住："你帮我问他几个问题！"

Baron 在改最后几份随堂测验，就让李钦臣在旁边等等。他看着黎灵灵友好地笑了笑，说："Tanzen sie schön（舞姿优美）."

黎灵灵平时和伴舞团一块儿练舞时和他都没接触过，毕竟语言不通，现下也只能扯旁边的人："他说啥？"

李钦臣看了她几秒，信手拈来地道："他说，你拉着我的衣角这么久，是不是和我关系不一般？"

"呸！"黎灵灵条件反射地松开手，应激地连连说道："No no no（不不不）！"

Baron 一脸无辜且疑惑。

"我开玩笑的。"李钦臣垂着眸子，手掌搭在她的头顶，把她往自己这个方向扭过来，"他刚才夸你跳舞跳得好。"

"Danke（谢谢）！"黎灵灵用了平时从李钦臣那儿学到的为数不多的德语词汇回应。

李钦臣转过头问她："你说要我帮你问他什么？"

她有求于人，没管他刚才的提弄，用亮晶晶的眼眸盯着他："你帮我问问你老师喜欢什么样性格的人。"

李钦臣的语气突然就不像刚才那样闲散，他"啧"了一声："黎灵灵。"

"你先帮我问问嘛！"黎灵灵没察觉到眼前人的不悦，接着小声地提要求,"顺便问问他的身高、爱好……反正就是那种问题,你懂吧?"

他面无表情,没有下一步的动作。

黎灵灵急了,拽着他的袖口催促道:"快点儿,你帮我问下啊!"

李钦臣转过身,和 Baron 又说了几句话,而后,他回答道:"身高一米八七。"

黎灵灵瞥了眼 Baron,心想:他站起来好像是挺高的,这个应该没撒谎。

李钦臣又问了 Baron 几句,继续和黎灵灵说:"家境还行,性格过得去。"

黎灵灵越听越满意,拉着男生出去,确认了一遍:"这都是他?"

李钦臣倾身凑近,耷拉着眼皮闲闲地瞧她好几秒后,露出不善的笑容:"这都是我。"

她酝酿了这么久才来找他帮忙,结果还被他耍。

黎灵灵生气地推了把眼前的人,气恼道:"你无不无聊?"

"没你无聊。"李钦臣纹丝不动,恶劣地掐她白嫩的脸颊,"黎灵灵,你安分点儿,行不行?"

她不满地张牙舞爪:"我怎么不安分了?我就替小悠问问,不行吗?"

他的力道减轻了点儿,扬眉道:"于悠?"

"对啊。"

"你怎么不早说?"

"我——"被他倒打一耙,黎灵灵生气地挥开他的手,嘲讽道,"我要是早说的话,哪有机会听你在这儿自卖自夸?"

黎灵灵看向身后的办公室,又说:"你现在最好回去再给我问一遍,不然我怎么给小悠交差?"

"不用问了,请她吃顿饭安慰安慰吧。"

"什么意思?"

李钦臣的一只手抄在兜里,他从容地道:"意思是她的幻想破灭了,他可是一个每天都要视频聊天跟人说'ich liebe dich'的男人。"

黎灵灵貌似听到了一串熟悉又陌生的单词,犹豫地问:"i……ich 什么?"

他笑着看她,耐心地又说了一遍:"ich liebe dich."

听见这个清晰的发音,她莫名地耳根发热,迷迷瞪瞪地回想:"这个是不是你之前说过的,德语里表白专用的话?"

"嗯。"李钦臣点头道,"是我中意你。"

他是北方人,虽然从小在深州生活,但并不怎么说本地话。因为有一副好嗓子,他偶尔说一句深州话会显得温情而缱绻。

寂静的走廊里能听见风声,有一角窗帘轻轻卷起。一阵脚步声打断两人之间的对视。

身后经过的是值日老师,她正好往这个方向看过来。

两人都是高三年级里名列前茅的好学生,她自然对他们眼熟:"你俩磨磨蹭蹭干吗,不知道上课了啊?"

李钦臣不紧不慢地回道:"知道,我们正回去呢。"

黎灵灵瞥他一眼,没看出男生的表情有什么异常,他刚才像是只念了一句普通的话。

她垂着眼,纤密的睫毛颤了好几下,不自觉走快了点儿。

李钦臣这人怎么这么随便,这句话不能对着人就这么说的!

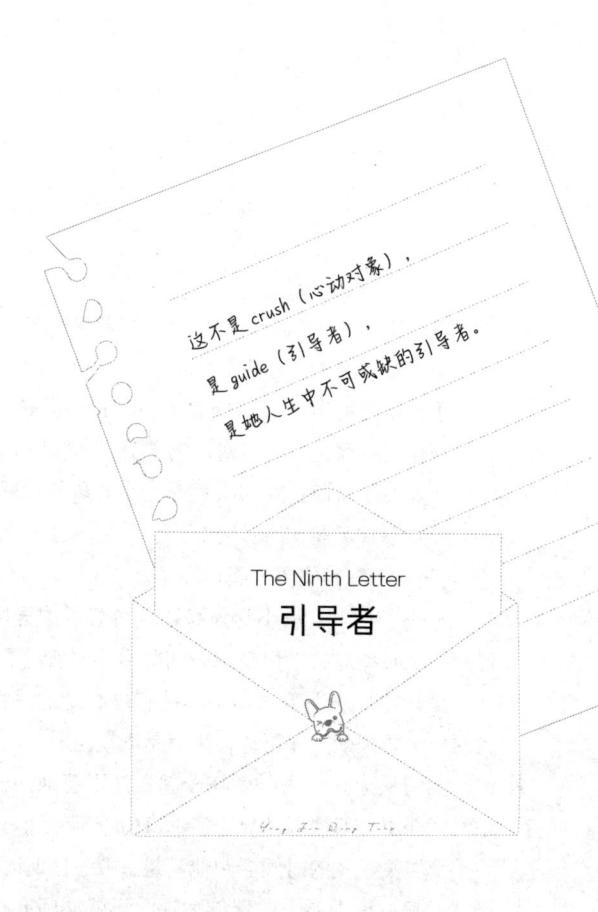

这不是 crush（心动对象），
是 guide（引导者），
是她人生中不可或缺的引导者。

The Ninth Letter
引导者

得知结果的于悠坐在餐桌前,伤春悲秋道:"好难过。"

坐在她对面的周峥不屑地道:"一个外国人有什么好在意的?"

于悠幽怨地出声:"你对我的 crush 放尊重点儿。"

周峥没听懂,看向斜对面的黎灵灵:"她刚刚说了啥?"

黎灵灵随口道:"Crush 就是心动对象的意思,反正你也没有。"

周峥不甘示弱,道:"你有啊?"

"我……"黎灵灵还真愣住了。

她想了一下,从小到大身边玩得亲近的异性朋友屈指可数,更别说有什么心动对象,但是……她冷不丁地想起了另一个人。

虽然她从来不曾对一个异性有过心动的感觉,可她觉得自己似乎有对一个异性毫无保留过,那就是李钦臣。

他们从牙牙学语时就在一起,他了解她的一举一动。也因为他比她大了一岁,习惯以"兄长"的身份带领着她。

黎灵灵迷茫的时候会跟他商量,似乎任何时候她都能依靠他。

成长过程中两人的羁绊太深,早就亦师亦友亦亲人,他们的关系不是普通的感情能描述的。他不是 crush(心动对象),是 guide(引导者),是她人生中不可或缺的引导者。

黎灵灵发呆时,李钦臣和樊羲已经买了果茶回来。这家泰国菜不错,顾客络绎不绝,美中不足的是店里的饮品都不太好喝。

黎灵灵拿过自己那杯奶茶，没喝之前就皱眉："为什么是常温的？"

"你快到生理期了。"李钦臣轻声解释。

她一下子偃旗息鼓："哦。"

今天是周五，点晚餐的人越来越多，他们坐在这儿好一会儿，服务员才陆续上菜。

樊羲蓦地压低声音，一脸神秘兮兮道："钦臣，别回头！后边有个漂亮学妹盯着你好久了，预计一分钟后要过来。"

周峥跟着打趣："打球的时候我就发现了，每次阿臣一上场，就多了不少观众。吃个饭也能被美女相中，你的桃花不少啊！"

"漂亮学妹？"李钦臣不动声色地喝了一口青柠汁，指了下旁边的人，"有我们家大小姐漂亮吗？"

黎灵灵猝不及防听到这句话，拍开他的手："别扯上我！"

虽然樊羲特地交代他别往后面看，但他本来就没有搭理对方的意思。真正好奇的人是黎灵灵，下一秒她就转过身去看热闹。

右手边后面那桌有四个女孩，都穿着深中的校服，看着青涩又有活力，她一眼就认定这不是高三生。其中披着头发的女生含羞带怯地望着李钦臣的背影，旁边几个姐妹在笑着和她说些什么。

应该就是她了。

黎灵灵见她起身，快速回过头，装作若无其事的样子。

于悠在桌子下面用膝盖碰了碰她，小声道："来了。"

来了就来了，于悠跟她说干吗？

旁边的过道上果然多了一道身影，几个人都不说话。对面三个人明面上各吃各的，实际上都在暗中观察。

而黎灵灵旁边的栗子夹在她和李钦臣之间，蹭了蹭她的手臂。

没等那个学妹说话，李钦臣温声开口："麻烦让一下，你挡着服务员上菜了。"

学妹窘迫地回头，说了句"不好意思"。

服务员将最后一份海鲜米线端了上来。

李钦臣还在剥虾壳，他比要联系方式的人还要主动，消除对方的紧张般问:"有事儿吗?"

"学长好。"女孩一本正经地自我介绍,"我是高一二班的向晓琪,之前你和我一块儿升过旗的。"

李钦臣剥了一小碗虾肉,递到旁边的黎灵灵的面前,自顾自地抽纸擦手上的油渍,点头道:"嗯。"

这下沉默的不止那位学妹,还有这一桌子的人。

黎灵灵喝粥的动作一顿,转头看他。

行,他又拿她当挡箭牌。

李钦臣鼓励地看向她:"还有吗?"

学妹的视线在他和黎灵灵之间游移,磕磕巴巴道:"我加过你的微信两次……但是你都没通过。"

"哦,我不经常看手机。"李钦臣脸不红心不跳地胡说八道。

黎灵灵在旁边顺势递上他的手机,插话道:"现在你正好有空,可以通过。"

学妹心里一喜。

李钦臣别过头,亲昵地开口:"你想加就加,你不是知道我的密码吗?"

学妹的表情呆滞。

正巧旁边的栗子也来助攻,平时它都是乖乖巧巧地蹲坐着,这会儿倏地"汪汪"叫了两声。

学妹吓得退后两步。李钦臣抚摸小狗的脑袋,嘴里喃喃"good buddy(好男孩)",而后又抬眼道歉道:"抱歉,我儿子吓到你了?"

学妹惊讶道:"儿……儿子?"

李钦臣点点头,看向黎灵灵,话却是对着学妹说的:"是,这是我和她一起养了很多年的小狗。"

"其实我加学长的微信也没什么事儿,学姐你放心,我很懂事儿的!"没等黎灵灵说话,她红着脸回了之前的位置。

一桌子的人看透了他这四两拨千斤的手法,纷纷竖起大拇指。高,这招实在是高。

唯独"受害者"黎灵灵黑着脸瞪过去，目光无端地落在男生抓着狗狗项圈的手上。他修长的手指掐住毛茸茸的狗脖子安抚，更像是在奖励它刚才的解围。

她原本责骂的话在这一瞬间忘得干干净净，她看着他一下一下捋毛的动作，甚至有些说不清道不明的躁动和焦灼。就在下一秒，她的脑袋上方也落下一只手。

黎灵灵抬起头，对上他漆黑的眼睛。李钦臣的瞳孔里倒映着她泛红的脸，语气透着几分轻佻："我差点儿忘了，还有一位，good lassie（乖女孩）。"

帮李钦臣挡桃花这种事儿，黎灵灵其实鲜少做。但很多时候，她只要不出声故意反驳，就很容易将他的追求者劝退。而她无意中帮他忙的奖励就是，坑了他周末两天的早餐。

聚餐过后，进入了高三生按部就班的复习阶段，快到学期末，早就没有新内容学习，无非是一遍又一遍地温故知新。

黎灵灵上次的期中考试成绩还不错，大概是因为薄弱的化学一直有李钦臣帮她补课。

元旦晚会如期而至。

深中的惯例是高三年级的学生坐前排，依次往后排。大家难得一改沉闷的氛围，刚坐下来就叽叽喳喳聊个没完，虽然都带着单词本和小册子，但大部分人还是将注意力放在了舞台上。

高三部的伴舞是压轴出场，在一个小品节目之后。

黎灵灵和其他被选上的人这会儿已经到了后台，她们跳的是德国巴伐利亚的舞蹈，一个三拍子的集体舞。

伴舞的女孩们都穿上了蓬蓬裙，黎灵灵对这支舞蹈最直接的理解就是要转好多个圈圈。从上俯拍，像是一朵朵花在盛开。

而 Baron 老师在舞台中央大放光彩，唱着自己国家的歌。

尾音高昂，掌声如潮。

大家相继退到之前彩排过的位置上，准备鞠躬退场。

但黎灵灵的脸色一变,她感觉身上的无肩内衣正在往下滑,即将滑到腰那儿。她顿时尴尬得不行,倒吸一口气,直接蹲在地上。

旁边隔壁班的伴舞女生见状,惊讶地看着她,无声地问:"你干什么?"

黎灵灵不知道怎么开口,面露难色,抓紧了裙子领口。

对方大概猜到了是突发情况,但她们都穿着单薄的抹胸舞裙,她不知道怎么帮黎灵灵。

不仅是台上的几个伴舞女生注意到黎灵灵的状况,台下的疑惑声也此起彼伏。

黎灵灵怕影响收尾的集体pose(姿势),默默地蹲着,顺便一点点挪到角落。紧接着,她的身前突然出现一道身影,熟悉的气味扑过来,完全挡住了她的视线。

是李钦臣,她只记得他身上的味道。

李钦臣上了台,皱着眉,半蹲着问她:"怎么了?"

他不是从楼梯那儿过来的,而是跟翻墙似的跳上来,长腿跨过了两台高高的立式音响。

他的行为太瞩目了,难怪底下这么多人惊呼。

黎灵灵莫名地松了一口气,不过她依旧垂着眼,小声又懊恼地说:"内衣掉下来了。"

他显然愣了一下,但很快他想出了解决办法。

下一刻,男生脱掉了身上的美式复古棒球服,披在她的身上,宽大的外套将她完全包裹,甚至能遮住她的臀部。

李钦臣还把外套的拉链拉紧了,然后扶着她起来。

黎灵灵偷偷调整内心情绪,默默地站到收尾的队伍后面。刚才表演过的其他演出人员也一起上场,在等主持人说完闭幕词后,一起拍大合照。

楼梯那儿人来人往,李钦臣也就没继续往下走,索性站在黎灵灵的旁边。

把内衣拉上来后,黎灵灵才慢条斯理地将手伸进棒球服的袖子里,穿好衣服后，她不自然地咳了一声。

他别过头问："好了？"

"嗯。"第一次发生这种情况，黎灵灵也有点儿不知所措，解释般说道，"我不是因为那个……才往下掉的。"

李钦臣把黏在她脸颊上的碎发拨开，说："嗯？"

"就是里面的内衣没有肩带，箍着的地方是下面一点儿的位置，不是那个——"她说得语无伦次，脑子里闪过一句话，居然直接就说了出来，"就是，我的身材挺好的！"

最后这句话她是特地大声说的。

旁边几个伴舞的女生面露惊讶地看了过来，打量了他们两眼后，又很有眼力见儿地将视线收回来。

黎灵灵对上其中一个人别有深意的目光，窘迫地挠了一下脸，试图补救："我……我……"

"我知道。"李钦臣轻描淡写地打断她。

"啊？"轮到她开始不解。

她平时穿得挺宽松的，他是怎么知道的？

李钦臣垂着的手攥成了拳头，又悠闲地看着她，说："我背过你。"

黎灵灵一愣，接着面如死灰。

他的声音微哑，又补充了一句："你不是也抱过我吗？"

黎灵灵很快想到一些场景，满脸通红。

大合照的时候，她就这样变成了"哑巴"，目不斜视地看着前面。闪光灯闪了很多下，不断有老师、领导上台，也陆续有表演者退场。

无烟礼炮、喷雪器和干冰机都不遗余力地发挥营造气氛的作用，每个人的头上都不可避免地落下礼花碎片。

音响的声音和主持人的闭幕式致辞都被欢呼声覆盖。

黎灵灵站在最后面，她本来就是充数的，中途还出了点儿岔子，没什么激动的心情。

她正要跟着队伍退场，蓦地被人从后面拍了一下。

黎灵灵回头看着男生，还是有点儿不自在："干吗？"

李钦臣松开握成拳的手,掌心是一个小型的彩带装置。他摁了一下彩带装置,嘭的一声轻响,这一片区域的上方落下形态各异的亮片彩纸。在蓝红色的镭射灯光下,亮片彩纸如同幻境里扑来的光怪陆离的蝴蝶。

　　黎灵灵仰起头,一脸惊喜地伸手去接彩纸,身体转动时,裙摆形成一个圆圈,带起落在地面上的彩带。

　　李钦臣看着她不知不觉地转完一个圈,后面的人来来往往,有人就快要挤到她。他牵着她的手腕,把人拉回身旁,哄她开心似的问:"好看吗?"

　　她抿着唇,手里还捏着一片反光的彩纸,点头道:"你怎么突然弄这个?"

　　李钦臣别过头说:"因为我要给黎灵灵同学放一场演出圆满完成的'烟花'。"

　　伴舞团有这么多人,礼炮也分给了这么多人,可是她在他这里是最独特的,不完美的表演也有专属她的庆祝。

　　把她当小孩子一样哄着,是李钦臣做了十几年的事。

　　刚刚那道嘭的一声轻响,这时似乎又在黎灵灵的脑子里重播了一遍。

　　黎灵灵:我好像发现了一个秘密。

　　段觉云:说。

　　黎灵灵:算了,我也不确定。

　　段觉云:你在打什么哑谜啊?

　　黎灵灵:没事,你们期末考体育吗?刚才老班说体育会计入会考的附加分里。

　　段觉云:我们也要考啊,现在都要求德智体美劳全面发展嘛,你怕什么?不就是投篮吗。

　　立定投篮一分钟,对黎灵灵来说难度不大也不小。她以前和樊羲他们没少在篮球场一块儿玩,但步入高三后,她很少再去球场运动了。

　　她撑着脑袋,百无聊赖地看向窗外。

刚上完一节物理课，班里的人倒下一大片，在桌上补觉。室内一片安静，下一秒，走廊处传来那群男生回来的脚步声。

体育委员靠在门框处喊道："老师说待会儿体育课不改上自习课，让我们去篮球场。"

这话一出，趴在桌子上的人醒了一大片，显然他们很珍惜这为数不多的户外活动。

前面的于悠往后面喊人，坐在后排的黎灵灵还发呆般看着窗外转红变枯的榕树叶子，有些感伤时间过得太快。

眼前的景色突然被一件蓝白色的校服外套挡住。

她缓缓地抬头，对上一双狭长的丹凤眼。明明大家都是穿着松松垮垮的校服，可是这个人穿起来总有着和别人不一样的感觉，显得格外懒倦又桀骜。

李钦臣站在走廊上的窗口处，日光勾勒出他流畅的下颌线，他垂眸看过来，伸手道："你帮我拿下水。"

不知他刚从哪儿跑回来，额发湿湿的。

黎灵灵把桌上那瓶水递过去，不解地道："你干吗不进来？"

李钦臣灌了两口水，喉结微动："我刚听樊羲他们说了教你打球的事儿，你下来和我打半场。"

他说这话时，似乎有点儿咬牙切齿的意思。

黎灵灵没来由地有些心虚，她一直不是爱运动的人。以前李钦臣想叫她去打篮球或学骑马这类要流很多汗的运动，她都是能躲则躲。但是后来上了高中，运动项目确实不多，她这才和樊羲那伙人打了几次球。

所以他是得知她从别人那儿学会了打篮球，感觉不太舒服吗？

正好上课铃打响，体育委员和体育老师一起拎着两筐篮球到球场。会打篮球的学生就自己玩自己的，不会打球的则排队在老师那边练立定投篮。

黎灵灵跟着李钦臣到篮球馆另一侧的球场上，支支吾吾地解释："我也不算很会打，樊羲是怎么跟你说的？"

"他说，你每次都和他们打得很开心。"他漫不经心地转着球，似笑非笑，"我怎么记得有人以前从来没陪我打过球？"

别说陪他打了，市里组织篮球比赛的时候，她连坐观众席观赛的次数都不超过三次。

每次她去社区球场，待不了几分钟就嫌无聊，不是喊晒就是喊饿。

因此，黎灵灵从来不了解李钦臣喜欢的篮球球员，更不清楚他的实力，她对篮球这项运动毫无兴趣。

黎灵灵撇撇嘴，试图辩驳："人都是会变的。"

"是吗？"他倾身，球抵在她的胸口，"那给我看看你变了多少。"

深中的篮球馆很大，但好歹是几个班都上体育课，旁边自然也有围观的人，比如说看热闹不嫌事儿大的于悠。

黎灵灵在原地拍了几下篮球，看出他想抢球。她发觉肌肉是有记忆的，以前打的那么多场球还是有点儿用，她几乎是下意识就转身躲开了他。

本来她是想顺势投篮，但错眼间看见隔壁一个球朝着旁边的于悠砸过来。她本能地把球往篮筐处随手一抛，赶紧过去拉开了于悠。

两个人一起被迫摔在地上，黎灵灵当了于悠的肉垫。与此同时，两个球相继落地，周边传来"哇"的惊呼声。

"谢谢灵灵，吓死我了！"于悠迷迷糊糊地要拉她起身，但更快的是李钦臣的手。

砸球的人正好过来捡球，找于悠道歉。

黎灵灵像是完全没有介意刚刚摔在了地上，反手激动地拉住李钦臣："我刚刚是不是投进了？"

李钦臣正在检查她的膝盖和手骨，闻言敷衍地点了点头。

她后知后觉反应过来脚腕痛，快倒下去前抓紧男生的袖子，语气兴奋地说："等我死了，你帮我把刚才那个球刻在墓碑上！"

李钦臣扶着她的肩膀，额角一抽，说："你闭嘴。"

黎灵灵崴了脚，失去了在球场上驰骋的资格。但她对自己刚才那个出乎意料的远投进球十分骄傲，遇人就要分享一次。

当李钦臣拿着冰水过来时,她坐在椅子上拉着樊羲讲自己的"传奇",两个人笑得前仰后合。

脚腕猛地被人扯了一下,黎灵灵吃痛地看着李钦臣,恼怒地道:"你轻点儿啊。"

"我看看扭伤的程度。"李钦臣在矮她一级的阶梯上半跪着,掌心托着她的脚腕,轻轻地转动。

樊羲本来想说句话,结果刚张口就被于悠拉走。

黎灵灵觉得奇怪,朝他们看过去,但下一刻又被脚腕上冰凉的触感拉回了注意力。她被冻得倒吸了一口冷气:"李钦臣,你是不是故意报复我?"

他不疾不徐地反问:"我报复什么?"

"报复我以前没陪你去打过球呗。"黎灵灵这会儿头脑清醒得很,说得头头是道,"我都跟你说了,人会变的,以前不喜欢,不代表现在也不喜欢。"

"这样吗?"

"嗯!你说不定也背着我在京市养出了什么新的爱好呢?"

李钦臣垂着眼说:"我没有。"

那你这两年挺无聊的。黎灵灵心想,但她没缺心眼地说出口。

说李钦臣无聊倒不是夸大其词,他这人在外人眼里就是看着挺好,总是一副"风华正茂凌云志,气临九霄少年时"的意气风发的模样,好像性格上也没什么缺点,但本质上他确实很懒。他不喜欢社交,也极少和人交心。

否则不至于兜兜转转这么多年,他最好的朋友还是她。

黎灵灵懒得打击他,目光落在自己的脚踝上,在他手背的肤色对比下,她感觉自己还是挺白的。

男生的手指倒是修长,骨节清晰,衬得她的脚踝更加细瘦玲珑。

只是,黎灵灵突然不想再继续这样的对话。她轻轻地转了转崴到的脚,小声说:"不是特别痛了。"

"那不要这个了?"李钦臣晃了下手上那瓶冰水。

她点头。

樊羲大声朝他们这边喊:"钦臣,赶紧过来,有人砸场子!"两人坐在观众席,一起往下看,才发觉篮球馆已经在不知不觉间热闹起来,同样上体育课的其他班级也有人过来。

"抢篮圈!"

带头的是十七班的刺头儿:庞珲。

都是高三年级的,好几个班一起训练,篮球圈本来就不够用,两边各带着一伙人站着,针锋相对。

李钦臣上了场。

庞珲拿着篮球看向他,说:"三球总分定输赢,输了让篮圈。"

他没意见,坦然道:"五个一起,还是你和我一对一?"

"都行,要不打团战吧?省得说我欺负人。"庞珲挺有自信,朝后面挥挥手,一帮男生迅速挤了过来。

室内篮球馆的顶部是透明玻璃,高大榕树的枝丫盖在上方一角,在夏季会形成一片浓郁的绿色。

只可惜现在是冬天,落下来只有午后的阳光。

高三的学生们太久没有打过一场篮球赛,也太久没有这样酣畅淋漓的体验。一喊宣战,旁边几个班的人都自觉地坐在观众席上,准备看热闹。

场地很快聚集了人。

场上的人在分配,场下的人在起哄。

黎灵灵被于悠扶着,占领了一个前排的好位置,结果她刚坐下,椅背就被后面的人猛地踹了几脚。

"哪个是李钦臣?哪个是李钦臣?"场上人也多,后排传来其他班女生激动兴奋的声音,"我之前总听你们说六班的班草,好像还从来没近距离看过他!"

于悠难得转头,好心情地接腔:"同学,你想知道哪个是李钦臣?"

那个女生点头,说:"是你们班的吗?"

"是啊，你们等等，待会儿就能近距离看到他了。"于悠一脸神秘地说完，突然拍了一下在旁边发呆的黎灵灵。

黎灵灵后知后觉地抬头，不解地道："为什么待会儿就能近距离看到他？"

她的话音刚落，就听见后面一片人的轻呼声。

面前落下来一片阴影，她瞧见男生的跟腱，然后一件带着淡淡柑橘尾调的校服外套顺势放在自己的腿上。

"脚还疼吗？"李钦臣不知道什么时候又走了回来，半蹲在她的面前。

黎灵灵一愣，本来就走神的脑子都没动，顺着就回答他："嗯。"

他皱着眉，大概是没想到崴一下脚会这么严重。他轻轻地捏了下女生的脚踝，力道轻，声音也沉缓："我打完球带你去医务室看看？"这语气其实更像是在和家里生病的小朋友商量。

后面有人在偷偷拍照，手机发出的咔嚓声很大。只是黎灵灵无暇去管，她"哦"了一声，说："那你先去打球吧。"

他走后，于悠才得意地给了后面那个女生一个"我就知道他会过来"的眼神。

口哨吹响，运球声和球鞋在地板上摩擦的声音一起席卷而来。

黎灵灵抱着男生的校服，看着球场上的喧哗，喃喃道："我好像都没认真看过他打球。"

"也不奇怪，你对不感兴趣的事儿一直都是这样的。"于悠不动声色，撑着脑袋看她，"那你今天为什么愿意看了？"

"因为懒得动"这个不走心的理由她最终还是没用上。

黎灵灵捏紧校服，咬咬嘴唇，直言道："因为想看。"

她的视线跟随着少年，他只穿着单薄的衬衫，在人堆里也格外出众。

他的短发在奔跑中变得凌乱，袖子松弛地卷起，露出青筋虬露的手臂。

因为只比三个球的总分数，所以两边都没有按常规赛来打，统一专注于防守。

李钦臣在突破对方的防线后,起跳进了一个三分球。

如同挑衅般,他大大咧咧地举高手臂,伸出了三根手指,朝对面没拦住他的前锋晃了一下,显得过分轻松且游刃有余。

"呜呼!钦臣哥厉害!"

开头就是三分球,樊羲这边士气大涨。大家肩碰肩,背撞背,不约而同地发出笑声。

也不怪他们这样,开学那会儿,庞珲听过李钦臣这号人物,没少找他约球,但一直被拒绝。

这学期都快结束了,庞珲总算找到了机会。

周峥怪叫一句:"还老说要打一场,原来你们也就这个水平。"

对面的人脸都青了,撂下狠话:"这才开始呢。"

台上打得火热,台下聊得也激烈。

"学习又好,打球又帅,哈哈!这哥们真帅啊。"

"是我的错觉吗?我感觉他也没认真打啊,整个人不太专心,动不动就往观众席看。"

"他看谁?"

打断这场拉锯赛的是一个不长眼的球,它直愣愣地扑向了观众席,而且是直奔黎灵灵而来。她反应极快,躲了一下,但还是在一阵尖叫声中被压到了脚趾。好在碰到椅脚的篮球反弹了,减轻了很多伤害。

黎灵灵气急,将那个球砸回去。

场上的樊羲先骂了一句:"你们是幼儿园的新手菜鸟?这年头还有打球打到观众席上的?"

"抱歉啊,我的手抖了一下。"庞珲没什么诚意地走上前,突然一把搂住李钦臣的肩膀。

台下的人看过来,只能看见他们岁月静好的"兄弟情",但实则场上暗潮汹涌。

"李钦臣,听过打球的规则没有?你要打就好好打,怎么总盯着那个女生。万一你输了,不会要耍赖说自己没专心吧?"庞珲顶了顶腮帮子,不爽地磨牙,"我难道还不够格让你使出全力?"

李钦臣的唇角微勾,说:"所以你故意砸她?"

庞晖松开手,阴森森地开口:"是。你拿出你的实力来打,少装出瞧不起人的样子。"

李钦臣的眼神骤冷,没了往常散漫的样子,他往后倒退着走,死盯着他,说:"行。"

小插曲过后,记分牌重新开启。

场上的气氛肉眼可见有了改变,刚刚李钦臣还没有动真格,这会儿已经完全变了。

他根本不防守了,一直在主动掌握进攻权,他扣球之后,迅速招呼一句"回防"。

暴力冲击的劲儿太足,每个人都在奔走中出了一身汗。

这场临时起意的小比赛持续了十三分钟,之所以能拖这么久,是因为最后一个球迟迟没有哪方能投进。

庞晖那边是因为心有余而力不足,只要投就一定会被拦。李钦臣这边却是因为他不想投,樊羲他们都看出他在玩人,拿到球就默契地丢给他。

那个球则会在各种机缘巧合下命中庞晖。

打球被砸在场上是常见的事情,但一次又一次,是傻子也明白李钦臣在针对对方。

"砸人家朋友,他活该吧,哈哈。"

"他是存心砸的?有病吧,打球打坏脑子了?"

"庞晖这人的德行不就是那样,像个球痴,一天到晚找人对打。"

"人家李钦臣给队友发挥的机会,被他觉得没尽力,尽力了可不就压着他打吗?"

黎灵灵当然也看出场上那伙男生的报复行为。她起身就是想提醒他们好歹这是体育课,别玩了。

但李钦臣的余光似乎一直看着她,最终他以一个暴扣结束了比赛。

人群中喝彩声嘹亮,他丢开篮球,头也没回地直接下了场。

身后的庞晖还在骂骂咧咧,打算冲过来干架,但立刻被樊羲那伙人围住。

樊羲一副二流子的架势,上前拍拍他的脸,说:"怎么着,输了球就恼羞成怒了?大家都看着呢。"

人潮中,有一群送水的啦啦队和回去继续练习投篮的队伍向篮球场拥过去,篮球场一下被围得水泄不通。

黎灵灵踮起脚也找不到李钦臣在哪儿,估摸着他刚出完风头,在被仰慕者送水吧。

这也是李钦臣的日常生活。

以前不在意的事情现在她却莫名其妙在意,甚至还会无底线地脑补。她对这种情绪感到陌生,也有些说不出来的气闷。

有人在这时拍了拍她的肩膀。

"同学,我有个朋友想让我问你一个问题。"那个女生手上拿着一瓶水,犹豫着问出口,"你和李钦臣同学只是关系好的青梅竹马,对吧?"

问八卦直接找上当事人,你也太冒昧了。

黎灵灵看着她"求知若渴"的表情,也看到了周围人看过来的视线,大家似乎都对这个问题很感兴趣。

她心里的气恼和烦闷急需找到一个突破口,她蹙紧眉头,煞有介事地问:"你们还不知道吗?"

女生不明所以,说:"知道什么?"

黎灵灵一本正经道:"就在器材室,他把我堵在里面一个小时!"

噗的一声,旁边刚喝的一口水的于悠毫无征兆地喷了出来。

黎灵灵面色如常,这些天她没少被人误会,她占这点儿口头上的便宜怎么了?她这样想着,理直气壮地站直了一点儿。

一伙人闻言,有些讶异,又往后看了一眼,突然一脸惊恐,像是什么事也没发生般一哄而散。

"走了走了,我们继续练投篮了。"

"是啊,再磨蹭都要放学了……"

樊羲那伙男生的声音也在这会儿传到了她耳边。这群人都在猛咳嗽,试图打破这份死寂。

黎灵灵的表情僵住,凉意慢慢地从后脊冒出来。

后脖颈被一只温凉的手捏住,耳后传来少年戏谑的声音:"一个小时?"

因为这一句话涉及对李钦臣人格的诬陷,他对黎灵灵的说法表示十足好奇,冷笑之后,他就把人拽去了事发地点——器材室。

男生刚运动完,身上的荷尔蒙气息浓烈,弓起的背脊抵着门,他说:"聊聊。"

他的语气是一贯的懒散,看不出抓到她现场造谣后是什么情绪,只是那双锐利的眼眸格外黑。

他盯着她,眼里透着不怀好意。

黎灵灵本就有点儿理亏,她脑子一热,想到段觉云给她推荐的那本古早小说,才突发奇想说了那么一句。

结果她说完之后,看到那些人难以置信的表情,居然感觉不气闷了。

虽然她的做法看上去是错的,但感觉上挺对。

黎灵灵能屈能伸,闭上眼,朝他伸手认罚:"好了,我的错,我也不知道为什么突然抹黑你,反正我挺爽的,要杀要剐随你的便!"

她一副无赖样,着实让人有些束手无策。

李钦臣忍着笑意,走近两步,扯过她的手腕,俯身看她颤抖的睫毛。

器材室的门关上后,只剩下夕阳从铁栅栏窗口照进来。女孩一脸视死如归的模样,日光落在她的额间。

他忍俊不禁,重复她说过的话:"挺爽的?"

黎灵灵:"……"

黎灵灵感受到男生的呼吸加重,便睁开眼,蓦地看见一张放大的脸,吓得无端咳嗽了一声:"李钦臣……你……你有这么生气吗?"

"嗯。"他故意板着脸,微微别过头,"怎么堵的?"

"什么?"

李钦臣道:"你跟他们说我在这儿堵了你一个小时,是怎么堵的?"

"我……"她的话还没说完,感觉脚尖被对方的鞋抵着。

黎灵灵往后退,身后就是一堵墙,她退无可退。

他把她堵在器材室一个小时,这么长的时间里,发生什么都不意外。

黎灵灵甩了下脑袋,试图甩走这种雷人的猜测。

李钦臣"啧"了一声,饶有趣味地睨她:"你现在在想什么见不得人的事情?不会是上次误发给我的那种漫画吧?"

她想的虽然不是漫画,但也相差无几。她听出他在揶揄自己,气急败坏地把手收回来:"烦死了,我讨厌你!"

"我才堵完你,你又讨厌我了?"

黎灵灵气急,猛地推开他往门口跑,回头吼道:"你又不是不知道是假的!"

她跑倒不要紧,只是本来就被他桎梏着。刚才她一转头,脑袋上别着的发卡直接磕到了李钦臣的下唇瓣。

李钦臣吃痛,往后一退,慢慢抿直嘴唇看着她的背影,又气又想笑。

你们听说了吗?黎灵灵说她被李钦臣堵在体育器材室一个小时是假的!

我早就知道了,不过我们明明只看见他们在里面待了不到十分钟。

啊!他们在器材室打了十分钟?

What(什么)?你们都是亲眼看见的吗?

他俩打架的时候是不是很激烈啊?青梅竹马打架也不走寻常路,居然偷偷摸摸躲起来打?真会玩!

李钦臣的嘴皮子都被打破了吧?我看他出来的时候嘴巴好像肿了点儿,哈哈,黎灵灵对认识这么多年的竹马哥哥也真下得去手啊!

大大方方的是友情，
扭扭捏捏的是地自己。

The Tenth Letter
友达以上

黎灵灵看到论坛上某个无聊帖子的讨论盛况后,保持了整整五分钟的沉默。

第六分钟,她啪的一声把手机盖上,捏着指骨道:"我一定要找李钦臣算账。"

旁边的于悠幽幽开口:"这不是你自找的吗?"

"所以我想问一下。"于悠凑近她,小声道,"你俩在器材室的那十分钟里到底做了什么事?"

黎灵灵噌地一下站起来,义正词严道:"什么也没做,你少八卦了!"

于悠意味深长地笑笑,说:"那我知道咯。"

你知道什么就知道了?

黎灵灵刚想和她理论理论,旁边的窗户玻璃被敲了一下。

体育课之后是全年级固定的一月一次大扫除时间,教学楼里乱哄哄的。

樊羲从那儿探出脑袋,说:"灵灵,走啊!"

"去哪儿?"

"刚打球打开心了,我们去吃烧烤!"周峥也扑上来,向旁边的于悠打了一声招呼。

樊羲又补充道:"对了,阿臣在店里等着了,让你帮忙拿下他的手机。"

听到李钦臣的名字，黎灵灵的脸莫名其妙热起来，她不情不愿地"应"了一声。

她从旁边的桌洞里拿出手机时，正好感受到它的振动，是有人给他发来了消息。

李钦臣的这些社交软件在之前从不打开信息通知，他回消息向来是什么时候看见了，就什么时候回。

但是这次回深州，他这些不好的习惯似乎都改变了。

她知道他的手机密码，看见那几条消息时，若有所思。他的朋友们现在都在她身边，会是谁在锲而不舍地联系他？

黎灵灵没有偷看别人隐私的癖好，但是神不知鬼不觉中，手机已经被她解锁了。

新收到的消息跳出来，发消息的人备注是朱静，像一个女孩的名字。

往前翻，都是朱静的自言自语。

前段时间我去过你家里找你，阿姨说你回南方姥姥家了。

你现在过得怎么样呢？我爸妈为我安排了好多辅导老师。

高三就剩不到两百天了，以你的成绩，肯定能考上京大吧？我也会努力在这里和你相见。

在这些话里，李钦臣只回了一句：不用再联系，过好自己的生活。

朱静：你说不用再联系是什么意思？

我打扰到你了吗？我不是故意要烦扰你，只是你对我来说确实是特殊的存在。

你也知道的，你对我来说很重要。

李钦臣？回我一下可以吗？

"灵灵，快点儿走啊，你磨蹭什么呢？"走在前面的樊羲大声喊道。

黎灵灵惊了一下，关上手机屏幕将它塞进包里，跟他们出去了。

他们找的是临街烧烤店，在网上的评价还不错，不少外地人来深州打卡都必吃这一条街。

烧烤摊一般是天黑时最热闹，傍晚时还算清静，桌椅摆在了外面。

李钦臣坐的那张圆桌上已经放了几瓶饮料，他见人来了，将斜在桌下边的长腿收回来，慢悠悠地烫着碗筷。

黎灵灵被于悠推到他旁边的位置坐着。

李钦臣像是没把刚才的乌龙事件当回事儿，把碗筷递过去，别过头问她："我的手机拿了吗？"

"拿了。"她回过神，慌忙扯了好几下牛角包的拉链。

但她越着急，越拉不开拉链。

李钦臣拿过她的包，慢慢拉开拉链，拿出自己的手机，不解地道："你在急什么？"

"没什么。"黎灵灵安静了两秒，说，"刚才有人给你发信息，我解锁玩游戏的时候不小心点到了。"她欲盖弥彰，说了谎话，"不过我没点进去看，很快就退回主屏幕了。"

李钦臣轻描淡写地说："看也没事儿，我有什么是不能让你看的？"

黎灵灵别过头又偷偷瞥他，却看见了他在回信息时僵硬的表情。

李钦臣这人早已习惯凡事都以变不惊的心态对待，他的情绪只外露了一瞬间，就将手机放在桌边。

暮色降临，各种肉串又上了两盒，油炸鱿鱼的香味越来越浓。

不远处的道路上车水马龙，霓虹灯牌相继亮起。

樊羲和于悠他们拿筷子敲着碗，在唱班歌《晴天》，完全一副疯疯癫癫的样子。

他们唱完一首又一首后，徐池生感慨道："月底就要期末考试了，明年夏天我们就毕业了！"

"夏天好啊，今年冬天怎么这么冷？"

"再冷这座城市也不会下雪！唉，我其实挺不想毕业的，怕上大学就遇不到像你们一样的好朋友了。"

"铮仔，别把哥哥我弄哭了啊！"樊羲安慰地拍拍他的肩膀，"上大学也能常聚会的，你们都打算去哪儿读书啊？"

于悠轻声道:"我应该会去京师大吧,以我现在的成绩概率还挺大的。"

他们有一搭没一搭地聊着天。也许是因为有心事,黎灵灵一反常态沉默了。

李钦臣倒是一贯话少,笑着听他们闲侃。黎灵灵的余光看见他的手机屏幕又亮了一下,突然想起朱静说的话。

他们会在京大见面吗?

她对这个名字完全陌生,可回想起朱静给他发来的亲昵消息,他们似乎并不是关系差的样子。

或许,他给过那个女孩期待,才会成为她口中"特别的存在"。

难道她就是那个"酒窝"?

黎灵灵的思绪仿佛乱成了一团毛线球,怎么解也解不开,甚至没注意到旁边的李钦臣在什么时候靠了过来。

男生指尖的温度有点儿凉,戳了一下她的脸颊:"你怎么呆呆的?"

黎灵灵没回答,只是执拗地盯着他的脸,只感觉熟悉又陌生。

她突然觉得,自己也没有多了解李钦臣,她不知道朱静,也不知道他的"酒窝女孩",还不知道他到底和其他人约定去考什么大学。

或许一直以来,他们之间只是她一厢情愿的深交。

就如同两年前,她寄出的没有回音的十七封信和九张晚霞照片。

李钦臣冰凉的手指蹭了下她的眼角,他有点儿疑惑地道:"你为什么不开心?"

他把她摸得太透彻,一眼就能看穿她的心情。

黎灵灵还没回答,就听见旁边传来的推搡声。

"你们有病啊!我都说了几遍不喝了?我不是一个人,我在等我的男朋友!"

几人顺着吵闹声看过去,是露天桌台的最后面一桌,两个醉酒的光膀大汉围在一个穿着职业西装的女人面前。

为首的光头抓着女人纤细的手腕,旁边另一个男人起哄,拿着一杯酒,说:"你陪哥俩喝一杯怎么了?这么多人看着,我们还能把你怎么样吗？"

吵嚷间，挣扎的女人被拖着往他们那一桌走。

这会儿天已经暗了，刚下班来烧烤摊喝酒的人也不少。

樊羲离那桌最近，吭喝一声就冲过去了："喂，大叔，你没听见人家说了不想喝酒吗？"

那两个男人一看是学生，轻蔑地笑道："小孩毛长齐了吗？别多管闲事，这女的是在跟我们装矜持！"

黎灵灵强硬地拉着那个女人的另一条手臂，将她扯到自己这边："你这么大年纪了，还听不懂人话吗？"

两个男人凶神恶煞地走上前，李钦臣把黎灵灵拉到自己身后。几个少年个子挺拔，挡在女人前面，半点儿不退地硬刚。

人群中有人小声地说："老板，快报警。"

光头男立刻怒不可遏，踢了下凳子。

"我看谁敢报警！"他说完，又用猥琐的眼睛扫过眼前这群学生的校服，"深中的学生啊。你们看多了电视剧在这里行侠仗义呢，你们敢不敢报出你们的名字？"

"报又怎么了？我叫黎灵灵！"

"李钦臣。"

"樊羲。"

"于——"

报名接龙在一声喝止下停住，喝止声居然是他们班主任发出来的。

罗蕙坐在路边的车里，车门打开，她探出半个身子，一边喊一边踩着小高跟直奔他们："你们在干什么？两个大男人欺负我们班的学生？"

"哟，老师啊？"光头显然也不怕人民教师，喝高了趁醉耍赖，"你们学校这群学生也真好笑，我和我朋友喝一杯，他们倒是来这儿瞎捣乱！"

躲在黎灵灵身后的女人终于敢出声："我不认识他们。"

罗蕙也懒得跟他们扯皮，往后面喊道："老董，出来干活啊！"

她身后的男人找了一个地方停车，刚回来就听到这句吩咐，咳了一声，从外套口袋里不慌不忙地拿出工作证："警察，刚刚踢凳子，喝酒闹事儿的人，都跟我走一趟。"

两个男人一听，脖子一缩，彻底偃旗息鼓了。

因为有罗蕙在，倒也没让家长来保释，简单做了笔录，几个人就在派出所门口站着，准备挨训。

樊羲说："老班的老公居然是警察啊，我在她班上三年了，从来没听她说过，她是保密局出身吧。"

"我们试图打架了，会不会被罚钱？"

"不能吧！"周峥叹了一口气，"我们不是刚做了好事儿吗？"

黎灵灵看了眼旁边斜挎着帆布包的李钦臣。

她有点儿纳闷，他怎么在那种混乱的场合还能记得给她拎包？

没多久，罗蕙出来了，倒也没批评他们："我也不说下次不要再'见义勇为'这种话了。老师知道也许有的人不会制止，但你们一群少年一定会。只是下次你们要量力而行，凡遇祸事先报警！"

一群刚刚还在做小英雄的人，此刻都乖乖地低头听训。

"好了，这么晚了，你们都别在外面晃悠了，赶紧回家。"罗蕙转身前，又指着樊羲说，"你啊，再让我逮着一次，下周回学校就给我写三千字的检讨！"

樊羲吸了吸鼻子，耍帅地敬了一个礼："收到，Madam（警官）！"

几个人往公交站那边走，樊羲他们的手机落在刚才那个烧烤摊了，又跑回去取。

夜灯下，只剩下黎灵灵和李钦臣两个人在缓缓往前行。

刚才经历了一场意外事件，黎灵灵乱七八糟的情绪压下去了，视线落到李钦臣身上，她欲言又止："你刚刚……我还以为……"

李钦臣低笑道："你到底想说什么？"

"就……你那时候不是救过一个女生吗？"她咬咬牙，问出口，"也是像今晚这样的情况吗？"

李钦臣在京市待了两年，就算他不联系她，黎灵灵也依然从父母的聊天中得知过他的一些消息。

比如他曾经为了救一个女生，受伤进了医院。

黎灵灵其实并不清楚具体的情况，毕竟偷听父母聊天也只能偷听到一些关键词："很多男人""救了一个女孩""在医院待了很久"。

她自行拼凑了一个故事。

李钦臣没想过她会问，因为他认识的她并不会去深挖他不主动提起的事情。

小姑娘有自己的骄傲，可是她也有"好奇和关心"胜过"骄傲"的时候。

"不是这种情况。"李钦臣回答。

他看着黎灵灵头顶的粉红色蝴蝶发卡，眼神黯淡，他想起了去京市的第一年。

李钦臣拿到手机的那天，黎灵灵撒泼的消息铺天盖地。她的最后一句话是：你再不理我，我就来京市找你了，反正我有很多零花钱买机票！

也是凑巧，他在下一刻就看见了"她"。

那个女孩戴着和她相似的蝴蝶发卡，正被一群人拉进黑色的面包车里。那条巷子好黑，犯罪活动频发。后来发生的事情让他的生活也改变了许多，他花了很长的时间才走出来。

如果说清原委，她可能就不会再戴这枚发卡了。

冬日的夜晚，这条路上只有他俩的身影，显得有些荒凉寂寥。

黎灵灵把手揣进兜里，看看眼前呼出的白气。她知道自己只要问出口，李钦臣就不会对她说谎。

可是她没想过李钦臣只说了一两句无关紧要的话，就蓦地抬手摸了摸她的脑袋，答非所问："我们灵灵戴发卡很漂亮的。"

"你发什么疯？"黎灵灵甩开他的手，怒目而视。

她最讨厌聊正经事时，他还一副漫不经心的样子。

李钦臣的手背被她打红，他也没生气，只是简单地回答："那个女生叫朱静，没有被骚扰，所以不是同一种情况。"

但到底是哪种情况，他显然是不愿意说的。

后面传来脚步声，是樊羲他们追上来了。

周峥刚跑过来喊他们的名字，就见到黎灵灵突然停住了脚步，扬手抢过李钦臣帮忙背着的帆布包，气冲冲地快步走远。

周峥问道："灵灵又跟你吵架了？谁惯得她动不动就对人摆臭脸？"

李钦臣笑了一声打断他，理所当然地指了下自己："我啊。"他慢慢地收回笑，又正色道，"不是她总摆臭脸，是我总惹她不开心。"

他们几个人不紧不慢地走，吹着夜风，随意闲聊。

黎灵灵脱离了小伙伴的队伍，领先了几十米走在最前面。

等她坐到公交站台的长椅上，那群人还在后面悠闲地走着。

黎灵灵百无聊赖地抠手指，然后复盘刚才得到的信息。

李钦臣帮过的那个女生叫朱静，那不就是刚给他发消息的女生？

英雄救美，确实很容易让人动心。

他刚才是回过朱静消息了吧？她好想知道他回了什么……反正，她也不是第一次侵犯他的隐私了。

黎灵灵这样想着，手摸进了帆布包，果然摸到了李钦臣丢在里面的手机。在后面的人跟上来之前，她点开手机快速看了一眼，这一眼就让她愣住了。

李钦臣回的是：我说过很多次了，我有在乎的人，这么多年都没变过。

黎灵灵生气地直接打车回去了。

因此，李钦臣从栗子背上的口袋里拿回了自己的手机。

天气冷了，栗子穿上了黎灵灵买的秋冬小毛衣。它明明是一只公狗，却硬生生被打扮得花枝招展的。

黎灵灵在遛它时，发现它还被好几只小母狗围着嗅个不停。

公园里黑漆漆一片，李钦臣坐在长椅上发消息：我经过路口，看到之前那个卖咖喱鱼蛋的奶奶做完手术回来了，要不要给你带一份？

她爱闹脾气，他就总能想到办法来哄她，她也在很多时候顺坡而下。这么多年来，这成了彼此的默契和习惯。

但这一次，黎灵灵没立刻回消息。

她趴在书桌前，脸颊枕在手臂上，鼻子突然有些发酸，眼角也红红的，含着将落未落的眼泪。

群聊中，樊羲和周峥他们又在同情李钦臣，揶揄般问他：你把你家大小姐哄好没有啊？

楼下，黎父在和妻子魏女士告状："你女儿刚刚又给阿臣甩脸子了，狗都不去遛，全丢给他一个人。"

所有人都把他们联系在一起。

可没有人真的认为，黎灵灵和李钦臣这两个人会产生其他的感情。

包括李钦臣也是这样觉得的吧，所以他才会一次又一次地拿她做挡箭牌。

大大方方的是友情，扭扭捏捏的是她自己。

她有私心，有秘密。

黎灵灵把脸埋进臂弯，闭上了雾蒙蒙的眼睛，不知道这是从什么时候开始的，总之是她背叛了这段友谊。

正视这一点后，她想起了李钦臣回到京市的第一年。

那年暑假，黎灵灵真的因为太想念他而跑去另一座城市找他，只是她怎么也找不到他，打电话也没人接，她只好灰溜溜地回了家。

她已经尝过一次险些失去好友的滋味。

这段单方面"友达以上，恋人未满"的感情，如果稍有差池，她一定会再次失去最好的朋友。

酝酿了片刻情绪，黎灵灵摸到手机，慢吞吞地打字回道：不用带了，今晚我吃得很饱。

李钦臣已经提着一份打包好的鱼蛋往回走，看见她的消息时有些诧异，烧烤摊上那点儿东西就够她吃饱了？

他蹙着眉，直接拨了一个视频通话过去。

黎灵灵的眼角还湿着，但她不想被他怀疑，就将视频通话点成了语音通话："喂？"

那边的人迟疑了两秒,说:"你哭过?"

没想到自己一出声就露馅了,黎灵灵吸了一口气,索性点头:"嗯。"

"怎么了?"

"你——"她看着窗外,不远处的路灯将一人一狗的身影拉长。

她一鼓作气,将窗帘拉上,吼道:"你能不能换掉你微信的熊猫头头像?丑死了!"

李钦臣看着被挂断的电话,头一次对她这无厘头的行为感到不解。

这不是她发给他的头像吗?她怎么还被丑哭了?

距离月底的期末考试还有半个月。高三年级的教学楼比以往安静不少,黑板上的倒计时数字锐减,学习气氛也比以往更紧张。

六班的学风不差,特殊时期,就连樊羲那伙人都极少再出现在每周集会的通报名单上了。

当所有人都在按部就班备考的时候,李钦臣觉得黎灵灵有点儿不对劲。她似乎在故意疏远自己。

虽然两人每天早上还是一起搭公交车上学,但是她会将另一只耳机塞过来。

下课后她总是找前后桌同学聊天,就算是讨论问题,也极少转过来找他,她对他的主动反倒退避。

李钦臣觉得自己被"冷暴力"对待了。

而且黎灵灵版本的冷暴力和普通模式不一样,也不是刚开学那会儿摆在明面上的针锋相对。

只要她自己不承认,不说明白,就能一直装作若无其事。别人或许察觉不到,但李钦臣能深切体会到这细微的改变。

周五下午最后一节课是化学课,上课铃打响。

老师还没来,刚在课间时间眯了五分钟的黎灵灵一睁眼,就看见一张近在咫尺的脸。

少年俊朗的眉眼在自己面前的放大,她吓得连连后退。

她的后脑勺差点儿磕着墙,李钦臣温热的手掌一把搂住她,往前凑近:"你干什么呀,毛毛躁躁的?"

黎灵灵瞪大眼睛,说:"你干吗?"

他的另一只手撑着额角,慢悠悠地看她,提议道:"待会儿去吃那家鳗鱼饭?我订到位置了。"

"不去。"

"你不是一直很想去吃吗?昨天还和于悠说。"

她一脸吃惊:"你偷听我们讲话?"

"嗯。"他承认得坦荡,语气里多了几分自嘲,"没办法,谁叫你现在都不和我说话了。"

黎灵灵听出他的语气里有几分失落,顿时有些不知所措:"我……我哪有不跟你讲话?现在是关键时期,我最近的心思都在学业上!"

李钦臣别过头问:"真的只是这样?"

她不动声色地抽回自己的手,点点头:"当然了,学业为重,我甚至好久都没看过更新的漫画了。"

他若有所思道:"行。"

教室安静下来,她抬头一看,果然是任课老师邹水芍进来了。她大概是带着情绪就来上班了,暴躁地骂完学习委员后,才发现是自己带错了教案。

"算了,这节课讲上次模拟考试的卷子吧。"邹水芍打开投影仪,将试卷放上去。

为了赶进度,她讲课的速度很快。大家还没记完笔记,黑板上的字已经被擦掉了。

李钦臣举起手,说:"老师,你刚才那题没讲完,请问能讲详细一点儿吗?"

前面其实有好几个人"怨声载道",邹水芍已经很不满。

她抬眼一看,发现这次提出抗议的是成绩名列前茅的李钦臣。她的语气虽然好了点儿,但仍旧生硬:"我临时想不出例子,你们把这类题型死记硬背就好了。"

说到这儿,邹水芍阴阳怪气地瞥了眼他的同桌:"这种题对你来说也不难吧？男生的思维逻辑强，总是更适合学理科的。"

黎灵灵在底下控制不住地吐槽，明明她自己也是女人，怎么说得出这种话？

她有时觉得邹水芍很像早年间八点档狗血婆媳剧里的"恶婆婆"，对男生以看儿子的心态，对女生却像看儿媳般苛刻，不给好脸色。

李钦臣往后靠着桌沿，淡声道："如果只有几个人明白的话，那您的任务也没完成啊。"

教室里静下来，旁边的黎灵灵也有些讶异地看他。

其实他们这类尖子生从老师那儿获得的知识只占30%～40%，其他都是靠做题或自己悟出思路。

因此，邹水芍平时如何讲课都与他们无关，她甚至会以"为什么人家能听懂，你们听不懂"的话来反问一些成绩中等的学生。

但这学期以来，第一次有所谓的优等生对她的教学方式产生质疑。

"你不是要以学业为重吗？"李钦臣漫不经心地咬着字眼，垂眸看向旁边的黎灵灵，"给我看看你有多大的诚意。"

谁让你在这学期都快结束了才说啊？

黎灵灵没出声，发现外面走廊上有校领导经过。

讲台上的邹水芍挂不住面子，倒打一耙地逼问："到底还要我怎么讲才能讲明白？个别同学不明白可以下课问其他同学，还剩下多少天？不要耽误大家学习的进度。"

"大家的学习进度不是被老师耽误的吗？"黎灵灵握紧手，声音在威压下不减气势，"上节课，您接电话浪费了细讲两道大题的时间，次次拖堂也不是因为在多讲内容，而是因为您分不清轻重缓急。"

她和邹水芍不和已经两年多了。

这次她一出声，班上其他的声音也冒出来了："是啊，这么多人都说你讲课有问题，你就不能改改吗？"

"你天天嫌我们笨，有没有可能就是你讲得差？"

"作业每次交上去你都不改，那让我们写干什么？谁不知道自己对答案啊。"

"就是，有那工夫针对不喜欢的学生，不如好好想想为什么咱们班的化学平均分一直是倒数第一！"

"只剩一百多天就要高考了，要不然我都不想说这些，但是看在我们都在拼命冲刺的分上，您好歹好好教一下吧。"

……

民怨沸腾，像一锅盖不住的粥，带头的李钦臣和黎灵灵引起了一场酝酿已久的"革命"。

被群起而攻之的邹水芍猛拍了好几下讲桌也无济于事。

最后还是站在外面的校长咳了一声，敲门说："邹老师，您出来一下，先让周老师进去代一下课吧。"

后排以樊羲为首的人在这时落井下石，喊道："校长英明！"

哈哈——

全班大笑。

周老师是九班的化学老师。高三年级的课程进度都差不多，这张卷子她在自己班上也讲过一次，于是这堂课她驾轻就熟，氛围欢快。

黎灵灵也没想过还有在化学课上跟老师互动的一天，她回答完一个问题后，刚坐下，眼前就伸过来一只手。

李钦臣写在本子上的字很飘逸：*黎同学好厉害。*

她勾起嘴角，脸上浮现不太明显的酒窝。本来她是想和以前那样回他一句"那当然"的，但她硬生生憋住了。她好不容易说服自己别再和他像之前那样插科打诨，不能因为一次意外就破功。

黎灵灵想到这儿，矜持地点了下头，将他的本子推了回去。

李钦臣看着她白净的侧脸，出了片刻的神。有一瞬间，他很想拉着她问个清楚，却又在她刻意的躲闪中仿佛明白了她在别扭什么。

从小到大，黎灵灵希望他如何陪伴在自己身边，他就能那样陪在她身边。

在她也没琢磨出个所以然之前，她希望他是最好的朋友，那他就会选择成为她最好的朋友。

这节课一结束，学习委员就抱着数学练习册过来找李钦臣问问题。

黎灵灵在收拾东西，余光看见他俩在说话。

一缕夕阳落在他们的桌角，男生的手臂上青筋突起，指节修长分明，捏着那支笔反复摩挲，有种说不出来的感觉。

他侧着头听学习委员说话，目光落在练习册上，冷漠的脸因为唇边一个浅淡的笑而柔化了。

黎灵灵盯着他，倏地明白了悠总说的那句"审美是主观的，但李钦臣的帅是客观的"的意思。这张脸十分俊俏，这点没有任何争议。

只是她和他认识太久了，久到能时常忽略他这张漂亮的脸。她被李钦臣回望的时候还在发呆。

"灵灵——"左前方的学习委员也喊了她一句。

黎灵灵佯装镇定，将自己的视线移开，随口说："我待会儿要陪悠悠去书店，你自己先回家吧。"

李钦臣手中的笔微微一顿，他笑了一下，不答反问："学习委员刚才问你呢。"

"啊？"她这才看向学习委员，"问我什么？"

学习委员叫熊霏，是一个戴眼镜的女生。平时她在班上挺刚正不阿的，这时却表现出小女孩的扭捏："我是想说，能不能和你换个位置？"

黎灵灵觉得这个场景似曾相识："和……我换吗？"

"你别误会啊。"学习委员咬着嘴唇说，"我们班数学成绩最好的就是你俩，我刚好这科一直提不上来分，下学期不是要换座位了吗？我想找个数学成绩好的同桌，能互相帮扶一下。"

本来她是觉得自己这科成绩差，但化学成绩不错，正好和李钦臣换一下座位，就能和黎灵灵坐在一起。

但刚才李钦臣的原话是：他答应过要给黎灵灵补化学，不想换。

她只好曲线救国，问问黎灵灵能不能换座位，这样李钦臣就可以帮自己补一下数学："我同桌的化学也挺好的，能帮到你。"

黎灵灵"哦"了一声，心里有些松动，缓慢地拉上书包拉链。

她还没开口，李钦臣突然低声问："你是真的要和于悠去书店吧？"

她眨了一下眼睛。

"没事，我还以为是我做错什么了。"李钦臣拎起单肩包起身，眼里那点儿落寞的情绪没收敛好，扯出一个笑，"路上你注意安全，早点儿回家。"

黎灵灵看着他的背影，蓦地有些自责。

她是怕自己暴露心里那个不能说出口的秘密，才有意与他保持距离，只是她忘了，这也在无形之中让他感受到不寻常和被冷落。

"灵灵。"

学习委员的声音将黎灵灵拉回现实中，她又问了一遍能不能换位置。

"我……你找其他人吧，问问数学课代表？"黎灵灵终于下定决心，友好地给出建议，又补充道，"我不想换。"

她不想换同桌，也不想让李钦臣成为别人的同桌。

黎灵灵一直是大方的人，但似乎遇上李钦臣的问题，就会变得小心眼又爱钻牛角尖。

这种占有欲，她从小到大都没变过。

以前，她不允许李钦臣有除了她之外的更亲密的朋友；现在，她介意李钦臣将目光放在其他异性身上。

由爱故生忧，由爱故生怖。

她叹了一口气，但转念一想，刚才是李钦臣先不愿意换座位的，她的心情又有点儿微妙。

她保持着这么一丁点儿难以言喻的窃喜，出学校时连脚步都轻快许多。等走到公交站那儿，她突然看见了那道挺拔的身影。

她有意在下楼时放慢了脚步，但没想到李钦臣这个时间还在公交站。

少年穿着松垮的校服，拉链从胸口那儿滑落几厘米，露出里面那件polo衫上的印花字母，一副颓丧的姿态。

他坐在立牌前的长椅上，手搭在膝盖上，他的两条长腿一收一放。

他的耳朵里塞着白色耳机，在身边人大多用着蓝牙耳机的时代，他还戴着用了快三年的有线耳机。

黎灵灵记得这款耳机的质量挺好,是她初三那年送他的生日礼物。

像是注意到落在自己身上的视线,男生悠闲地转过头来。

"李钦臣。"她因为撒谎有些心虚,下意识先喊了他一声。脑子在飞速运转,她试图找个圆谎的借口。

"嗯。"他应了声,抬起眼皮睨她,"刚才我看见于悠坐她爸妈的车回去了,你们不去书店了?"

黎灵灵正愁不知道怎么解释,索性点头:"哦,对。"

李钦臣一副没起疑也不多追究的样子,起身道:"那走吧。"

这一趟公交车上已经没多少人了,两人坐在最后面那一排。

李钦臣没摘耳机,像是习惯了黎灵灵已经不会主动转头和他讲话,他微微垂着脑袋,眼眸被额前的碎发半遮着。

座位上的人沉默半晌,玻璃窗上流淌几颗豆大的雨珠。

天色灰暗,黎灵灵从玻璃上看见了少年侧脸的倒影。

"下雨了。"她低声喃喃。

她的声音很小,低到就快听不清了,但是李钦臣还是在下一秒就转头看她,说:"什么?"

黎灵灵也有点儿诧异:"你没听歌吗?"

"没有。"他直白地道,"我怕听不见你讲话。"

他越说得坦然,黎灵灵心里的内疚就更深,她想到这些天对他的冷落,抿了抿嘴唇,欲盖弥彰地说:"我没有故意不理你……"

李钦臣漫不经心地应道:"哦。"

"你再给我一点儿时间吧,我这些天有点儿心烦。"她小声说。

他闻言,靠着椅背看过来:"是我让你心烦了吗?"

少年的眼眸漆黑,他永远坦荡明亮,看不出半点儿心虚。

黎灵灵移开目光,轻声道:"不算是。"

是她自己没调整好心态。

"月底我要回京市了。"他突然开口。

她扭过脑袋,应激般提高音量:"你又要走?"

"考完试就放寒假。"李钦臣被她这焦急的反应逗笑,忍不住捏了下女孩的脸,"你不想让我回家过年吗?"

黎灵灵愣了愣,后知后觉自己确实反应过度,但是也没心情找掩饰的话,只是呆呆地看着他,甚至没挣扎。

李钦臣松开手,说:"你有事儿就给我发消息,我的手机不关机。"

她沉默了半晌,轻轻别开了头。

以前他不也是这样说的吗?可是他的电话打不通,信息也不回。

黎灵灵仍旧违心地说:"你是该回去过年的。"

适配度为100%：天生一对，天赐良缘。

The Eleventh Letter
天生一对

临近期末考试的这段时间,天气更冷了。

上次在化学课上那么一闹,邹水芍似乎是被"教育"了。有几次上化学课还有老师专门拎着凳子坐在后排,表面是听她讲课,实则是监督反馈。效果确实有,至少大家的化学平均分都提上来了。

班史里记下了黎灵灵、李钦臣这两个带头的功臣一笔,戏称"水芍之乱"。

期末考试后是寒假,然后就是过除夕。

高三时间紧迫,假期也只有十二天。为了让女儿放松身心,魏贞今年都没让黎灵灵陪她一起去置办年货。

傍晚贴完对联,黎父从厨房里端出一个电饭锅来,说:"灵灵,把这锅拿给前面那家。"

一般父母说的"前面那家"只有李钦臣的外婆家,电饭锅里是一锅新煮好的米饭,还冒着热气。

黎灵灵顺手接过电饭锅,不解地道:"可是李钦臣不是都回京市了吗?"

黎父笑道:"他舅舅一家今晚回来了,他们在国外待太久了吧,家里做饭都忘记买米了。"

他们这边的拜年规矩是大年初二回外婆家。

黎灵灵犹豫了一会儿,问道:"那李钦臣是不是过两天就要回来了?"

"按道理说要回来了,他舅舅也在家,你直接问他不就行了?放假好些天了,我也没见你说起他。"魏贞在一旁揶揄,"你们又吵架了?前几天你都不和你爸爸一块儿送他去机场。"

黎灵灵摇摇头,闭上嘴,去玄关换鞋。

她是存心不去找李钦臣问他在京市的近况的,或许是联想到了两年前被他丢下的记忆。

主动就是服输,代表自己想他。

魏贞没注意这么多,把电视机打开,又多说了一句:"大年夜的,你去人家舅舅家里,嘴要甜一点儿啊。"

"知道了。"

今年,黎灵灵家里还多了两个亲人一起吃年夜饭,是刚离婚回到深州的黎灵灵的表姐和她九岁的儿子。

除夕夜的氛围和往年差不多,春晚的节目一年比一年难看,毫无新意的贺岁档电影也没有让人想看的欲望。

别墅区里没有几个人放爆竹,年味似乎越来越淡。

坐在茶几前吃水果的时候,魏贞在安慰黎灵灵表姐,黎父在院子里和黎灵灵的舅舅打电话,告知情况。

当黎灵灵洗完碗筷,要上楼拿手机时,就看见楼梯角落摆放着自己断断续续搭了好几个月的乐高积木,现在被拆得七零八落。

"啊!徐白浪!"黎灵灵爹毛了,暴躁大叫,"你知道我拼这个拼了多久吗?"

小孩被吓得手一缩,最后一块积木掉在地上。没等她继续责骂,小男生一撇嘴,哭天喊地地号了起来。

黎灵灵撸起袖子,作势要教训他:"你还敢哭?"

"呜呜,妈妈,小姨要打我……"徐白浪从小就是机灵鬼,立刻往客厅那边跑寻求保护伞。

他躲在妈妈的腿后边,一边装哭一边卖惨:"妈妈,我玩了一下小姨的积木,她就生气了要打我!"

黎灵灵砸过来一块积木，指着他说："你恶人先告状是吧？过来，我俩的事，你们都别插手！"

　　几个长辈一头雾水，朝她看过来。

　　表姐也猜测到是自己家的浑小子捣乱了，哭笑不得："哎哟，灵灵，你这么大个人了，又只有浪浪一个外甥，给他玩会儿玩具怎么了？"

　　黎灵灵不吃这套，说："你还就我一个表妹呢，好意思让你儿子欺负我？"

　　表姐拿她没辙，也没纵容自己儿子，把人拽过来，说："你听见没？去给小姨道歉，问她要怎么处置你。"

　　"我不去。"徐白浪眼见自己妈妈靠不住了，又耍赖拉着魏贞的衣角，"姨外婆，你看看你女儿，对客人怎么这么没礼貌！"

　　魏贞要被这小鬼逗笑，佯装严肃道："你把小姨的积木拆了，还好意思说她没礼貌？做错事就要承担后果，你是不是男子汉啊？"

　　徐白浪彻底没辙了，找不到外援，心虚地嘟嘟囔囔，抹了下脸上的鳄鱼眼泪。

　　黎灵灵叉着腰站在那儿，理直气壮地警告："我数三声，你现在把乱丢的积木捡起来乖乖拼好，我就不揍你。"

　　"一。"

　　"二。"

　　徐白浪能屈能伸，迅速跑回楼梯角落，一边捡积木一边拍马屁："小姨别生气了，美少女要少皱眉头，爱护小朋友。"

　　扑哧一声，几个长辈都被他这张嘴哄得高兴得不行。

　　黎父也夸道："你这孩子从小就机灵聪明，能说会道，以后不知道要长成什么样。"

　　黎灵灵上楼了，她懒得听这些强词夺理的话。

　　为什么大人总是觉得小孩捣蛋、调皮、死缠烂打是聪明？明明真正的聪明是专注力强、自律且思维缜密，是早熟的稳重和少年感并存。

　　她在孩童时期只认同一个人很聪明，那就是年少气盛的李钦臣。

　　李钦臣此时正在千里之外的京市。

夜幕降临，庄园里灯火通明。后山园林的鱼池里有几只人工养殖的可食用鳄鱼，在水里甩尾巴的声音很大，时不时传来几声"扑通"。

一个和李钦臣同龄的男生正在喂鱼。

只不过他和工人喂鱼的方式不同，他用的是活鱼喂食。

活饵喂鳄鱼无疑会让它们更激动，在水里不断争抢、撕咬，血腥味在水中渐渐浓郁。

齐宓丢完最后一条鲈鱼，在旁边的洗手池里洗干净手，这才转过头："没想到你今年会回来。"

李钦臣将手插兜，站在不远处，不冷不淡地回道："你没想过这是谁家？"

"李家，我清楚得很。"齐宓讽刺一笑，"但你要不要看看那边楼上的几个人？"

二楼的露台，有三个成年人正看着他们的方向。

两男一女，有着一段在大众面前见不得光的"三人行"亲密关系，但偶尔也会在孩子们面前扯上名为"廉耻"的假面皮。

虽然距离远，看不出彼此的神情，但不用猜也知道他们一定在屏气凝神，紧张又害怕这里会闹出什么事情。

"你猜他们在看什么？"齐宓的语气里带着轻蔑，"可能是怕你又发疯犯病吧。"

李钦臣一言不发，突然踢了一脚齐宓踩着的那块木板。

齐宓身后就是鳄鱼池子，他大惊失色，狼狈地半跪在地上，急忙抓住旁边的护栏锁链。

少年这时才露出顽劣且冷淡的笑容，长睫毛覆着眼睑，声音里带着戾气："你当心栽下去。"

齐宓的后背被吓出冷汗，他看见李钦臣越过自己往身后亭子那儿的石桌走过去，拎起那个被他从保姆阿姨手里拦下来的礼盒。

"这是谁送你的？你那个小青梅吗？"

齐宓站起来，拍了拍裤脚上的灰尘，为了占那点儿口舌上的便宜，他再次挑衅："我一直没见过那个女生，有机会你带回来看看？你爸妈和我爸都可以,那说不定我们三个——"

他的话音没落下,李钦臣已经掐着他脖子把人摁在后面的护栏上,毫无温度的眼眸里一片漆黑:"你别找死。"

口袋里的手机在响,是李父打来了电话。

他们就在那儿看着这里的一举一动,无疑要出面中断这场闹剧。

李钦臣一松手,齐宓大口大口地喘着气,咳嗽了几下,青紫的脸逐渐转为通红。

李钦臣往回走,到客厅时正好看见李父从电梯里出来。

父子俩对上视线,没有人要主动交流。李钦臣径直按开另一部电梯,长腿迈进去。

在他的印象里,他父亲是一个可悲的男人,用尽手段娶了喜欢的女人也得不到对方的真心,所以李母也从来不喜欢李钦臣。

夫妻企业家的家庭关系稳定,股市才能稳定,否则牵一发而动全身。

两个人维系了许多年名存实亡的婚姻,也把冷暴力和对彼此的报复都投诸在唯一的儿子身上。

外婆体弱,大限将至,无力抚养外孙,李父就把李钦臣接了回去。

他本意是想通过儿子修复这段婚姻。

李父为了这段婚姻做了很多努力,甚至同意另一个男人的加入。可大概他们也没想到,会让孩子看见这一段不伦的关系。

如果不是中途出了那起事故,这一家人的关系恐怕还是和之前那样,虚伪冷漠。

至少现在,他们对李钦臣是有愧疚的。

回了自己房间,李钦臣才发觉礼盒上的红丝绒蝴蝶结被扯乱了。

这是京市独有的一家甜点店的包装盒。

上面贴着的订单备注上写着订餐人留下的话:哥哥,新年快乐。顺便说一句,我和你的事情已经被你弟弟发现了,我们以后还是不要再这样继续下去了。鸳鸯本是同池鸟,大难临头我先飞!

黎灵灵才不会这么好心地白给他送甜点，即使是送了，也一定会变着法儿捉弄他。

　　他不难想象店员和配送员看见这一行话时的表情。

　　李钦臣盯着上面那行字，神情有些古怪。

　　须臾，他的手支着额角，按了按太阳穴，唇角扬起的弧度慢慢变大，突兀的笑声出现在房间里。他笑得极为开怀，胸腔都在震动。

　　这是他回京市快一周以来，难得的一次笑，看上去就是一个再正常不过的大男生。

　　但细看，这场景也确实惊悚了点儿。

　　李钦臣笑够了，拿出手机点开微信，打了一个视频电话过去，结果不到五秒电话就被挂断。

　　黎灵灵火速回道：干吗？

　　李钦臣：我想看看大难临头的鸳鸯。

　　黎灵灵反应过来，他应该是收到了那个小蛋糕。

　　黎灵灵：你等我两分钟，我回楼上再给你打电话。

　　她本来在大厅里听邻居亲戚们闲聊，他们多多少少会将话题扯到她这个高三生身上，她正巴不得找机会脱身。结果她一上楼，又被于悠发过来的一个测试的小程序吸引了目光。

　　这是一个用星座和名字来查适配度的小程序。

　　本来黎灵灵嫌这种东西幼稚，她平日是连锦鲤都懒得转发的人，但是纠结几秒后，她还是点开了。

　　"反正也是闲着……坏的我就不信。"

　　她自言自语，输入了两个星座和名字，结果——付费五元或者分享到朋友圈一次，可查看答案。

　　黎灵灵图省钱，当然选了后者，随手按了转发后，页面上显示"适配度为10%：你和他不太般配"。

　　"垃圾测试！"她喊了一声。

　　下一秒，李钦臣的电话又按时打了过来。

　　李钦臣在京市那套房子比盛夏里这个老院子大，在寸土寸金的城市里,称得上豪宅,装潢富丽,极尽奢华。

也就是这时,黎灵灵才有种他确实是一个有钱人的感觉。

黎灵灵打开台灯,撑着脸在书桌前看镜头,一副懒洋洋的腔调:"新年好啊,李钦臣。"

"新年好。"

他的背后是走廊的灯光,浅黄色的光影落在他高挺的鼻梁处,修长的手指点了点屏幕,他突然道:"这样不行。"

女孩不明所以,瞪大眼睛道:"什么不行?"

李钦臣悠然自得地看她,勾唇笑道:"隔着屏幕没那种感觉。"

虽然说是黎灵灵自己想的恶作剧,但写在纸上和拿到明面上来讲还是有区别的。

她的耳朵莫名其妙有些发热,她咳了两声,嘟囔:"李钦臣,你真是一个变态,我还以为能让你尴尬,结果你还兴奋了是吧?"

"我这样的,"李钦臣顿了顿,掀起眼皮看向手机,目光颇然,"就算是'变态'了吗?"

黎灵灵点头道:"嗯,很变态!"她仔仔细细地打量他,扯开话题,"你到底干什么了?"

"嗯?"

"我感觉你好像很累。"她联想到他在家里,不由得多问一句,"没和他们……一起吃年夜饭吗?"

"吃了。"李钦臣喝了一口水,镜头一转,对着桌面上吃了一半的蛋糕,"所以没吃完你的蛋糕。"

他像是后知后觉自己的状态不对,镜头再对准自己时,懒怠的模样又换了回来。

如果是以前,黎灵灵大概是不会察觉到的。只是她此刻分分秒秒都注意着手机屏幕里的人,居然也细心地发现了他这种细微的改变。

她不禁想,之前她是不是经常忽略李钦臣的这种情绪。他那么爱装没事人,估计在她面前装过很多次。

黎灵灵不知道怎么开口打听他的家事,只好讷讷道:"没吃完就算了。"

李钦臣打断她:"太甜了。"

"怎么会?我特地说了不要加糖霜的。"

"我没说蛋糕。"他意有所指,看着她身上的裙子。

黎灵灵的新年衣服是一条红色小礼裙,学生样式的衬衫领子,衬着乌黑的头发和雪白的脖颈,头上的发卡换成了精致带钻的蝴蝶结样式的。

"甜美"二字,十八岁的少女当之无愧。

猝不及防地夸人,偏偏他还一脸坦荡。

黎灵灵眨了眨眼睛,手掌捂住了发烫的脸颊,故意装模作样:"你是在说我甜吗?"

李钦臣看了一会儿她的表情,极为愉悦地笑道:"你才发现?你好笨。"

男生的眉头微抬,眼尾略微垂下,眼睛肆无忌惮地望着她,目光里有顽劣的孩子气。

她的心怦怦跳,她恼羞成怒地挂了电话:"你滚啊。"

视频通话一下挂断,变成了聊天页面。或许是只开了一侧走廊灯的缘故,房间里活泼的气氛一下子变得沉寂。

李钦臣弯着的唇角渐渐抿得平直,眼睫毛覆在眼睑处。一条信息跳了出来,是一个新年红包。

黎灵灵:你回来记得还我一个实体的。

他厚着脸皮点了接收,回她一句:书包最里面的那层。

发完这句话,对面没回复,估计是找书包去了。李钦臣顺势点开她的头像,看见了她刚才转发分享的测试链接。

他懒懒地靠在椅背上,输入了两个星座和名字。

页面显示和黎灵灵的测试结果差不多的话。

适配度为10%:你和她不太般配。

最底下跳出一个广告,再测试一次需要付款五元。

李钦臣付钱再试了一次,这次跳出来的结果变成了5%。

他一瞬间就明白过来，这结果压根只是看随机概率，充钱次数够多，尝试机会也多。他就这么无聊地尝试了十几次后，终于得到了他想要的答案。

黎灵灵放假后就把书包里的书全拿出来放在了书桌上，然后把掏空的书包丢在了卧房里的沙发上。

沙发上面堆满了这些天积累的外套、围巾等无关紧要的东西。

她好不容易从里面翻出书包，迫不及待地往最里层探进一只手，果然摸到一个长方形的角。

本埠民俗给的红包都不会太大，但是算李钦臣识相，红包挺厚实的，金额是她刚才发过去的好几倍。

黎灵灵压不住翘着的嘴角，数了钱后翻到红包背后，上面写着一行钢笔字：祝黎灵灵同学新年快乐。

她拍了一张照片，表示收到。

她刷新列表消息的时候突然看见置顶的头像变了。

李钦臣的那只土味花棉袄熊猫头终于被换掉，取而代之的是一张抓拍——她的手正摸着栗子的脑袋。

黎灵灵咬着指甲，想点开他的头像看清楚，却不小心点进了李钦臣的朋友圈。他最新的动态是在一分钟前，还是那条测试。

也不知道他测试的是谁。

只是上面显示的字和她之前的完全不同：天生一对，天赐良缘。

寒假只有十二天，随之而来的是越来越紧张的高三的最后一个学期。

哪怕深中的学风再轻松，父母的管教再自由，黎灵灵依旧感受到冲刺期的压力。

能放松呼吸的时间越来越少，长廊里不再有闲散的身影。一切变得紧张、沉重。下课后的课间休息，学生们不是补觉就是上厕所，连小卖部都不去了。

也因为这种紧迫感，黎灵灵将迷茫的感觉都搁置一边，纵容自己以好朋友的身份享受李钦臣对她独有的关心和亲密。

她偶尔也会唾弃自己只敢假装无事发生。

"灵灵，你的化学答案呢？借我对一下。"

"好，对完了，灵灵！你高抬贵手，把字放大点儿！"

黎灵灵坐在讲台前，指着下面道："小点儿声，隔壁也在上自习……哎！李钦臣，你往我的课桌里塞什么乱七八糟的东西呢？"说着，她往那儿砸了一截粉笔。

李钦臣的脑袋一偏，躲开了她的攻击。

粉笔顺着旁边靠走廊的窗户飞了出去，正好砸中一个人——就是这会儿被班主任罗蕙领过来的转学生，蒙凝。

粉笔很轻地砸到蒙凝抱着书的手臂上，她朝窗口看进去。

她恰好瞧见李钦臣无奈地举起手，亮出了两指间的一根棒棒糖，对着讲台处的人吊儿郎当道："老大，我哪敢塞乱七八糟的东西。"

班里一伙人跟着打趣，调笑的声音此起彼伏。

"是啊，灵灵，钦臣哪敢对你放肆啊！"

"别说阿臣了，整个深中谁敢惹我们灵灵？"周峥戏瘾大发，拍了拍胸脯，"我'斧头帮老周'第一个不答应！"

"为啥叫'斧头帮'？我感觉'青龙帮'更霸气一点儿。"

"哈哈，李同学真的好像怕灵灵。"于悠说完这话，就被当成下一个目标，她举起试卷挡脸，"灵灵，我错了！啊！你别砸我！"

罗蕙显然早就习惯这个班的氛围，甚至面带笑意地摇摇头。

蒙凝则下意识朝讲台上那个女生看过去。她有着和自己相反的发型，深栗色的马尾扎得高而嚣张，鼻梁秀气，殷红的唇瓣像艳丽的花瓣。五官明艳逼人，却因为生了一双笑眼，显得整张脸极为纯洁娇憨。

班里正热闹地订正上次月考的卷子。

罗蕙进门就开始数落："我隔老远就听见班里的声音，黎灵灵坐在这儿还管不住你们啊？"

被点名的黎灵灵耸耸肩，狐假虎威地对着下面人说道："就是就是。"

"你也别想甩锅!"罗蕙轻拍了一下她的脑袋,示意她往边上坐过去一点儿,然后罗蕙站在讲台中间说,"好了,我说两件正事,大家安静。"

罗蕙将手上一沓纸交给前排几个人,让他们发下去:"第一件事儿,教研组刚开完会,这个是让大家填一下信息和报考志愿的。周五收上来,大家仔细填写。"

樊羲在后面喊道:"好了,快说第二件事,介绍一下您旁边的这位漂亮小姐姐呗!"

"樊羲,你老实点儿!"罗蕙凶巴巴地指着他,瞥到旁边无所适从的蒙凝后,才缓和语气,"这是转学生,叫蒙凝。"

黎灵灵好奇地嘀咕:"这时候还转学啊?"

"高考报名和录取要按考生户籍所在地所属的招生省份来。蒙凝的户籍地在深州,所以只能回来参加高考。"

罗蕙解释完,指了一下最后一排的空位:"来,你先坐那里,下周考完试再给你腾个前面的位置。"

新来一个转学生对六班没产生什么大影响。

毕竟这个时期,惹是生非的孩子都少了,更别提对一个平平无奇的新人能有多诧异。

只是黎灵灵并不想承认自己有一种直觉:蒙凝好像很喜欢朝她和李钦臣的方向看。

食堂里。

刚排完队打完饭,黎灵灵找了一个靠窗的位置坐下。

"她总是看你吗?"于悠跟过来,坐在黎灵灵对面,接上刚才瞎聊的话题,"那转学生图什么,她难道是那个啊?"

黎灵灵不解道:"哪个?"

"那个啊!"于悠说着说着,突然笑了,"可能就是想接近你吧。"

黎灵灵翻一个白眼,往嘴里塞了一口生菜,囫囵道:"她怎么可能是想接近我,应该是想接近李钦臣吧。"

于悠回以夸张的翻译腔："我的天，黎灵灵同学！你知道你在说什么吗？"

"我说什么了？"

"虽然李钦臣确实长得很不错，但你也不能见着一个女生就觉得她是想接近李钦臣吧？"

黎灵灵已经懒得反驳她的话，索性道："可是我的第六感很准啊。蒙凝要不是看他，那为什么我这几天一回头找后排的樊羲他们，就能对上她盯着我的视线？"

"我不是说你想太多，不过我还是觉得不太可能啊。"于悠波澜不惊，咬了一大口鸡腿，又问，"为什么你不怀疑蒙凝是想接近你？你没发现她其实更关注你吗？"

蒙凝在这个班级里新交的朋友全是和黎灵灵玩得好的同学，就连于悠本人也觉得这个转学生对自己有些过于殷勤。

"你这个周末不是还让我们去你家里玩吗？早读那会儿，我就听见蒙凝问樊羲能不能带上她。"

于悠振振有词地分析着，蓦地被黎灵灵拽了一下胳膊。

黎灵灵皱着眉，让她往楼下看。

食堂东边这堵墙离德语班所在的教学楼不远，而从二楼的落地窗看过去，正好能看到李钦臣和蒙凝两个人。

灌木丛旁边，女生的声音温柔，含着友善的笑意："好巧啊，李钦臣同学，居然在这里碰到你。"

李钦臣看着不远处，拿出手机，不冷不淡地点了下头："有事儿？"

蒙凝向前走近两步，说："我看了一下你的课表。我高考选的是日语，日语和德语都在这栋教学楼上课，下次能一起来吗？"

"你看我的课表做什么？"李钦臣的声音懒散，夹着几分倦意，"这班上难道就我一个人选的德语？"

"我确实没注意到其他人。"蒙凝迟疑了几秒，看见他手机里的页面，不着痕迹地转移话题，"我很少看见男生会拍下这些东西。你这么有分享欲吗?"

李钦臣手机里拍的是正在灌木丛里打架的两只小野猫。

蒙凝的语气像是在开玩笑,但李钦臣停止了拍摄,终于正眼看向她:"你在试探什么?这些天你在班里社交就够忙的。"

她的脸色有些僵硬:"我忙什么?"

李钦臣一只手插兜里,居高临下地看着她说:"我见过你这样的人。刚进入一个新环境就急着抱团,生怕落单,急切需要别人注意,无时无刻不想要取代其中最受欢迎的人……"

男生的嗓音低沉,但能够穿透人心。

他和平时在班里,甚至在黎灵灵面前的闲散模样判若两人,让蒙凝惊诧之余感到后背发凉。他在暗讽她这些天的所作所为。

别人看不出来她在模仿,试图挤入黎灵灵的社交圈子,但李钦臣不给她半点儿颜面,直接挑明。

蒙凝的唇色发白,她佯装不在意地笑着问:"那你见过的这个人后来怎么样了?"

"死了。"李钦臣轻描淡写地看着她,这才不紧不慢地补充一句,"差点儿。"

蒙凝瞪大眼睛,直面他眼里的不屑和讥讽。

楼下两个人相继离开,楼上的两个人也陷入了沉默。

黎灵灵收回目光,小声道:"他们聊了好久,李钦臣和其他女生从来不会有这么多话讲。"

于悠也有点儿不确定自己的判断了,挠了挠脑袋,说:"不应该啊,李同学只对你有耐心。"

黎灵灵懒得搭理她这胡言乱语,兜里的手机振动了一下。李钦臣给她发了一段视频,是刚才他拍的小猫打架的画面。

她回消息的时候本来想问他和蒙凝到底聊了什么,但犹豫片刻,她还是像平常那样发了一连串"哈哈"过去。

她不能多问,多说多错,会暴露自己。

不过黎灵灵没想到的是，自己好奇的问题，当事人之一在晚饭时主动给了她答复。

下午最后一节课，因为数学老师请病假，被改成了模拟小考。数学课代表急着回家给妈妈过生日，把收卷子的任务交给了黎灵灵。

黎灵灵抱着试卷出门时，肩膀被人轻拍了一下，她错愕地回头，看见一张笑得"不怀好意"的脸。

是蒙凝。

"你掉了一份试卷。"蒙凝把捡到的卷子放在她手里，慢步跟在她旁边，"我转来班里这么久，还是第一次和你说话呢。"

黎灵灵抿了抿嘴唇，"嗯"了一声。

"我能不能问你几个问题？"蒙凝如同察觉不到她低落的情绪，自顾自地说，"李钦臣喜欢什么样性格的人？他是不是朋友很多？"

黎灵灵有些不自在地停住脚步，说："你问他干吗？"

"他们都说你和他最熟悉。当然啦，我不是说你们有关系哦。"她多此一举地解释道，"我可不是性缘脑。"

"性缘脑？"

"就是提到异性就往男女之情上幻想啊，我知道你和李钦臣同学之间只是好朋友嘛。"她笑得单纯，嘴角咧得弧度很大。

黎灵灵却在这时发现蒙凝的脸上有两个可爱的小酒窝，她鬼使神差地想起李钦臣说过，他喜欢有酒窝的女生。

"你说如果我——"蒙凝的话说到一半，被突然出现的李钦臣打断。

她立刻收住话头，轻声和他们告别："我该回家了，明天见。"

黎灵灵的神情有些恍惚，她礼貌地接了一句"路上小心"。

唯有她身后站着一脸冷峻的李钦臣，像是对蒙凝的靠近极为不耐烦。

他手里还拿着黎灵灵的书包，他俯下身，看着女孩的脸说："你不要再瞪着她了，眼睛不疼吗？"

黎灵灵被吓了一跳，回过神，立刻反驳："我没有瞪她。"

"是吗?"李钦臣探究的视线落在她的脸上,"她跟你说什么了?"

能说什么,人家问的可全是你!

黎灵灵突然怒火中烧,抱着那沓卷子,脚步飞快地走到教研组办公室门口,把卷子啪地放在桌上。

她一回头,就看见李钦臣在门口安静地等她。

黎灵灵想起蒙凝刚才的话,突然有些心酸。那句她想对李钦臣说的"你不要靠近别人",不知道什么时候才能毫不犹豫地说出口。

"男狐狸精。"她走出来,骂了一句。

李钦臣听得一清二楚,他有些好笑地拽着她的衣领,说:"我怎么就是男狐狸精了?"

黎灵灵仿佛心事被戳穿,霍然推开他:"走开!"

已经放学十几分钟了,教学楼里空空荡荡,她这句猛然拔高声音的话甚至在阒寂的走廊里产生了回响。

李钦臣被她推得倒退了两步,就站在那儿一动不动地看着她。

她是不是太凶了?反应过度了点儿吧……

黎灵灵有点儿手足无措,胡乱解释:"不是,我没有别的意思。是你总说这种话……你不要再对我做一些奇怪的举动了,男女有别,懂不懂?我们不是小孩子了,你这样会让我……"

话音到最后糊里糊涂地收住,她已然产生了委屈。本来她就不是能藏住秘密的人,却硬生生憋屈了这么久。

她哽咽着,矫情地接上那句没说完的话:"会让我……让我误会。"

她的话音刚落,眼泪也掉了下来。

最害怕的事还是发生了,黎灵灵甚至不敢抬眼看他。

李钦臣望着她眼角那滴眼泪,伸手要去擦,可是又在快碰到的那一瞬间收回了指尖。

他轻轻攥拳,有些挫败地笑了一下,说了句很莫名其妙的话:"一个酒窝不也是酒窝吗?"

放学后,校园里只有寥寥人声,走廊岔口的风声很大。但料峭春寒犹觉暖，深州短暂的冬季已经过去了。

眼泪掉下来的那一刻，黎灵灵的脑子都是混沌的。

理智上，她知道自己那句话说出口就是错误，却又想不到有什么借口可以遮掩了。

刚才她那段话明显是让他保持距离的意思。

她怕他听进去，又怕他不在意。

脑子混沌中，她似乎听见李钦臣回答了一句什么，但是她抽泣中没听清，正要抬起眼看他时，外套口袋被他伸进来的手扫荡了一下。他似乎在找什么东西，没找到，手又收了回去，他拉着她的手腕往前走。

这么多年的信任习惯使然，她虽然还没全睁开眼睛，浓黑的眼睫毛都是湿漉漉的，但仍旧迷迷糊糊又慢吞吞地跟着他走。

一直走到紫藤花长廊的尽头，夕阳落在肩头，李钦臣那只温热的手才摊开，摁在她的脑袋上，把人慢慢地转向阳光照来的方向。

橙红色的余晖有些刺眼，黎灵灵勉强揉了揉眼皮，皱着脸问他："你在干什么？"

少年坦然道："我身上没有纸，就想着把你的眼泪晒干。"

她又气又委屈，拽过他外套的袖子狠狠地擦了一把脸。

李钦臣在旁边没心没肺地笑，伸手搓了下她的脸："不哭了？"

黎灵灵的脸颊被他搓着，她语无伦次地开口："你刚才……我说……"

"你不是会说出来吗？"

"说什么？"

"对你说些奇怪的话，那些很亲密的举动。"李钦臣说着自己的"罪行"，却完全是置身事外的姿态，"你不是会说出来吗？"他的声音低沉，克制中有几分侵犯领域的意思，"不喜欢就要说，觉得奇怪也要说。"

黎灵灵有点儿蒙，吸吸鼻子，说："你到底想说什么？"

"我想说，你是要我靠你近一点儿，还是不要？"他极有耐心，冷峻的面容在夕阳下显得温和，"你想我是什么样，我就会是什么样。"

有一瞬间，黎灵灵想问得明白点儿。

可是她确实在这件事上是胆小鬼，李钦臣对她太重要，重要到绝对不能因为自己得寸进尺的欲望而疏离。

黎灵灵重复着他的话："我想让你是什么样，你就会是什么样吗？"

李钦臣点头道："嗯。"

"我想……"她顿了一下，艰难地开口，"就这样吧，我刚刚是……是开玩笑的。"

这个理由听起来就很荒谬。

他轻轻挑眉，说："你开玩笑把自己气哭？"

黎灵灵本能地否认："我没有生气，我就是泪腺发达，不行吗？"

李钦臣对上她湿漉漉的眼睛，微不可察地叹了一口气。

"行。"他的手从她的脸颊上移开，指尖轻触了一下少女的睫毛，他低声道，"我下周要回京市了。"

"泪腺发达"的黎灵灵又没憋住泪意，通红的眼珠像只兔子，她抓住了关键词："回京市吗？"

"班主任不是说过吗？要回户籍地参加高考，我也不例外。"

蒙凝转学过来那天，罗蕙就已经找他说了这件事。

李父那边也早就和他提过已经办好了交接手续。

下周要举行百日誓师大会，他不能再拖延。

这次他不是回去过几天春节，而是像两年前那样，要回去读书了。

黎灵灵的眼睫毛颤了一下，她总想着来日方长，她可以以朋友的名义在李钦臣身边待很久，还有机会。可是来日并不方长，很多人只会乍然离场。

她点了点头，像是被这件事吸引了全部的注意力，有些呆滞地看他："李钦臣，你调研纸上填的第一志愿是哪儿？"

是京大吗？

黎灵灵想起了给他发消息的朱静。

"我还没填。"李钦臣垂着眸子，漫不经心地道，"不过，过两天也该交了。"

她踌躇地张了张嘴，没说话。

第二天课间操时，黎灵灵把李钦臣的调研纸偷走了。

她偷走的下一秒，樊羲那伙人就从后门进来，李钦臣紧随其后。她还没来得及看，先手忙脚乱地把纸塞进了口袋里。

"灵灵，我们今晚去西涌吧！"于悠从人群里挤过来，拉着她的手。

黎灵灵慌乱地接话："去西涌干吗？那儿不是郊区吗？离我们这儿很远，而且明天是周五，要上课的。"

周峥一脸痛心疾首："灵灵，大家伙的约定你是忘得一干二净啊！"

"终究是错付了！"樊羲抹了把不存在的眼泪，"那年我们十七岁，你说高考前一定要一起去看一次海边的日出。"

这实际上是黎灵灵在高二时，看见学长学姐们毕业有感而发许下的约定。

西涌离深中远，就算是不堵车，过去也要开将近两个小时的车。他们打定主意今晚过去住一晚上民宿，明早再起来看日出。

那时她没想过好友段觉云会转校，但是李钦臣回来了。

黎灵灵别过头，正好和不远处的李钦臣四目相对。她的口袋里还藏着他的东西，她有点儿没来由的窘迫，结巴道："去啊，我没说不去。"

说完这话的下一节课的课间，蒙凝就来找她了。

那会儿黎灵灵正从厕所回来，被她拦在走廊上。于悠递给好友一个警告的眼神，默默地先回了教室。

或许是美术生的缘故，蒙凝在联考取得不错的成绩后就一直很清闲。

她热络地凑近黎灵灵："灵灵，我听樊羲说，你们今晚要去海边，我可以一起去吗？"

黎灵灵为难地开口："但这是我们之前就约好的。"

"李钦臣不也是后来的吗？"蒙凝笑得意味不明，"你不会是因为我昨天问了李钦臣，所以想防着我吧？"

她表现得十分坦荡，又拉拉黎灵灵的手，说："你不是这样的人，对吧？"

不喜欢就要说，觉得奇怪也要说。

黎灵灵看着她无辜的表情，脑子里突然闪现李钦臣昨天说的话。

"我不喜欢你这样。"黎灵灵淡声道。

蒙凝一脸愕然，道："什么？"

"你明明不怎么喜欢我，为什么要装出很想和我们玩的样子？"

黎灵灵收回手，直白地指着她头发上的蝴蝶发卡。

"你是短发，把头发绑起来戴和我一样的发卡，其实没你之前的样子好看。你也没必要试图在这么短的时间内建立好友圈，我和樊羲他们已经是好几年的朋友了。"

蒙凝心里有一丝动摇："我不知道你在说什么。"

黎灵灵懒得搭理她，自顾自道："要么你可能不是讨厌我，是欣赏我？"

"少往你脸上贴金！"

"不喜欢何必模仿？你想要大家的真心，可以做你自己，而不是成为第二个黎灵灵。"黎灵灵看着她冷下来的脸，反倒笑了，"你刚才吼我的样子，倒是挺像你自己的。"

蒙凝攥紧了手，她在之前那所学校因为性格孤僻没什么朋友，一直很羡慕那些朋友成群的人。

因此，她来到深中的第一天，瞄准的目标就是黎灵灵，但她没想过会被这样揭穿。

话说到这儿，黎灵灵也没必要得理不饶人了。

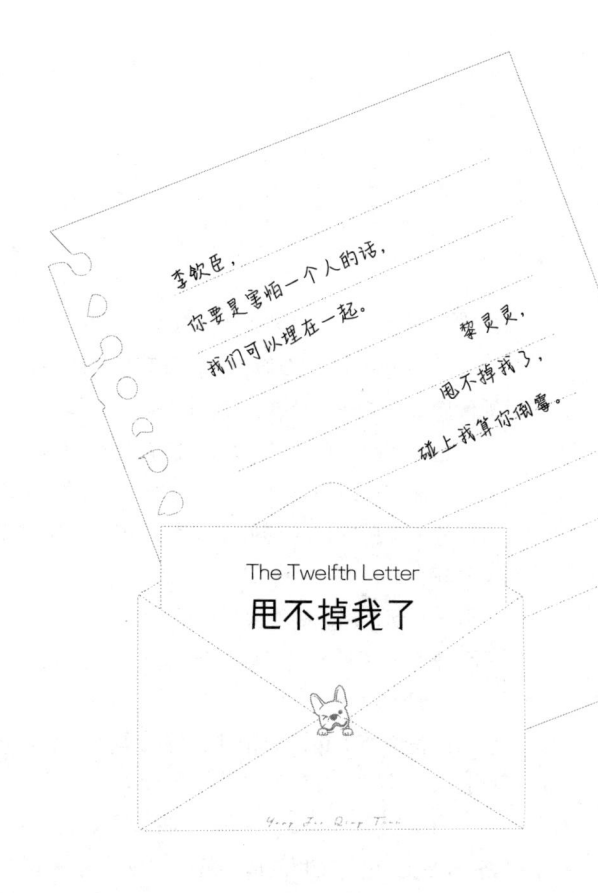

李钦臣，
你要是害怕一个人的话，
我们可以埋在一起。

黎灵灵，
甩不掉我了，
碰上我算你倒霉。

The Twelfth Letter
甩不掉我了

一整天下来，黎灵灵都没有碰过搁在口袋里的那张纸。

她斟酌许久，想着如果李钦臣不主动提要和她考同一所大学，那她偷偷看是不是也没有意义？

这个问题一直到晚上她也没有得出答案。

西涌之行还是照旧。

他们提前在网上订好了民宿，几个人和家里人报备了一声，约好早早睡觉。

三月初，深州的气温早已攀升。

睡前，黎灵灵看了眼天气预报，网上显示次日的日出会出现在早上六点四十四分。

民宿距离海边还有十几分钟的车程，清晨五点，李钦臣就把人都喊起来了。

车窗打开，潮湿的晨雾灌进来。依山傍海的地区，空气总是显得格外新鲜，过了崎岖路段，就是浴场边的停车场。

这个时间来看日出的人不少，樊羲、于悠和周峥去了附近的小店买海鸥吃的鱼虾和小面包。

黎灵灵穿着宽大的拉链式卫衣，整个人冷得缩成一团，手也缩进袖子里。

这倒方便了李钦臣拽着她往前走。

去沙滩的那段路是台阶,黎灵灵穿着不防滑的帆布鞋,她怕摔,急忙喊他:"你走太快了,我跟不上!"

李钦臣松开她的袖子,掌心朝上:"你把手伸出来。"

她把手从长袖里伸出来,被他的手掌裹住,她能清晰感受到男生的体温,甚至因为靠太近,闻到了对方身上清洌微苦的青柑橘气味。

黎灵灵被他牵着走,嘟囔道:"为什么我总能闻到你是香的?"说完这句话,她才觉得过于暧昧,抿了抿唇瓣。

李钦臣回过头看她,眉目舒展:"只有你说过我身上是香的,据说和人类主要组织的相容性基因有关。"

基因适配这一说法显然更亲昵,黎灵灵听得耳尖泛红:"也可能是我的错觉。"

到达观赏日出的最佳位置,李钦臣松开了她的手,问:"你带手机了吗?"

黎灵灵把手伸进口袋,纸张被揉捏的清脆声突兀地响起。她表情一僵,心想:糟糕,他填写了志愿的纸还在自己兜里。

李钦臣自然不解地看过来,瞥到她脸上不自在的表情,问:"你藏什么了?"

"我,"黎灵灵实在不擅长在他面前撒太多谎,索性直说,"我想看看你的第一志愿要填哪个大学。"

他并不意外,笑道:"你看了吗?"

"还没有。"

黎灵灵的喉间有些泛酸,为什么都说到这儿了,他还是不问问她想考哪里呢?

李钦臣的未来里,好像没打算有她。

像是赌气般,她别过头不看他:"我现在不好奇了。"

"我早就习惯生活里没有你了,所以就算这次你又要走,我也无所谓。"黎灵灵决绝又倔强地道,"你要考哪个大学,和谁有约定,我也不想知道。"

李钦臣俯身走近她,看着她通红的眼尾,说:"是吗?"

"嗯。"她的声音不自觉带了点儿鼻音。

黎灵灵搓了搓手心,想装作那是被冻的,而不是因为难过。

李钦臣催促她:"你现在看一眼。"

"我不想看,不就是京大吗?"她有几分恼羞成怒,"我早就知道朱静和你约好了要在京大见面,你放心好了,我填的是安清大学!"

黎灵灵之前就和父母商量过填报志愿的事情,她想学数媒设计,这个专业在国内有两所大学排名都不错,一是京大,二是安清大学。

在经过分数保底、综合排名、就业前景等各方面考量之后,黎父和黎母觉得两所大学不相上下。不过两位长辈都投了安清大学一票,因为离家更近。

但选择权还是交给黎灵灵。

她迟迟没填那一栏,是想等李钦臣来问她,她也想知道他们要不要以同一所大学为目标。

毕竟权衡利弊后,两所大学都可以供她选择。

李钦臣如果想考京大,她……或许也可以一起报考京大。

"你看了吗?"李钦臣轻车熟路地把手探进她的口袋里,轻轻地掰开她攥紧的手指,将那张纸拿出来展开。

黎灵灵睁大眼睛,看见他的志愿那一栏写着安清大学。

这是一个出乎意料的答案,她眨眨眼,说:"但……但是你家在京市啊,你要回京市高考的话,京大不是首选吗?"

他压低眉梢看她,说:"你才是首选。

"黎灵灵,我不打没准备的仗。很多事情,我有必定成功的把握才会去做。"少年的身影落拓挺拔,他就站立在她身侧,侧着脸看她,低哑的声音飘散在风里,"可是对你,我的把握永远不够大。"

她耳边的风声很大,她仰起头,无措地看着他。

李钦臣的声音很轻,足够蛊惑人的眼睛看着她:"但我还是想问,我能不能和你上同一所大学?你的未来能不能让我参与?"

黎灵灵的指尖有些发抖。

他们总说十八岁的夏天不会再有,她此时感觉这样的时刻也仅此一次。

海风里夹杂着鱼腥味道。

"我都没填志愿,我也没确定报哪所学校,说不定我报京大呢。"她强装镇定地说。

他笑了一下,从容不迫地道:"那我会改掉志愿,跟着你报京大。"

黎灵灵沉默了,过了一会儿才垂着脑袋慢慢出声:"可是为什么……"

话音到这里戛然而止,她也不知道该怎么问下去,但李钦臣懂她的意思,一副懒洋洋的腔调:"因为你是我带大的,你就得跟着我。"

他怎么能说出这么不要脸的话?黎灵灵忐忑的情绪一下子变成了幽怨。

她很想瞪他一眼。

须臾,她只是拽了一下少年的袖子,抬头喊他的名字:"李钦臣,安清市的豆腐花是咸的,但我还是会报考那里。"

约定好考同一所大学,是目前来说迫在眉睫的事,但黎灵灵仍旧觉得不太真实。

这么多年来,她习惯了跟李钦臣界限模糊的关系,像挚友,像亲人,这会儿却明摆着要往另一种方向发展。

她不确定地多问了一句:"李钦臣,你是因为要回京市了才这样哄我的吗?"

李钦臣垂下眼睨着她,周边寂静到能听清彼此的呼吸声,他忽而弯唇,道:"为什么不是你哄我?"

黎灵灵愣了一下,说:"我哄你什么?你以前都没说过啊。"

他看着她眼睑上方的睫毛,神情微微收敛:"我没有藏过。"

二〇一二年传播着"世界末日"谣言的那晚,黎灵灵哭着道:"李钦臣,你要是害怕一个人的话,我们可以埋在一起。"

父母吵架的某个冬日,她握着他被针戳到青紫的手背,在医院走廊那儿输液。

他在京市遭遇意外，漫长的住院期间，她寄过来十七封信和九张晚霞照片。

有时候回头一看，他们陪伴彼此长大，经历过这些岁岁年年，他也习惯了听她的碎碎念。

他一向对解决问题游刃有余，回答问题很直接。而他们太熟悉了，熟悉到能把真话混在玩笑里。

只不过开玩笑的，从来不是李钦臣。

他盯着她一会儿，缓慢开口："大家都知道，只有你不相信。"

黎灵灵愣在原地，没说出一句话。她舔了下干涩的唇瓣，又觉得有些滑稽。

"原来只有我是胆小鬼。"她喃喃道。

李钦臣听清了，眉眼柔和下来："我也很胆小，所以你要不要哄我？"

整个高中，他并没有陪她多久。如今他又要在高三的最后阶段离开，他也会害怕，怕她受不了他反反复复地离开。

"我要怎么哄你……"黎灵灵嘟囔着，慢慢地朝他做了一个小时候才会做的手势，"拉钩吗？一起拿到安清大学的录取通知书。"

"那说好了。"

两只手指钩紧，盖上了一个幼稚的章。

周边慢慢聚集了等日出的游客，有人在看时间，抱怨天气预报一点儿也不准，这都快七点了，还没有看见日出。

不远处的岩石边传来樊羲那伙人的声音，突兀地打破了这里的氛围。

黎灵灵被吓得一惊，正要把手缩回来，却蓦地反被他扣住。

男生的手掌宽大许多，手指修长，温热的体温一点点蔓延过来，侵袭她的感官。

"以前你不是不知道吗？今天是你自己要问的。"李钦臣突然蛮横地把人拽近，极为克制又无赖地低声道，"黎灵灵，你甩不掉我了，碰上我算你倒霉。"

她睁大了眼睛,不满地掐他的手心:"你才倒霉!"

李钦臣笑得轻佻:"我不倒霉,我的运气很好。"

樊羲他们赶过来时,恰好遇上火红的朝阳从云层里升起。橙红色的日出铺在海面上,染红了一大片海水。

这一幕自然景象,是难以言喻的磅礴壮观。

誓师大会举办当天,是李钦臣转回京市附中读书的日子。

黎父已经说好会送他去机场,黎灵灵没跟着去送他。

因为大会结束后的两节自习课被班主任用来做随堂测验,她没空,也没理由因为这件事请假。

放学铃打响,黎灵灵帮着于悠一块儿收了全班的试卷,送到教研组。

"那我先走了啊,我妈说在门口等了。"于悠看了看手机,拍拍她的肩膀,"你锁好门就早点儿回家!"

黎灵灵点点头,往教室那个方向走。

高三生的四栋教学楼都远离校门和操场,也因此,这条走廊在放学十几分钟后总是格外安静。

身边李钦臣的空桌子还没搬走,她不紧不慢地将书包收拾好,背在肩上,临走前她看了眼旁边空荡荡的桌面。

没有人在这里等她一起回家了。

一直以来,都是他养成了她的习惯,也打破了她的习惯。

今天的作业到晚上十一点半才写完,黎灵灵从浴室洗完澡出来,还没有困意。

她知道自己有件事一直没做,但到这个时间,也没有了其他理由能继续拖延。

关了机的手机就那样搁在书桌旁,从下午李钦臣离开深州后,它就再没有被打开过。

或许是因为即使得到了他的保证,黎灵灵也还是想起了两年前两人的那次分别。李钦臣那时说她有事就给自己打电话，然而近两年的时间里，他像是人间蒸发了。

门外楼梯口传来魏女士催促她早睡的声音，她应了一声。

黎灵灵钻进被子里，房间里只开了一盏小地灯。她将手机开机，紧张地闭上了眼睛，感受到收到信息时的振动。

李钦臣：登机了。

李钦臣：我刚落地，现在准备回家。

李钦臣：去学校报到过了，明天正式返校。

李钦臣：你没看消息吗？

李钦臣：五点半了，放学后你不要在教室拖拉太久，早点儿回家。

李钦臣：你把手机丢哪儿了？手机真可怜，被你忘记。

李钦臣：黎灵灵，睡觉前告诉我。

一连串信息看下来，黎灵灵松了一口气。

她正要打字，才敲了几下键盘，李钦臣便打来电话。

声音太响，而魏女士正在隔壁客房里整理被单。

黎灵灵怕惊动她，整个人埋进被子里，接通电话："喂，你怎么知道我这会儿在线了？"

李钦臣的声音格外低沉："我隔一会儿就点开对话框，正好看见'对方正在输入中'。"

她微微窘迫，随便找了一个借口："我今天太忙了，手机忘记充电了。"

"嗯。"他并没问责，也没生气的意思。

"我有一个问题。"黎灵灵在黑暗里天马行空地找话聊，"为什么你的网名这么多年都没变过？"

李钦臣跟讲故事似的张口就来："很多年前，我认识一个南方小女孩，她前后鼻音不分，常把我的'钦'念成'倾'。"

黎灵灵幽幽道："你真记仇，你用得着提醒我十几年吗？"

他的笑声在夜色里特别挠人，片刻后，他又喊她："灵灵，我这次不会消失。"

她愣了两秒，有些猝不及防。

李钦臣很聪明，也太了解她了。他什么都清楚，所以明白她的担忧。

口说无凭，他这天过后，每天都来给她报备行程。从前是黎灵灵隔三岔五给他留言，如今是他时不时发些毫无营养的日常。

日子一天天过去，时间在繁重的课业里过得很快。距离高考的日子越来越短，每个人都忙碌得如同疾速转动的陀螺。

周三早上，罗蕙安排班里同学去医院做高考前的体检。黎灵灵刚抽完血，就听见楼梯间有女生在哭。

她正要好奇地推开那扇门时，于悠及时拦住她："是十四班的冯庚珠，你别去看她了。"

黎灵灵知道这个女生："她为什么哭？"

"她那个好朋友走的单招，今天拿到录取通知书了，学校在我们祖国的最西边。"于悠对这些八卦倒是清楚，"庚珠的成绩顶多报考本省的大学，总不可能为了朋友去读大专，估计她是因为两人会渐行渐远才哭吧。"

黎灵灵一脸茫然："不在一个城市读大学就会疏远吗？"

"十有八九啊，毕竟彼此的生活圈和周围环境都不一样了。"

黎灵灵垂着脑袋，心想，这就像她和李钦臣。两年前他们分别再重逢，明明没这么多乱七八糟的想法，现在她却觉得有些吃力。

她偶尔会在空闲时将两个人的聊天记录从下往上翻，李钦臣在深州时聊的话题和如今各说各的文字大相径庭。

再熟悉的人也会变得无话可说吧？

黎灵灵的胡乱怀疑，导致她的胡思乱想加剧。她分不清这是因为高考在即的焦虑，还是她和李钦臣异地带来的焦虑。

总之，最大的影响就是她对李钦臣的"查岗"越来越严格。

"不够？"视频对面的李钦臣站在宿舍的阳台上。

黎灵灵板着脸，故意找碴儿："不够详细，你昨天下午五点半到晚上七点这个时间段干什么了?"

他失笑道:"我想想,好像是去医务室了。"

"怎么了?"

"发烧吊了一瓶盐水,我睡着了。"

黎灵灵露出愧疚的表情,讷讷道:"你照顾好自己,不要再让我找不到你了。"

他从善如流道:"好。"

安静了一会儿,黎灵灵踌躇地开口:"我这样,你会烦吗?"

"不会。"李钦臣伸手碰了一下屏幕,指尖抚摸在她的发顶,低声安抚道,"你别怕,不管是高考,还是我。"

门口传来黎父的敲门声,他来喊她下楼喝汤。她看见门把手动了一下,慌不择路地将视频切换成了语音通话。

但黎父没拧开门,更没进来。

他俩在房间里视频聊天也不是没被家长撞见过,不过每次都在正儿八经地讨论学习。

明亮的客厅里,餐桌旁。

"烫你就慢慢吹着喝。你妈说她都要睡了,你还没睡,这才把你喊下来的。"黎父放在桌上的手机一直在振动。

像是看他没回消息,对方又打来一通电话。

黎灵灵眼尖,瞥见微信头像是一个年轻女人的自拍照,她正要看清备注名时,黎父的手掌慌忙地盖了上来。

她抬眼道:"谁啊,大晚上的还给您打电话?"

"生意上的事,你不懂。"黎父不自然地轻咳了一声,接通电话后往院子里走,又叮嘱道,"待会儿你喝完汤把碗放到厨房里,赶紧上楼刷牙睡觉啊。"

黎灵灵若有所思地看着他的反常行为。

她喝完汤,又听见了院子里车子开出去的声音。

不正常。

黎灵灵回忆这一周，发现黎父以前从来没这么勤快地跑出去过，更别说是因为工作。他一把年纪了，现在也不是创业需要跑业务的时候了。

回到房间里，她没急着睡下，而是找许久没聊天的段觉云叙了一会儿旧。

高三冲刺期压力大，段觉云也没睡觉，刚做了一套卷子，这会儿正躺在床上敷面膜："按你这么说，你爸确实不正常。"

"我妈前天说他最近电话很多，我还没注意过。"黎灵灵把话题扯回来，"可是仔细想想，是反常啊。"

"他这个时间还出门？"

"对。"

段觉云继续分析："最近他的消息是不是很多，电话不断？"

黎灵灵点头。

段觉云说："但是他很怕被你和你妈妈看见是什么人打来的电话？"

黎灵灵说："他是老防着，我刚才看见了，头像是一个年轻的女人。"

"你这还没明白？"段觉云叹了一口气，"男人都一样，我家那两位离婚前，我爸也是你爸这个状态。"

黎灵灵愣住了："你是说……"

段觉云一副过来人的姿态，轻声安慰道："你想开点儿，我当年也没想到我爸会是那种人。"

太荒缪了，黎灵灵想不通。

可是那些疑点又无法解释，她继续观察了两天，发现她爸居然变本加厉，比她回家的时间还晚。

周四晚上，黎灵灵以听墙角的方式听到了黎父周五傍晚的安排，他要和那个女人在侨城的一家西餐厅见面。

太过分了。

她握紧拳头，心道：黎才嗣，没想到你是这样的人！

因为心事重重，黎灵灵的心情也肉眼可见变得不好，而且她两天没回李钦臣的消息，也无心和他打视频电话。

远在京市的李钦臣在等待中意识到了不对劲。

回京市上课后,他就申请了在校住宿。

李钦臣坐在椅子上一言不发,良久后,他捏着手机打字:你每天不跟我说的话,都跟谁说了?

但最后,这行字他还是没发出去。

黎灵灵是在去"抓奸"的路上回李钦臣信息的。

他问她在哪儿,她如实说了地名。

李钦臣那会儿正在深中的校门口,闻言就让司机朝侨城那条路开,在距离广场不远的地方看见了她。

黎灵灵还背着书包,她穿着单薄的紫色卫衣,握着手机的手被宽大的袖子遮住,从背影就能看出心情不太好。

他打了一个电话过去,很快被对方接通。

"我不是说了这几天有点儿忙吗?"黎灵灵本来就烦,语气并不好。

李钦臣下车后,与她保持不远不近的距离,手指捏着另一只耳机,一下一下轻敲着,语气淡然:"忙什么?"

他那边风也很大,嗓音有些含糊。

黎灵灵听到他这温和的语气就有点儿觉得委屈了,她努力地把眼泪憋回去,皱眉道:"反正我有点儿自己的事情要处理。"

李钦臣握紧手机,指骨因为用力而泛白。

他看着几米外的女孩,声音很轻:"我不是自己人吗?为什么不跟我说?"

黎灵灵终于听出他不高兴,立在原地不动了,手足无措地解释:"我不是这个意思,实在是……是这件事不知道要怎么说。"

"回头说。"

"你干吗让我回——啊!"她一问,一边下意识转身,话音在看见他的那一刻变成喜出望外的尖叫。

临近立夏,深州的傍晚凉风习习,路上车水马龙,时不时有鸣笛声。

李钦臣和她相隔一条三米左右长的斑马线，他穿着帽衫、黑裤，站在红绿灯指示牌下，修长的身影在那片路灯下的光影里极其显眼。

男生深邃的目光穿过行色匆匆的路人，落在她身上，他把电话挂断，指了一下旁边红色的指示灯。

他很淡定，朝她轻轻地摇了摇头。

黎灵灵及时刹住脚步，停在原地。光是看到他出现在这里，她的脸上已经露出了一个浅浅的酒窝。

绿灯出现，对面的李钦臣大步走过来，他心里的石头像是这一刻才落地。

他们站在靠近停放单车的那一小块角落，完全不会挡路，但周边仍然有路人或多或少带着点儿好奇心看过来，都往李钦臣身上瞥，也有人是被黎灵灵身上的校服吸引了注意力。

黎灵灵眨着眼睛，她仰起头说："你怎么回来了？刚下飞机吗？"

"我扛不住你不理人。"他直白地开口，垂眸笑了一下，"你跟我说说怎么了？"

黎灵灵攒了近一周的心事再也藏不住，她一撇嘴，垮着脸道："呜呜，李钦臣，我就快要没有爸爸了……"

李钦臣一愣，闻言，他稍稍直起身，担忧地问："叔叔出什么事儿了？"

"他要是出事就好了，可他偏偏出轨！"黎灵灵边骂边往他身上扒拉，"男人怎么这么坏？！说好的海誓山盟都是假的，怎么可以变心，他对得起我妈吗？"

天色暗得快，晚霞落幕。

黎灵灵把要去餐厅现场揍小三的这事儿忘得一干二净，只顾着吐槽。

李钦臣耐心地听完，说："你先别急，这事还没确定，你和阿姨说过吗？"

"还没有，我打算待会儿回去说。"她的脚步慢下来，别过脸，"太烦了。我没吃晚饭，好饿。"

李钦臣若有所思,低声道:"难怪你瘦了。"

他们站在一家已经关门的邮局门口,街上人来人往。她像只懵懂笨拙的小动物,突然踮起脚来。

李钦臣也没看懂她想干什么,本能地弯腰配合她。然后她手脚并用,如同考拉抱树般攀上来了。

"你在干什么?"他站得稳,有点儿无奈地托住她。

女孩的下巴磕在他的肩胛上,懒怠地说出一个无理的请求:"我走不动了,站得也很累。看在我很轻的分上,你能不能让我休息一会儿?"

李钦臣懒洋洋地笑出声,他就真站在一棵树下的阴影处,哄小孩似的拍了拍她的背。

车停在侨城某栋公寓大厦的楼下。

年轻女人下车后,笑眼盈盈地转过身来告别:"那老板,我就先回去了,进度快完成的时候您再来看。"

黎才嗣点点头,说:"好,麻烦你了。"

车门关上后,司机转了下方向盘,重新将车开进大道:"黎总真是有心,这么多年和夫人感情依旧情比金坚。"

黎才嗣乐呵呵地开口:"小张,你结婚也有十多年了吧?"

"下个月就满十三年了,前几天我老婆还在跟我吵架呢,也不知道是不是更年期到了。"司机叹了一口气,"看到您这段时间忙着准备周年纪念日的惊喜,我都有点儿羡慕了。"

"羡慕什么?你们风风雨雨这么多年都过来了,惹太太不开心就花心思哄哄。"黎才嗣很有经验地说,"男人在自己老婆面前吃亏又不丢人,再者说,她又哪会让你吃什么亏。"

司机很受教,说:"黎总您说得对,待会儿下班了,我就去商场买个她喜欢的包赔罪去。"

黎才嗣看了眼时间,说:"你直接送我回家就下班,今天辛苦你了。"

"应该的。"

车速慢下来,汽车停在前面的一个红绿灯岔路口。

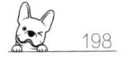

司机往窗外看过去，笑着说："哎哟，今天也不是周末啊，这些学生怎么还在外面闲逛？"

路边的霓虹灯光流动，树影摇曳。

"年轻的时候最有精力了，我和我老婆就是在高中认识的。"黎才嗣心情不错，朝那边看过去，侃侃而谈，"那时候——你把车倒回去。"

画风突变。

司机愣了一下，急忙打了转向灯，将车绕到另一边停下。

车停在路边，黎才嗣示意他在这儿等，自己大步往在树影下站着的两个人走过去。

等看清确实是自己女儿的书包、衣服，再看着那个抱着男生的熟悉背影，他一口气差点儿没提上来："黎灵灵，你赶紧给我下来，成何体统，这么大的人了，在外面这样像什么样子？"

黎灵灵的肩背瞬间僵硬，她跳下来，没转身，喃喃道："李钦臣，你快告诉我后面的人不是我爸。"

李钦臣握着她腰的手还没放开，他轻咳了一声，说："黎叔，晚上好。"

黎父皮笑肉不笑，道："你黎叔不好，要被气死了！你给我解释解释，你们不在学校，在这儿干什么？"

李钦臣还没说话，黎灵灵转过身先发制人："你有什么好生气的？！黎才嗣，你别以为我不知道你干了什么！你今天晚上还和那个小三一起吃饭，是不是？"

黎父一脸难以置信。

黎灵灵那张嘴持续输出："我告诉你，你就准备好净身出户吧！等到了法庭上，我一定无条件站在我妈那……唔！"

李钦臣手疾眼快，捂住她的嘴，他怕她理智丧失，说出更大逆不道的话来。

黎灵灵吼个没完，并开始无差别攻击："唔，呜呜，李钦臣，你这个坏蛋，你帮哪边的啊？你不准捂我的嘴！你忘了上二年级的时候，你被一群女孩子围观，是谁救你出教室门的吗？忘恩负义是吧？"

李钦臣快被她翻旧账的行为逗笑，强忍着才压下嘴角。

她越说越气不过，一口朝着他的掌骨咬下去。

"你冷静点儿，"李钦臣蹙着眉，不忘安抚她，"先听黎叔说。"

黎父在她的头上狠狠地敲了一下，说："你刚才在胡说八道什么？我和张芬她妹妹吃顿饭被你说成什么了？"

张芬是公司的会计。

黎灵灵实在是忍不了了，捂着头说："你明知她是张姐的妹妹，还……等等，张姐的妹妹不是都在备孕二胎了吗？"

"你管人家生几胎？她干婚礼策划的，我给你妈准备的二十周年纪念日礼物就是一场婚礼，被你说成什么了？"

他气不过，又要来敲她的脑袋。

黎灵灵理亏，往李钦臣的身后躲，碎碎念叨："谁让你搞得这么神秘，瞒成这样，很难不让人瞎想吧，我妈都说你这几天不对劲了……还有，你们的婚礼不邀请我参加？"

"你这都到高考前的关键时刻了，狗都是我和你妈帮忙遛的，周年纪念日还能让你参与？"说到这儿，黎父冷哼一声，"你还要我净身出户？"

黎灵灵龇了一下牙，一脸无辜道："嘿嘿。"

"你别嬉皮笑脸的！"黎父把手背在身后，回归正题，"阿臣，跟我上车。我和你聊聊。"

李钦臣点点头，走之前又把黎灵灵的书包取下来拿在手上，还把自己的手机给她，并指了下旁边那家店："你先去那儿点餐吃饭。"

黎灵灵一脸担忧地看着他，煞有其事地提建议："这个约谈摆明了是鸿门宴，他要是打你，你就跑来我这儿。"

李钦臣对上女孩明亮有神的眼睛，手插进兜里，忍笑道："他要是打我，我就让他打到气消。"

她瞪着眼说："那不行！"

黎父转过身看见他俩，气得肝疼。

她是这种阴暗角落里
透出来的一点光亮。
从年少时，
就一直照在了季钦臣的身上。

The Thirteenth Letter
那一束光

旁边那家张妈台式锅烧人气正旺，黎灵灵点了两人份的沙茶肥牛锅，旁边还放着一份加糖的芋圆刨冰，但是她一口都没动。

她看了眼旁边没半点儿动静的手机，撑着脸，叹了一口气："爸爸不会真打他了吧？"

"没有。"脑袋左上方传来李钦臣懒洋洋的声音。

她刚转过头，李钦臣就踱步过来，他坐下后喝了口她点的刨冰，下一刻便拧眉。

太甜了。

黎灵灵揉了下脸，看着他发呆："你们聊什么了？"

李钦臣不紧不慢地动筷子，面不改色地回道："男人之间的对话，你别打听。"

他不慌不忙地给她递水，还抬手捏了下她的脸颊："没有下一次了。"

黎灵灵一脸茫然："什么？"

李钦臣叹了一口气，膝盖顶到桌沿，挫败地开口："有事你和我说，不要冷落我。"

虽然看上去是一次风平浪静的谈话，就算是回家后，父母也没有就黎灵灵和李钦臣的问题再多谈，不过她还是因为和李钦臣的这次见面付出了代价。为了不影响高考，她的手机暂时被没收了。

时间像上了发条，加速地往前跑，快得让人抓不住。接连不断的模考、周考、大小考，如同在玩循环往复的人海战术，每个高三生都像紧绷的弦。

深中的电风扇落了灰，空调外机却轰轰地响着。走在校园的羊肠小道上，能时不时被几滴空调水溅到，肌肤都被冰得凉丝丝的。

夏季的蝉鸣声再次奏响，充当了高考的号角。

阴雨天转眼即逝，迎来了晴朗的暑假。球场上扣篮的主角已经更换，路口的末班车又送走一批十八岁的少男少女。

曾经她觉得毕业很远，如今转眼却到了需要勇气告别的时候。

于是，青春定格在这个六月。

黎灵灵的高考分数是在酒吧查到的，那会儿她正和樊羲那伙人体验毕业能做的快乐事。她在接到通知后就不断刷新查询成绩的页面，直到看到自己的分数顺利超过了安清大学往年的分数线才放下心来。

手机一直在响，好多人给她打电话。老师、好友、父母、亲戚都在问情况，来一个电话她挂一个，就怕错过了重要的人的电话。

觥筹交错的酒杯，昏暗迷离的灯光，气氛纸和亮片铺天盖地地落下来，舞池里大家"群魔乱舞"。

黎灵灵跷着二郎腿，靠在卡座的沙发上，吃着果盘里最后几颗葡萄，她慢慢地嚼，对旁边那群人的躁动起哄视而不见。

然后，李钦臣的电话打了过来，他怕她着急，怕她后面还有事儿，先说了四个字："安清大学。"

她放下了心。

他们将近一个季节没见面，只为了这两张一样的录取通知书。

京市。

半山的别墅区在白日里极为寂静。楼下的雾化壁炉还开着，火苗映照在墙柜里的古董花瓶上。

李钦臣在卧房里收拾行李。

他的动静不大，房门并没刻意关上。

李母站在门前安静地看着他，突然出声："我听阿姨说，早上来了快递员，是你的录取通知书到了。"

他拉行李箱的手一顿，冷淡地应了一声。

"是哪里啊？"她没有听到少年的回答，自顾自道，"你是今年的高考状元，想报哪所学校都容易的。但之前京大招生办的老师跟我说，你报考的意愿不大……"

李钦臣的耐心耗尽："您不用跟我说这么多虚与委蛇的废话，你不是已经查过了吗？安清大学承诺我的学费全免，生活费更不用您操心。"

李母对上他的眼神，被那种陌生漠然的情绪刺激得一愣。

是从什么时候开始，她在儿子面前处于下风了？他又是什么时候不再喊她"妈妈"了？

从前她对他不闻不问，如今变成了面对他就羞愧难当。

李钦臣的父母是民营企业家，在政府新闻、各大媒体公关的报道里是家庭和美、乐善好施的慈善家。实则他们的婚姻关系混乱，内部腐烂到不敢让外人看见一点儿真实。

在这种荒诞的家庭里出生，李钦臣知道自己再如何善于伪装，本质当然也是腐烂的。

黎灵灵眼里的他，和在这个家里的他，不是同一个人。

她看不到他光鲜亮丽的皮囊在阴湿的器皿里成长的模样。他并不总是像外人看见的那样温和懒散，其实内里跟这个家一样，藏着畸形、怪诞、阴暗的一面。而她，是这种阴暗角落里透出来的一点儿光亮。

从年少时，这束光就一直照在李钦臣的身上。

李母下楼不久，李钦臣已经收拾好了行李箱，叫司机来接他去机场。

在等待途中，齐宓不顾楼下阿姨的阻拦，冲上来质问："你为什么没报京市的学校？"

手机屏幕亮了，是黎灵灵发来的照片。女孩拿着同样颜色的录取通知书，抱着法斗犬在李钦臣外婆家的院子里拍了一张自拍照。

李钦臣的唇角微微勾起，他点开照片看了几秒，心情不错地抬起眼，这才有空搭理杵在自己房门口的男生。

他嘲讽道："你不是一直想留在这个家里吗？我成全你了。"

齐宓不满地道："你凭什么走？"

"你一心想挤进来的家庭到底有什么好？你只是图他们的钱？"李钦臣讽笑着，打破齐宓的幻想，"那要让你失望了。"

不管是家族基金会，还是券商资管，李钦臣爷爷在生前就有遗嘱信托，指定过受益人只能是他唯一的孙子。

老人家或许早就知道自己的儿子儿媳是什么德行，就连私募基金公司也只让最信得过的人去打理。

李家的产业不可能落在旁人肩上。

一个家庭，三个成年人，而齐宓和李钦臣是两个可怜的年少旁观者。

一起在这个家里共存的人要离开，只留下齐宓继续待着。在他眼里，这是抛弃"同伴"的行为。

齐宓当然不服气："你凭什么觉得你能脱离这个畸形的家？对了，你那个小青梅知道你的家里是这种情况吗？如果她知道，会怎么看你？她知道你甚至还因为这些事情进过精神病院吗？你装得这么像正常人，她会不会觉得你也很恶心——"

挖苦讽刺的话语在对方凌厉的眼神下渐渐止住。

李钦臣站起来，向前走了一步。

齐宓的肩背稍稍塌陷，贴着门框，闭上了嘴，眼珠子心虚地转了转，他本能地往后退缩，又害怕在这儿闹出事端会被楼下的李母听见。

毕竟再怎么样，他也只是一个外人。

李钦臣冷眼看着他的动作，嗤笑一声："你承担不起后果，就不要总拿她激怒我。"

整个暑假，李钦臣都在打工。

他有着这么高的分数，又有着京市的状元头衔，能在课外辅导机构当私教学长，能参与出卷子。

前途明亮的人,到处都有赚钱的机会。

而黎灵灵正和爸妈、好友们在毕业旅行,满世界旅游。

她时不时给他寄来明信片,有在外国碰上海洋学专业的同胞一起保护搁浅鲸鱼的照片,也有考察国风动漫建模的视频。

李钦臣看着她那些明信片,偶尔会想起那两年里,她给他寄过一周一次的晚霞照片。

晚霞在一天内只出现八分钟。

她曾经为了他,每一天都在等待这八分钟。

黎灵灵的视频电话打过来的时候,国内的时间刚过凌晨。

李钦臣坐在电脑桌前,骨节分明的手不知道在倒腾什么,另一只手的手肘抵在桌沿,他在想事。或许和他报考的计算机专业有关,屏幕上倒映出一串代码,这俨然不是高中毕业生需要掌握的知识。

他穿着水墨染色的衬衣,和去年回深州第一次见到她穿的那件有点儿像。

印花衬衫的扣子解开了两颗,露出锁骨。冷白色皮肤,深邃英挺的眉眼,他还是那副懒散的模样,十分帅气。

黎灵灵咬着一颗糖,盯着他看了一会儿:"你大半夜忙什么呢?"

"学点儿东西。"他偏了偏头,转向一边立起来的手机,看着她问,"你干什么呢?"

她那边快到日出时间了,她懒洋洋地趴在酒店家庭套房的阳台处,跟他汇报日程:"我倒时差睡不着,后天还要坐飞机。"

李钦臣有点儿困了,但还是撑着脸靠近手机观察她:"你好像晒黑了点儿。"

黎灵灵有点儿慌:"真的吗?一定是前天我忘记擦防晒霜晒到了。"

"有什么关系?黑点儿健康。"两秒后,他很有求生欲地补充,"你是煤球我也认了。"

"你的口味真重,你才是煤球!"她一脸愤怒,看到男生幸灾乐祸地笑,更是生气道,"亏我还为你文了身。"

"嗯?"李钦臣扬着眉,懒洋洋的表情变得正经了点儿,"文什么了？我看看。"

黎灵灵把手机立在旁边，开始拉外套拉链。

李钦臣正襟危坐，说："你回房间脱。"

"你想什么呢？"她害羞过后，觉得好笑，"是在胳膊上我才要脱衣服的。"

他面不改色道："你管我想什么？我的脑子我做主。"

"我以前没发现你这么有当流氓的潜质。"黎灵灵撇着嘴，把手臂上的文身展示给他看。

是绯色颜料的一个"L"字母，旁边还有个卡通版的迷你"栗子"图案。

"好看吧？"黎灵灵炫耀道，"是那个鬈毛 Eric 帮我画的栗子。"

李钦臣一脸不解："又是 Eric？"

"对啊，我以前不是还碰到过一个棕发的 Eric 吗？我这样说是为了区分一下，也不知道为什么这些外国人这么喜欢叫 Eric。"她补充道，"不过我爸妈最近很喜欢 Heavy，Heavy 大学期间做过地陪兼职，还会中文，可以帮我们安排好旅游计划。"

李钦臣置身事外地听着："你爸妈在选女婿吗？"

黎灵灵仗着相隔万里，虎口拔牙般挑衅道："差不多吧，这段时间我也认识了不少外籍帅哥，比我小的也有几个，可以考虑做小男友的那种。"

他笑了一声，转过身继续敲键盘了。

"喂，你不是已经赚够了一年的生活费吗？"她不开玩笑了，嘟囔，"干吗还这么拼命？"

李钦臣还开着视频，人靠在转椅上，蓦地给她转了一笔外币。他漫不经心地开口："因为养老婆费钱，毕竟我女朋友还要在外面养小男友。"

黎灵灵看见突然出现的储蓄账户动账通知，数了一下余额，没接他的腔，只顾着惊讶："你在炫耀你的打工能力很强吗？"

"我是让你看清点儿。"他慢悠悠地答，"你外面那些小男友比不上我一分。"

黎灵灵回到深州那天刚立秋，但城市的柏油路一如既往地明亮滚烫。

黎父黎母忙着给熟络的邻居送在免税店买的特产，一转眼发现家里"跑腿的"不见了。

黎父看了眼没关上的院门，惆怅地道："她肯定是去找阿臣了，她心里最重要的男人再也不是我了。"

"得了吧。"黎母好笑地说，"你难道一直没发现你闺女的德行啊？她心里重要的男人从来就不只有你一个人。"

就连邻居也调侃："我说老黎啊，你还有什么不满意的？灵灵也是有本事的，早早就预定了老李家的宝贝儿子当'童养夫'。"

"这小孩哪里是老李在宝贝，来老黎家吃饭都比在自己家里吃得香吧……不过李家好歹面上看着家业摆在那儿，又只有阿臣这一个儿子，你们灵灵不会吃亏的。"

"我不图他老李家的东西。至于我家灵灵会不会吃亏，这我就更不操心了。"黎母一脸骄傲，"阿臣那孩子从小就只疼她。"

"是啊，灵灵小时候被欺负，被你们两口子骂哭了，都是去找他。"

"哎，你们还记不记得那会儿胡婶家的孙女每次来拜年，就喜欢追着阿臣跑？灵灵打小就护食，那时候都不让其他小姑娘碰他呢！"

"别人一碰阿臣她就哭，边哭边跑，还要大声喊'绝交'，阿臣就追在她后面哄，哈哈。"

客厅里笑声不断，要是黎灵灵在场听着，估计都想在原地挖条地道钻进去。

"老李家那两口子都是拿鼻孔看人，也不知道怎么能生出这么谦逊出色的儿子。"另一个邻居也乐呵呵地开玩笑，"灵灵和他是约好了一起去安清上大学吧？"

两个孩子毕业后，调皮明媚的小女孩和少时稳重的男孩长成了并肩而行的两个大孩子，他们在一起了，也大大方方地牵着手。

于是以前那些谈婚论嫁的玩笑话又被提到明面上来。

黎母也笑道:"我家灵灵喜欢就行,阿臣又是在我们这群大人的眼皮下长大的,我不担心,更不反对。"

黎父听着妻子和邻居们一唱一和,心里越发堵得慌。

盛夏里社区的篮球场就在公园里,临近傍晚极其热闹,有带着宠物坐在海湾草坪边的,有放风筝的,还有摆摊做生意的,露营凳随处可见。

夕阳顺着公园里的棕榈树和榕树枝叶的缝隙倾斜而下,三角梅盛放,蝉鸣减弱,取而代之的是经久不衰的噪鹃叫。

黎灵灵到球场那边时,看见已经有不少同龄人坐在观众席上。这边有两个场地,社区里经常组织篮球赛,今天也不例外。

她拿着一杯桑葚汁寻寻觅觅的时候,有个女孩对上她的视线。

女生指了下旁边的篮球场,热情地开口:"你也是来看李钦臣的吗?他下午一般在那个场地打,你快去挑个好位置吧。"

"啊。"黎灵灵愣了一下,点点头,"好,谢谢。"

她不动声色地吸了一口果汁,心里在骂人。

李钦臣肯定每天打篮球都打扮得花枝招展,不然不至于来个女生就被认为是来看他的,说他是男狐狸精一点儿也没说错!

黎灵灵往那边走的同时,听见了栗子的叫声。

法斗犬的旁边有一个陌生人,他转过身来,兴高采烈地喊她:"灵灵!在这儿。"

她有点儿不解地挪着脚步走近,就看见了李钦臣的外套,顺势拿起来垫在椅子上坐下。

这个暑假,栗子一直在李钦臣这里养着,这会儿它一见到她,就扑到腿上又舔又蹭。

黎灵灵拿着李钦臣那件棒球服,捂住了狗嘴,看向旁边的男生:"你是……大胖?"

"是啊,你没认出来?"男生是小时候在盛夏里那条老街一块儿玩的小孩,暑期回来看奶奶。他羞涩地摸摸鼻子,说,"我现在不胖了,你和李钦臣还是没变啊。"

他是不胖了,"大胖"变成了"大壮"。

黎灵灵有点儿惊讶地打量他:"你真的变了好多。"

大胖被调侃,也有点儿不好意思:"李钦臣买水去了,我去催催他。"

她点点头,百无聊赖地撸着狗。

腿上那件男生的棒球服口袋里蓦地掉出一张文身店的宣传名片,上面"元素TATOO"几个字格外显眼。

黎灵灵正出神地看着,就听见耳边的背景音变得更嘈杂。

在旁人的惊呼下,黎灵灵感觉自己的脑袋被摸了摸。

黎灵灵回过头,看见了李钦臣那张脸。他的嘴唇薄,鼻子挺,冷白皮,五官立体,逆着夕阳的光线如同自带滤镜,十分帅气。

她一下就理解了观众席上那些女孩聊起他时的害羞和欣喜。

高三下学期、高考后、毕业旅行的暑假……按道理说,这样断断续续的分别在他们之间已经很常见,只是黎灵灵现在总觉得他们之间的关系不一样了。

以至于每次分别后再重逢,她总有种脸红心跳的紧张和期待感。

彼此凝视了好久,她扬了一下手里的名片,尽量装作心情平静地开口:"你去文身了?"

他坐在她旁边,看到她就不自觉地笑起来:"嗯。"

"其实……"她心虚地说,"我那个文身是一次性的,是当地那个海娜手绘师给我画的,而且'L'是黎的意思。"

李钦臣把她腿上的栗子抱下来,慢悠悠道:"也不意外,你是那么怕痛的人。"

"你猜到了还去文身!"她上下扫视他,好奇地道,"你文在哪儿了?"

他穿着黑红色的篮球服,皮肤裸露的地方还挺多。黎灵灵仔仔细细地盯着他看了十几秒,愣是没找到那个地方,于是很有求知欲地掀起他的球衣。

李钦臣顺势往后靠着椅背,盯着她停在半空中的手,挑衅般扬眉,扔下一句话:"你继续找啊。"

她摸到他腰腹间紧实绷着的肌肉,感受到男生的体温,有点儿尴尬地缩起手:"我不找了,你没文身吧?"

"真文了。"他故意装出有点儿为难的样子,"但是文的地方挺隐蔽的,你要不要摸摸?"

黎灵灵不知道想到哪儿去了,硬生生把自己想得满脸通红,恼羞成怒地指责他:"你是变态吧!"

李钦臣本来还打算说点儿过分的,这一下把他骂得闭嘴了。

几秒后,她又小心翼翼地出声:"你文在那种地方,是找的女文身师吗?"

他说:"男的。"

"你真变态!"

他确实被气笑了,跷着二郎腿,头一偏,很不满又跩地问:"那我要是回答女的呢?"

黎灵灵一副要秋后算账的表情,极为震惊地指着他:"你居然花钱让别的女人摸你!"

安清大学的军训时间比大部分学校要早。

八月中旬,大一新生就入学了。

黎灵灵当初报考专业的时候一心想做数字媒体,因为她对三维设计和模型制作感兴趣。

但那时她的高考分数太高,报这类艺术专业有点儿不划算,问了老师之后,她就顺势报了这所学校里的王牌专业之一:机械系的工业设计。

军训前两天,完全是新同学互相认识的时间。

黎灵灵分到的是一间四人宿舍。

挺有趣的是,室友里有一对长得不太像的双胞胎,短发的叫苏蜜,长发的是苏玉橙。另一个室友比她们年纪都大,是复读考上来的,叫韩筱。

来自天南地北的四个人初次见面，都感觉聊得挺好。

黎灵灵在这种男多女少的理工科院校里压根不用做什么就很出名，宿舍门槛就快被踏烂了。来人有同级的，也有学姐学长们……这边塞个联系方式，那边也想认识一下美女。

她就算是精力再好，也有点儿对这种无效社交感到疲乏，她本就不是有耐心的性格，习惯直来直往也不会藏心思。

在外人面前她渐渐变得有些冷酷，这倒阻挡了不少献殷勤的陌生人。

李钦臣那边也一样。他顶着京市状元的头衔，又生得这么好，穿衣风格也在计算机系里一系列只会穿格子或条纹T恤的男生里一骑绝尘。

和黎灵灵不同的是，他的性格看上去更好、更随和。

这点并不让人意外。

虽然在深中，一向是黎灵灵的朋友看起来更多，但他才是会兼容的人，所以当初在深中时，他能很快融入她的好友群体里。

在交朋友这项能力上，只要李钦臣愿意，他无疑更有吸引力。

计算机系和机械系不管是宿舍楼还是教学楼都离得远，隔着将近半个校区。

这几天他们也没工夫见面，一直到军训的最后一天，计算机系的队伍被带到了机械系这一块草坪上一块儿训练。

休息时间，大家都坐在树荫下的草坪处。

李钦臣找到黎灵灵的时候，黎灵灵的面前正蹲着一个缠了她好几天的二世祖学长。

学长应该是学生会选来帮教官带新人的，个子挺高，穿着带名牌logo的T恤，腕骨上那块表在阳光下时不时反射出光亮。

那个学长大概也是黔驴技穷了，索性直接问道："我约了你快一周，怎么你半点儿都不给我面子，你知道我爸是谁吗？"

黎灵灵拿着一瓶冰水敷在脸上，兴致缺缺："难道是我？"

"不是，是你主科的教授。"

她很惊讶，道："学长你在自己老爸手下还能挂科，到底放了多少水你都没过啊？你的智力水平真是让我刮目相看。"

"我也是正儿八经考进来的。"学长被她贬得快要一无是处，试图挣扎。他说了一个高考分数，精确到小数点。

黎灵灵露出无聊的表情，淡定地道："要比高考分数的话，我是本专业最高。"

连"应该""也许"这种词都没有，她整个人充满自信。

她的身上出了汗，那件迷彩服紧贴着她细腻白皙的皮肤，精致的锁骨凹陷处也是汗，从远处看反倒有种亮晶晶的感觉。她的睫毛长而浓密，五官出众，身材窈窕，全身上下每一寸都是精致的。

她是真漂亮，不然像学长这么顺风顺水的富二代是不会热脸贴冷屁股这么久的。

旁边的几个室友听到他们的对话，都听笑了。

苏蜜突然在这时推推她，说："灵灵，计算机系那个很有名的大帅哥在盯着你看呢。"

黎灵灵和学长一起转过头。

李钦臣盘着腿，坐在不远处，气定神闲地看着他们。他看见室友向她告状的举动也一点儿都不避讳，视线直勾勾的。

学长对她将注意力放在其他男生身上有些不悦，用身体挡了一下，一脸不屑地科普："你们知道他为什么有名吗？"

室友们接话："为什么？"

吸引回众人的目光后，学长沾沾自喜地说："我听说开学那天，华煜赞助了咱们学校图书馆一栋楼。"

韩筱是京市人，对这个名字很熟悉："是我们市的华煜银行吗？"

"是啊。"学长压低声音，神秘兮兮地开口，"那位据说就是华煜的太子爷。"

这事黎灵灵也知道，李家父母来这儿捐楼是他们的一贯作风，做慈善能提高企业公信力和美化企业形象。捐哪里不是捐，捐给安清大学还能在李钦臣面前表现出他们的爱。

但他们估计没想过大张旗鼓地表明自己儿子的身份，不然也不会当天来当天就走了。

"真的假的？看不出来啊。"黎灵灵转过头说，"可是学长你看上去更有钱。"

学长一点儿也没听出来她的阴阳怪气，咳了一声，挺直腰板道："我还行吧。不过我刚刚说的也就是传言而已，没什么真凭实据。"

众人听到这里，不约而同地"喊"了一声，都觉得这种没什么证据的传闻很没意思。

学长又补充一句："其实就算是真太子爷，这种钟鸣鼎食家里出来的也都是绣花枕头。"

黎灵灵用手指戳着脸颊，蹙眉道："可是那个男生有名，也不是学长你说的这个原因啊。"

"对，只是因为他够帅。"韩筱在一旁悠悠开口，"上次我在食堂远远见过一次他，我还以为是来拍戏的明星呢。"

几个小女生立刻赞同地点头，打趣黎灵灵："我们灵灵比女明星还好看，难怪他现在还在盯着你！"

黎灵灵若有所思，再次看过去，皱了皱鼻子。

学长不满地道："也还好吧，他就白了点儿，高了点儿。没想到黎灵灵你也这么肤浅，我还以为你不一样呢。"

他这一句话得罪了一群人，一群女生翻白眼。

"我有什么不一样的？爱美之心，人皆有之。"黎灵灵压根不管他怎么想的，朝不远处的李钦臣勾了勾手指。

李钦臣偏了偏头，扯唇笑了一下，紧接着他优哉游哉地起身走了过来。

几个女生惊得差点儿捂着嘴叫出来。

他快走到她们面前时，有人低声骂了一句脏话，说："长得漂亮是真管用，给我十个胆子也不敢对着帅哥这么玩啊。"

黎灵灵趁机抹黑他："看吧，他也是一个肤浅的人。"

李钦臣瞥她一眼，就大概知道她在玩什么了，懒得反驳她。他半蹲下，伸手把她挡着眼睛的那瓶冰水挪开，说："晚上一块儿吃饭。"

他的动作熟络到让人没反应过来。

她还没回答，学长就从地上站起来："不行！我这还约着呢，你懂不懂先来后到？"

黎灵灵耷拉着眼皮想笑。

论先来后到，谁能和他比啊？

李钦臣这才把视线放在面前的学长身上，他正眼看了这人一眼，也站直了身体。他比学长高了三四厘米，眉头轻蹙了一下。他在面无表情时极有攻击性。

旁边看热闹不嫌事儿大的几个室友哪见过这阵仗，纷纷在下面低声起哄。

学长听见了，轻蔑地开口："我练过格斗的，欺负普通人没意思。"

黎灵灵抱着膝盖，无辜地仰头："好巧啊，他也练过。"

黎灵灵继续告状："李同学，他刚才还说你是那什么……钟鸣鼎食家里出来的绣花枕头，这你能忍？"

本来旁边就不缺起哄的人，黎灵灵又火上浇油了一把。

就连教官都围过来看戏。

教官也只是想在军训结束前让大家放松一下，本来他打算让大家围个圈唱首歌什么的，谁知道一来就听见这么刺激的事儿。

"还是你们小孩子会玩。"教官一副看热闹的样子，加入这场活动，"行，两位来一场吧，就当摔个跤，摔完原地解散去吃晚饭。"

一伙人一听这话都来劲了，迅速围过来。

学长骑虎难下。

李钦臣懒洋洋地瞥向这起事件的"始作俑者"。

黎灵灵一脸坦然地道："加油哦，学长。"

李钦臣眼神不善地瞥了她一眼，但她的眼里漫着一层浅淡的笑意。两人太有默契，他知道她是故意这么喊的。

学长果然被叫得心花怒放，推搡着李钦臣就往外面的场地走，甚至大大咧咧地招手："行啊，我就勉为其难和李同学切磋切磋。"

李钦臣低声说了一句话。

学长这会儿还飘飘然呢,自然没听清他的话:"你说什么?"

"他说,让你看看钟鸣鼎食家里出来的能有多厉害。"站在一旁的黎灵灵耳朵尖,面不改色地回话。

不过学长沉浸在旁边一群学弟妹们的加油声里,也没听见她胡编的话。

倒是韩筱戏谑地开口,推了推她的肩膀,小声问:"你和计算机系这系草认识吧?"

"你都看出来了?"

"你们这眉来眼去、里应外合的样子,很难让人看不出来。"

黎灵灵无奈地摇头:"这学长还真没眼力见儿。"

两人说话间,交换了一个彼此都懂的那种嫌弃的眼神。她们还没再往热闹的中心看过去,就突然被学长的一声惨叫吸引了注意力。

人群中,李钦臣站着,也有点儿不解地垂眸看着自己脚边的人。

教官都没忍住鼓了鼓掌,拍了拍他的肩膀:"精彩精彩,这位同学把过肩摔练得不错啊,下了几年苦功夫吧?"

李钦臣不知道想到什么,低低地笑了一声:"高中那两年我练得勤点儿。"

教官说:"我就说嘛,寻常人可没这力度。"

周遭的人更是难以置信:"不是,这学长刚才表现得多厉害似的,刚才撑过十秒了吗?"

"四秒把他撂倒的,我刚数了。"

"哈哈,他演的吧,'战争'这么快就结束了?"

"救命,丢人丢大发了!"

黎灵灵对这个结果毫不意外,往里面挤进去,提高音量大声说:"学长刚刚说输了就请大家喝汽水,学长大气!"

她这话一出,本来就倒在地上的学长更不好意思起来反驳,他打落牙齿和血吞,旁边的一圈人还都起哄地跟着喊"谢谢学长"。

黎灵灵上前拽过李钦臣的衣角,俏皮地歪着脑袋,和躺在地上的学长说:"那学长,既然切磋结束了,我就先把人带走啦。"

他俩一走,教官也喊了解散。

身后的人群里时不时传来让学长请客的起哄声,自然也有讨论黎灵灵和李钦臣这俩"风云人物"到底什么时候搅合在一起的。

霞光笼罩着校园,绿色的柏杨树葱茏一片。绯色的云彩下,处处能听见新生的欢声笑语。

军训这些天,黎灵灵又晒黑了不少。

黎灵灵拽着男生衣角的手被拉了下来,李钦臣反手和她十指相扣,不解地道:"你怎么不牵我?"

"你还好意思说。"她煞有介事地扬起两人交握的手,"我快要比你还黑了,涂了这么多天的防晒霜,一点儿用处都没有!我在免税店还花了很多钱买这些东西呢!"

像是为了安慰她,李钦臣轻拍她的脑袋,说:"我也擦了。"

军训开始前,黎灵灵就把自己那些瓶瓶罐罐的防晒霜分了他一半,并且强烈要求他涂脸上,大概是害怕自己高一军训时被晒到脱皮的悲剧在他身上重演。

想到这儿,她回忆起他俩的高一、高二都不在一起读,难免好奇:"你们附中高一军训的时候严格吗?"

李钦臣愣了一下,异样的情绪从他的眼里闪过,但他还是如实道:"不知道,我没参加军训。"

"啊,为什么?"

"请病假了。"他的声音放低。

黎灵灵没往别的地方想,抱怨道:"你真幸运!我当时军训第二天就想弄张病历单请病假了,但魏女士死活不同意。不过安清大学的军训倒是比深中的轻松多了……"

她以为他那张病历单和其他人躲军训的理由一样。

李钦臣垂眸笑了一下,安静地听着她说话,没再多说什么。

两人去吃了日料,为了消食,回学校时特意走了公园那条路。

天色暗下来，橙黄色路灯纷纷亮起。在转角那儿，他们突然听见老人下棋和大爷大妈们聊天的声音。

黎灵灵拉着李钦臣往里面走，神秘兮兮地说："你听没听过安清市公园里著名的相亲角？"

他看着她，戏谑地开口："我女朋友在拉着她男朋友去相亲？"

"不是，就是去看看嘛！我听说就算家庭条件很好，市里有几套房，有顶尖学历的在这些本地人眼里都不够格呢。"

她一副兴致勃勃想被人挑刺的模样闯入这里，这会儿这种相亲角的大爷大妈们都打算收工了，手上印着相亲要求的传单也都卷了起来。

他俩算是这里唯一一对年轻人，又没穿军训服，看上去倒是分不清是新生还是毕业生。

很快还是有人走过来。

眼尖的一位阿姨先拉住了李钦臣，说："哎哟，小伙子，你是刚毕业吗？有没有女朋友啊？"

她一边说话，一边看向旁边的黎灵灵。

黎灵灵赶紧摆手："这是我哥，没女朋友呢。"

阿姨放下心来，继续询问："你看着外形很可以，我女儿肯定满意。不过她可能比你大几岁，大几岁的会疼人嘛……家里是哪儿的？本科生的话会吃亏点儿……"

阿姨询问间，又有几位热情的大爷加入进来，都对李钦臣很满意。

当然，黎灵灵也不能幸免地被拉到另一个家长圈里接受"调查"。

她本来就想玩，这会儿更是积极配合，有问必答："啊，叔叔，您儿子才一米六几啊，那我和他在一块儿是不是不能穿高跟鞋了？"

"你懂什么啊，小丫头。"老头听不得别人说自己儿子不好，吹胡子瞪眼，"浓缩的才是精华！我儿子还是博士呢！"

黎灵灵一本正经地反问："浓缩的博士？"

李钦臣很快摆脱了身边那几位家长，远远地看着她乐不思蜀地逗大爷大妈玩，没忍住勾唇笑。

其中一个大妈貌似很喜欢黎灵灵，拿出自己的家庭照拉票："来来来,小姑娘,我跟你说啊,这是我儿子,去年刚大学毕业,身高、外貌都和你很般配的。你还不用怕婆媳关系不好,家里人都好相处的。我和他爸恩恩爱爱,家庭完整,性格健全……我儿子也生得很正气。"

路灯下的身影被拉长,夏夜里的飞蛾扑扇着翅膀。

李钦臣一只手插着兜,听着听着,唇角不知道什么时候慢慢垂下。他没再往女孩的方向看,只是他突然想起了齐宓那只可怜虫说的一些废话。

"你那个小青梅知道你的家里是这种样子吗?如果她知道,会怎么看你?她知道你甚至还因为这些事情进过精神病院吗?你装得这么像正常人,她会不会觉得你很恶心?"

或许她本来就应该有挑选的自由,挑选一个在温馨的正常家庭里成长的男孩作为伴侣。

能说会道的黎灵灵在这类人群里很受欢迎,聊了一通之后,她才后知后觉旁边的李钦臣不见了。

她找了一个借口出来,往外面走时,她打算打电话,不过刚出公园就看见了坐在长椅上的男孩。

李钦臣弓着背坐在那儿,手肘抵着膝盖。

黎灵灵停下脚步看向他,感觉他有点儿陌生。

李钦臣似乎感知到了她的存在,别过头朝她看过去。

黎灵灵没坐到他旁边,顺势蹲在他张开的腿间,仰着头直白地问:"你不高兴了吗?我刚才就是觉得好玩才和那些大爷大妈瞎扯了一会儿,没有加他们儿子的微信。"

"我知道,我没有不高兴。"李钦臣轻笑着,大概是很满意她对自己情绪的在意程度。

他抚摸着她的脸,有一瞬间倾身下来。

黎灵灵紧张地闭上眼睛,但她整个人只是被包裹住。

她的手虚虚地搭在男生的腰上,她睁开眼,对刚才自己的"多此一举"感到不快。

黎灵灵的脸埋在他的胸口,闷闷道:"李钦臣,你好像很喜欢抱我。"

他不否认,下巴抵在她的肩颈处,"嗯"了一声。

但你怎么不亲我?谈恋爱哪有不亲的!她腹诽道。

黎灵灵还踮着脚,露出一截漂亮纤细的腰身。

路边经过的人难免会投来打量的眼神。

李钦臣不动声色地将自己敞开的外套拉拢,手掌将她裸露的肌肤罩住,掀起轻薄的眼皮,向不远处一个同龄男生投去威胁警告的眼神,直至对方尴尬地收回视线,离开原地。

黎灵灵对身后的目光毫不知情,还有一搭没一搭地聊着天:"我是你的第一个女朋友吧?"

"是。"

"哦,难怪你都不会谈恋爱。"她存心要让他不痛快,若无其事地吐槽,"沈帆你还记得吧?他就挺会谈的……"

这话效果显著,李钦臣立刻掐紧了她的腰,嘴唇覆在她的耳尖上:"别提晦气的人。"

黎灵灵被他刻薄的用词逗笑,头埋在他的胸口笑得直抖。

她在灯红酒绿处和喜欢的人接吻。

The Fourteenth Letter
恋爱进行时

军训结束后，黎灵灵的新学期生活丰富又忙碌，期间她也和深中的伙伴们在群里聊过几次。

于悠如她自己所愿留在深州，据说她还和去了邻省的周峥谈起了异地恋。樊羲则去了江城。

在安清读大学并且还保持联系的只有段觉云，不过她的校区在市郊。两人一直说着约时间见一面，却总是搁置再搁置。

黎灵灵也忙，机缘巧合下，她进了美术社团，时不时就得聚餐。

她学的专业主修科目有工程图学和热流体这两门难学的大头，每逢考试就得去图书馆苦熬。因为专业成绩过硬，她还被教授带去组队参加了数模大赛，并且不负所托，拿了金奖回来。

高中时听过最多的一句谎言，就是各科老师说：等上了大学就轻松了。但事实证明，上大学后也一样很累。安清大学是九校联盟成员之一，五湖四海的状元聚在这里，不缺人才学霸，更不缺努力到脱颖而出的黑马。

玩乐归玩乐，真到考试周了，学习氛围照样强到可怕。

李钦臣也没闲着，为了奖学金，他参加了全国大学生数学竞赛决赛，拿到冠军后还被借去编写下一届的中考数学教材。

有摄影系的学生偷拍过他一次，照片直接被顶上了同城热门。

这张照片本来只是发在论坛里，标题平平无奇：一位红到中学生领域的男大学生。

男生漆黑的额发微乱，穿着一件宽松的棕色卫衣。他用钢笔支着额角，皱眉看着桌面上的卷子。

李钦臣的那张脸属于在考试周起早贪黑的状态下也还是很能看的类型，甭管在什么时候，他那股悠闲劲儿都没人学得出来。

本来他只是在安清大学声名远扬，谁也没想到这次将他的名字打出来之后，居然让学生论坛热闹了起来。

上次那几道变态的伪内切圆题原来都是出自这位学长之手，李钦臣是吧？我记住你了。

竞赛题的出卷人也有他呢，原来美貌也不是万能的，长成这样我都恨你！

不是，哥们儿你是小说男主啊？你女朋友不会是校花吧？

他女朋友不是机械系的那位大美女吗？据说上周刚跟着他们系的教授组队拿下了数模大赛的省第一名，这下你知道是谁吃得这么好的了吧？

这兄弟的家境好像不太好，这学期能加分申请奖学金的比赛他全参加了一遍，我合理推测他女朋友是富婆！

我旁敲侧击问过好几次，他和他女朋友好像很早就认识了。至于多早，吃瓜群众还没打听到。

家人们避雷！他亲嘴咬舌头，超痛！

前面那些戏谑不谈，但最后那条"亲嘴咬舌头"的评论被截图了。

室友苏蜜、苏玉橙两姐妹将截图发在寝室群里，一人一句调侃：00，是不是真的啊？

黎灵灵收到消息的时候刚从图书馆出来，一只手抱着笔记本电脑，另一只手抬高，伸了一个长长的懒腰。

懒腰伸完了，她才点开手机，将那个帖子的评论区扫了一遍。

然后，她一本正经地回复室友：真的。他连数学题都做得出来，还有什么做不出来的？

苏蜜、苏玉橙：啧啧。

韩筱：我怀疑是你本人混入了评论区，不然怎么知道得这么清楚？

她实则一点儿也不清楚，谁敢信她和李钦臣居然还没接过吻啊。

黎灵灵无奈地叹了一口气，一边走一边发了一个若无其事的表情包。其实她本来也没怎么在意这件事，顶多是觉得李钦臣除了特爱抱她之外，还挺纯情的。但是按闺密段觉云的说法，喜欢才会想亲近。

黎灵灵看着手机上的那行字，有理由相信李钦臣……可能是还没有习惯他们之间十几年的纯友谊相处模式。

十月二十一日，安清市的气温已经降了下来。

刚过完秋末的考试周，两个人终于腾出空来谈恋爱，李钦臣先打电话问黎灵灵要不要去看电影。

她上周抢图书馆位置的时差还没调整过来，今天也起了个大早，她含糊不清地刷着牙，说："看什么电影？最近《血战钢锯岭》好像重映了，哦，还有《珍珠港》《拯救大兵瑞恩》？"

李钦臣沉默了几秒，百无聊赖地托着下巴，说："都行，看你想看什么。"

电话挂断后，旁边几个听墙角的室友才恨铁不成钢地开口："你和你对象说要去看战争片？"

黎灵灵一脸茫然，说："怎么了？"

韩筱上下扫她一眼，说："你不会还打算穿这身衣服出去吧？"

黎灵灵点头道："对啊。"

她的头发也就简单梳了一下，垂在肩侧，熬了一周的黑眼圈也没用粉底液遮一遮，身上套了一件肥大宽松的卫衣。

两姐妹也一脸难以置信："你考试周连饭都不想和他一块儿吃，我们还以为你很在意他面前的形象呢。"

"我在意啊。"黎灵灵抿了一下嘴唇，实话实说，"但我俩从娘胎里就认识，一起生活这么多年，我什么样子他都见过了。"

几个人异口同声："我的天，青梅竹马！"

黎灵灵一副她们少见多怪的表情："我不是早就说过，我和他很熟了吗？"

"这谁能知道你俩是这种熟。"韩筱把脑袋埋回被子里，又说道，"但是，多年朋友归朋友，你俩现在是约会的恋人了啊！"

黎灵灵一副若有所思的表情，还真听进去了她的话。

她把《拯救大兵瑞恩》的电影票火速换成了一部新上映的爱情片，然后坐在梳妆台前收拾了半天。

她下宿舍楼时，已经是约好时间的一个小时后。

黎灵灵火急火燎地背着包往外跑，刚跑到宿舍大门口，就看见了一道熟悉的身影。她急刹车，错愕地朝那边看过去。

李钦臣的身边站着一位女老师，估计是在和他讲课题的事。

少年穿着利落的黑色运动装，身材高挑。他漫不经心地低头听着，下颌线条分明，拿着手机的手背在身后，眼神随意地落在不远处。

下一秒，他看到了黎灵灵。

她微微扬手，无声地打了招呼。随后，她看见他和面前的女老师说话的口型：我女朋友下来了。

女老师点点头，让开了一点儿位置，朝身后的黎灵灵看过去时笑了笑。

黎灵灵弯着嘴唇，回以一个微笑。她小跑到他的面前，微微喘气："我不是说电影院门口见吗？"

李钦臣把她的包接过来，顺手背着，调侃道："我本来猜你是睡回笼觉才起晚了。"

她撇着嘴说："才不是。"

他突然停下来，俯身观察她的脸，抬起手指轻轻碰了一下女孩漆黑的睫毛："那是因为这个？"

黎灵灵换了一个直男也能看出来的橘色调眼影，妆容很精致。

但她又怕被他笑自己太把这次约会当回事，别扭地"嗯"了一声："我不是故意迟到的，画眼线的时候手抖了几下……"

"很漂亮。"李钦臣夸完，悠闲地补充，"以后别人说我傍富婆就能解释几句了。"

黎灵灵愣了一下，想起论坛里那些无稽之谈，有些好笑地说："本来就不是啊。"

他点头道："确实，我明明是被诱惑的。"

虽然她经常被夸漂亮，但李钦臣每次称赞都特容易让她耳尖发热。

黎灵灵眨了一下眼，无辜地道："我可没诱惑你。"

李钦臣佯装反思了两秒，果断承认道："那就是怪我定力不行。"

她抿着唇笑起来，下一刻不知道想到什么，又把嘴角抿直了。

定力不行，他也只是牵牵她的手而已啊。

因为在宿舍耽搁了太久，他俩在电影放映两分钟后才进去，好在电影院里也没几个人。

黎灵灵平时不怎么看爱情片，那会儿也就是随手挑了一部上映了但备受吐槽的爱情片。

看之前，她并不知道这部电影的剧情能难看到这种程度。

电影看到一半的时候，她的额头已经皱得能夹死蚊子了。

黎灵灵往嘴里连塞了好几颗爆米花，偷偷地往旁边瞥了一眼。

李钦臣的左手支着额头，面无表情地看着大屏幕，犹如高中时代要写观后感般那样认真。他的右手还捏着她的指尖，放在膝盖上玩，力道一下轻一下重，让人有些心猿意马。

黎灵灵的心思乱了，她对这毁三观的电影一点儿也看不下去。

她思忖了片刻，自己在李钦臣心里的形象本来就不怎么样，毕竟以前她还被他发现看少女漫画。

她不能继续毁坏自己的形象了，也不能再带坏李钦臣。

他还只是一个连接吻都没和女朋友尝试过的单纯男大学生！

黎灵灵还没起身的时候，影厅的最前排传来了异响。这个厅里除了他俩，就剩三个人，似乎是几个朋友一块儿来的，其中有对情侣。

她和李钦臣本就是电影开始后才猫着身进来的，估计前面这几位也不知道他俩的存在。

这会儿他们居然直接在电影放到吻戏时，旁若无人地亲起来了。

黎灵灵看得目瞪口呆，尴尬地想转头时，眼睛突然被旁边人的手掌盖住。黑暗中,她无措地眨了几下眼睛。

李钦臣大概也早就受不了这影厅里诡异的气氛,嘴唇贴上她的耳朵,用气声说道:"出去吗?"

电影院里的温度低,他的鼻息却是热的。她脖颈上的肌肤染上他的体温,她下意识往后面躲了一下,点点头,手下一刻就被他牵住。

本来两人的动作一直是很轻的,但不知道李钦臣是不是故意的,临出门那一脚踏得格外重。身后的接吻声戛然而止了。

出了影院,黎灵灵才舒出一口气,尴尬地解释:"我挑这部电影之前不知道它这么难看……"

身边的李钦臣低声问她:"什么感觉?"

"电影吗?有点儿难看。"

他垂着眸子,摸了摸她的脑袋,眼里有几分自嘲的情绪:"是挺难看。"

电影看不成了,黎灵灵只好带着他去看画展。

今天是周末,市中心有两个画展,其中一个是旧漫画展,展品都算是两人漫画的启蒙。看完画展,两人又一起吃了晚饭。

热闹的周末哪里都不缺人,逛着逛着也到了门禁的时间。

但李钦臣感觉到身边人有意拖延时间,于是不解地转过头,问:"你应该知道还有十分钟寝室就会关门吧?"

"哦。"黎灵灵喝着奶昔,浑不在意地说,"关就关呗,我们可以住酒店。"

"谁说要住酒店的?"李钦臣牵着她,步子迈快了点儿,是偏要赶回去的意思。

黎灵灵本来就打定主意不回去,耍性子般扯住他:"你慢点儿,又不是不能住酒店!"

他有些无奈,道:"你一个人不敢在酒店睡觉。"

黎灵灵中学时参加五科联赛,住的酒店出现过小偷,自此她留下了阴影。

"可是……这里有两个人。"她的眼睛亮晶晶的,她仰头看着他。

李钦臣算是知道她打什么主意了，睨着她道："你要和我睡一间房？"

"不可以吗？"黎灵灵敲了一下手机屏幕，得意扬扬道，"现在十一点了，宿舍楼已经关门啦。"

李钦臣的喉结滚了几下，他还在想其他应对办法："我认识一个学生家长，她比你大几岁，住得离这儿不远……"

"我不去！"黎灵灵都暗示得这么明显了，还被他扫兴，脸也垮下来，"反正明天的课在下午，我可以去同学那儿玩。"

"什么同学？"

"美术社团的社友在附近的夜店订了通宵，约我很久了。"她阴阳怪气地对着他笑了一下，低头打车，"你困的话，就自己找地方睡觉去吧。"

黎灵灵生气了。在他们交往后，她第一次对他发脾气。

李钦臣半晌没动，在她上车后才跟上去，一块到了酒吧门口。这不是他们常来的场所，读大学之前他们虽然说不上有多循规蹈矩，但也确实称得上是"别人家的孩子"。

黎灵灵没胡说，这边确实有她认识的同学。

攒局的那位叫徐徕，恰好也是计算机系的，见到她来了很吃惊："哇，你还真来了？还带男朋友来的！"

旁边有同系的同学笑着搭腔："你和李钦臣一来，颜值上限摆在这儿，我们更难喊人了！"

大家都知道这两人是情侣，看他们半天不互动也猜到他们在吵架。

黎灵灵很快被几个女生招呼着过去玩乐器，DJ也是一个脸熟的人，见着漂亮面孔就更殷勤了。

李钦臣则被拖去卡座喝酒，他远远地注视着那边被教着打碟的女孩，面无表情地闷了一口调过的伏特加。

差不多过了二十分钟，在黎灵灵准备喝第五杯酒的时候，李钦臣的手从她身后伸过来，拦下了那杯酒。

对面那伙人心照不宣，开着善意的玩笑："这都快一个晚上了，你终于忍不住来管你女朋友了啊!"

黎灵灵还在生闷气,被李钦臣拽到吧台一角,她推着他道:"你放开我!"

"你在生什么气?"李钦臣不喜欢她冷落自己,垂着眼轻声问,"就因为我不跟你一起去酒店开房?"

她反握住他的手腕,质问道:"你知道明天是什么日子吗?"

他毫不迟疑地说:"你的生日。"

事实上,他们已经玩到深夜,此刻还有四分钟就能倒数零点。

"你觉得我忘了?还是觉得我没给你准备礼物?"

黎灵灵撇了一下嘴,说:"可是你都不知道我想要的生日礼物是什么。"

"开房不行。"他极有原则。

黎灵灵的脸一下子爆红,她不知所措地辩驳:"我没有执着要开房!我就是想亲……"

最后几个字被吵闹的蹦迪音乐声覆盖,李钦臣没听清,看着她的口型俯低身体问:"什么?"

黎灵灵想起那个帖子的热评,红着耳后根,慢吞吞地嘟哝道:"我是你的女朋友,都不知道和你接吻的时候,你咬人的舌头痛不痛。"

他一怔,表情有点儿不对劲。背景音乐越来越躁动,李钦臣一言不发。

黎灵灵知道他听见了,鼓起勇气拽着他,说:"李钦臣,我不小了。"

李钦臣喃喃道:"十八岁。"

她环住他的腰身,小声道:"那你就吻我吻到十九岁。"

"这算给我的礼物。"他笑道。

男生的手掌温热,托着她后脑勺的手慢慢地挪到她的脖颈上,像是在掐她。他修长的手指收紧,拇指指腹抵着她的下颌,将它抬高了一点儿。湿冷的吻落下,带着甜腻的酒香。

黎灵灵攥紧了他腰身的衣料,贴近他的呼吸。初次尝鲜,她也不知道闭眼,睫毛扫过李钦臣高挺的鼻梁。他在吻自己,和她在爱情片里看到的那样,可此时的感受是真实的。

零点钟声在酒吧里敲响。气氛纸漫天飞舞,舞池里的身躯贴近扭动。

包里的手机不断在响,信息铺天盖地。一群朋友送来了祝福,爸妈给她发了生日红包。而她在灯红酒绿处和喜欢的人接吻。

李钦臣的嘴唇又薄又软,胸膛和掌心都很烫,喉结在滚动,他低喘的声音很好听……每一处细节都无比清晰地在黎灵灵的脑子里跳跃着。她快憋不住气了,求救般地推他。

男生护着她背脊的另一只手把她往自己身前带,看着她的眼尾闷出的绯红色和水雾,低声道:"会咬人舌头的好像不是我。"

黎灵灵第一次亲人本来就紧张,刚才她想试着回吻他,不小心磕了好几下,说咬了他的舌头倒也没错。

她的酒意正浓,脸也憋得有些红,闻言伸手去碰他的嘴唇:"我咬疼你了吗?"

李钦臣拉下她的手,在喧闹中靠近她的耳朵,低笑道:"下次你咬轻点儿。"

下次是什么时候?还能亲吗?

黎灵灵的脑子这会儿晕乎乎的,大概是刚才接吻她忘记换气,现在有些缺氧。也因此,当李钦臣把她带出酒吧时,她都没问要去哪里。半夜的城市总是比白日里安静,路边的霓虹灯牌飞闪而过,司机似乎开了很远的车才停下。

李钦臣牵着她下车。黎灵灵还没看清车子停在什么地方,就被他捂住眼睛,她听见他要求自己闭眼。

"你是准备了我的生日礼物吗?"她顺从地闭眼,语气里有几分兴奋。

"嗯。"他并没否认,牵着她的手慢慢往前走,在过台阶的时候,他才轻描淡写道,"本来我打算白天带你来看的,但你太心急了。"

黎灵灵不满地道:"可是你刚才也很喜欢啊,亲得不是挺……熟练的吗?"

最后几个字虽然音量极低,但李钦臣还是听出了她的疑心,好笑道:"你在怀疑什么?"

"我没怀疑。"

"可是你说我熟练,难道你试过不熟练的?"

"我——"她哽住了,发现被他绕进去了,"你强词夺理,我没吃过猪肉还没见过猪跑吗?至少你比我熟练,你都没咬到我的舌头!"

"是要这样咬吗?"他突然低头咬了一下她的唇瓣。

力道并不重,黎灵灵感觉只是被他又亲了一下。只是气息压迫得太突然,她毫无准备,无端羞赧起来。

这招果然对她有用。

她愣了一秒,没再故意找碴儿,别扭地嘟囔:"犯规。"

在黑暗里,她只听见他懒散的笑声,也不知道走到了哪里,只是她感觉温度突然低了许多。

安清市虽然靠北方,但也不至于才十月底就冷成这样。

"李钦臣,这里开冷气了吗?"她下意识凑近他一点儿,感觉说话时都有雾气。

李钦臣没回答她,将她身上那件皮夹外套的拉链拉好,看着她乖乖闭上的眼睛,说:"可以睁开眼睛了。"

眼睫上也像是染了一层雾,黎灵灵缓缓地睁眼。

入目是一间宽敞的玻璃花房,一片姹紫嫣红的圣诞玫瑰和不知名的月季盛开在脚边,这些花大概因为喜冷才绽放。

他们正站在其中一顶白色薄膜大棚的门口,里面倒是暖和的。十几盆殷红色的腊梅正怒放着,香气四散。

这里刻意调控过花房的温度,也能看出是精心布置的。

这间花房里一共有九十九种花,不管是不是这个季节开的花,这一个晚上都全开了。

黎灵灵诧异得不行,把一大堆问题抛出来:"这是哪儿?你怎么做到的?你什么时候开始准备的?你怎么知道我想看花?"

说这话时,她的眼前正好是一大捧圣诞玫瑰。她的脚边,冷气正呼呼吹着,她像是置身冰天雪地里。

"你上个月提过想看好几种花,但遗憾这几种花的花季都不在同一时间,这间花房是我借用的小植物园。"

李钦臣裹住她冰冷的手指,纳入掌心,不疾不徐道:"我没办法让城市里的花提前开,但是能让你的身边开满玫瑰。"

而且,这些是在秋冬季开放的各类玫瑰。

给黎灵灵挑礼物真不是一件简单的事情,物质上她什么也不缺,只能从她一时兴起的想法下手。

黎灵灵显然还没从震惊中收回目光,她拿着手机拍完照片,转过头道:"我随口说的话,你也当真啊?"

李钦臣别过头看她,眸光黯沉:"所以今晚你说要和我一起住酒店也是随口说的?"

她笑起来,摇头道:"现在才过凌晨,你还是要陪我住酒店。"

他早有对策:"那我会开个套房。"

黎灵灵把手收回来,幽怨地瞪他:"你在防什么呢?"

"他们家的人工湖里养了两只可食用鳄鱼。"李钦臣突然答非所问。

黎灵灵愣了一下,反应过来"他们"是指他父母。大概只有她清楚,他这样谦和懂礼的人,却极少喊自己的父母一声爸妈。

"喂鱼的工人跟我说,对刚运过来的鳄鱼不能一下子喂太饱。第一天得饿它们,喂虫子,再喂小鱼,然后是鸡肉、牛肉、羊肉、鹿肉……一天天逐量增加肉食,才能让它们在新池子里安心生活下来。"

深州附近的市县都有养可食用鳄鱼的习惯,鳄鱼肉可食也可药用,有补气血、滋心养肺的功效,养上两只倒也不奇怪。

但她还是没明白他为什么说起这个:"我家里没人吃鳄鱼,这个技巧对我来说没用。"

他的声音蓦地沙哑不少,让人有些陌生:"我的意思是,你不能在突破了我定的那道防线后,还要考验我的忍耐力。"

她似懂非懂,面红耳赤。

所以他是想说,他现在是在吃虫子的阶段?

李钦臣扣住她的手腕,冷不防将她圈进怀里:"你允许我亲你就是开了个头,还要我和你一起睡?你怎么知道我能控制……"

后面的话她完全听不到了,因为他的吻已经落在她的颈脖处,留下点点红痕。这下才是彻底陌生的他。

黎灵灵没见过这样的李钦臣,更没和他有过超越这种距离的亲热行为。前段时间,她觉得他没习惯他们纯友谊模式的想法在此刻荡然无存。她甚至有些后悔开了这个头,本能地仰起头,拽着他的手腕,试图喊他的名字。生疏青涩的她不禁慌张起来,雪白的锁骨因提气显得更突出。

男生的吻又落回唇瓣上。李钦臣抱住她的腰,动作顿了一下,吻渐渐变得粗暴又深入,他如有皮肤饥渴症般贴着她,在没退出的时候引导她换气。

他亲了好一会儿才停下来,哑声问:"你咽下去了?"

黎灵灵欲哭无泪,点点头,腿软得只能靠着他。她庆幸这里只有他俩,感觉室内的冷气都不如刚才凉了,手心烫,脸也烫。

李钦臣笑道:"下次我教你咬别的地方。"

她现在是真不想有下次了。

早上九点,寝室剩下的三个人还都躺着。

一片静谧中,一号床的刘宏达掀开床帘,清清嗓子,说:"兄弟们,今儿没人上早课?"

男寝室不成文的规矩,由于大家同系不同班,所以由每日上早课或者去图书馆的人带早饭。但是刚过考试周,宿舍里这几个人都还在补觉。

四号床的詹以瑞问:"钦臣呢?"

三号床的陆宁长吁短叹:"哎,这哥们儿昨晚是夜不归宿了?"

"真不公平,都是大一新生,凭什么他能自带家属入校?"刘宏达叹了一口气,"我也想有个青梅啊,我这四年不会都要单着吧?"

他的话刚说完,门就被推开。

李钦臣显然在门口就听见他们在聊天,也没特意放轻脚步:"我刚和女朋友在外面吃过早饭了,给你们也带了。"

"呜呼!还得靠你啊!"

几个饥肠辘辘的男生听到这句话,立马起床洗漱。

詹以瑞一边套 T 恤一边揶揄:"钦臣你昨晚没回宿舍吧?"

"我陪女朋友去酒吧玩了。"他漫不经心地补充,"今天是她生日,凌晨我给她过了生日。"

"过生日?你还怪上心的。"

宿舍是上床下桌的布局,李钦臣将分好的早餐放在桌子上:"对了,我陪女朋友去公园散了一会儿步,粥可能有点儿凉了。"

刘宏达大大咧咧道:"没事儿,今儿天也不冷!"

陆宁觉得很不对劲,朝李钦臣看过去,还没张嘴说话,又听见他开口:"我女朋友……"

"停!"陆宁打断他,"臣儿啊,你今天话特别多。"

本来李钦臣有对象这件事儿早在军训最后一天就在年级里传开了,他们宿舍自那之后就再也没有几个来送秋波的美女。

大家都知道他和黎灵灵是情侣,不过这两人也从来没有大秀恩爱。

但今天有异常,平时迟钝的三个室友都觉得李钦臣今天提到女朋友的次数过于频繁了。

詹以瑞咬着小笼包,赞同道:"今天进门不到三分钟,你提了四次女朋友!"

几只单身狗有些不爽,齐齐朝他看过去。

陆宁犹豫又纳闷地开口:"你的嘴巴怎么有点儿肿?"

像是有些欣慰这群大糙汉终于注意到这件事,李钦臣用指腹抵了抵嘴唇,尽量以一种云淡风轻的语气开口:"没事儿,我女朋友有点儿爱咬人。"

默默计数的詹以瑞说:"第五次。"

下午有节计算机辅助设计的公开大课,是黎灵灵专业的选修课,也是李钦臣那个专业的必修课。他在自己班里早就上过这门课,但他还是在午休后陪着黎灵灵过来了。

不过他最近受系里的学长邀约，一同参加了国内高校计算机大赛中的移动应用创新赛，简而言之就是试水做小游戏。他为这件事折腾了一个中午，这会儿才有空补个觉。

黎灵灵这个专业里总有几门和计算机系息息相关的课程。遗憾的是，她对这位教授的授课方式不太感兴趣，因此考试前都会去找李钦臣临时抱佛脚开小灶。

这个时间，坐在后面的一些学生都昏昏欲睡。她的旁边也有一个睡着的人。

黎灵灵百无聊赖地玩着李钦臣的手指，加重力道捏了好几下也没把人捏醒。她小声骂道："懒猪。"

李钦臣连眼都未睁开，突然开口："我听得见。"

黎灵灵警惕地盯着他。少年半枕着手臂，侧脸棱角分明，眼睑下方还有着熬夜的痕迹。他说完这句话，似乎又陷入了睡眠。

她手欠，戳了戳他的唇角，下一刻，她的指尖被攥住。

教授是一位戴着眼镜的中年男人，下课后，他把睡了大半节课的李钦臣喊去了讲台。他大概是在问李钦臣那个比赛项目的事。

黎灵灵坐在座位上，慢吞吞地收拾东西，旁边的空位上坐下来一个人，是她们班的班长，叫季曛。不过他俩之间除了交作业、交材料费等，平时没有过多交流。

季曛看着讲台，蓦地凑近她问："李钦臣是你男朋友？"

黎灵灵不明所以，点了下头。

季曛迟疑片刻，说："我以前是京市附中的，高中和他一个学校。"

黎灵灵说："那你应该认识他吧？"

不是她自卖自夸，但李钦臣这人实在有在哪儿都瞩目的特性，在深中是，在安清大学也是，估计他在京市的高中读书也不会泯然众人。

"他是我隔壁班的。"季曛想了想，小声问道，"你知道他情绪上有病吧？"

黎灵灵正拉好背包的拉链，脸色一变，脱口而出："你才有病。"

季曜一看她这反应，立刻了然地解释："我不是胡说的！他真的有病，之前他还请过很长一段时间病假，我这是好心提醒你……"

黎灵灵直接站起来，往讲台那儿喊道："李钦臣！"

站在讲台处的李钦臣回头，往阶梯上的她看了一眼。他和教授言简意赅地说完话，就转身往回走。

而季曜早在她喊人的下一秒就背过身，若无其事地出了教室门。他边走边给她发了一条信息：你别不听好人言啊！我又不是说他的坏话，这不是秘密，附中的人都知道。我不想看你被隐瞒而已。

黎灵灵关了手机屏幕，并没把他的话放在心上，即使他一副言之凿凿的样子。她并非没有好奇心，但李钦臣不主动提，她就不会刨根问底，这么多年来也成了习惯。或许是因为她了解他那对不靠谱的父母，也知道他不愿意聊起京市。

爱在大部分时候都很自私。为了和爱人更亲密，有人甚至盼着爱人遭遇巨大不幸，让自己乘虚而入后成为其救星。可是，黎灵灵不想揭他的伤疤，更不想成为一个以爱为名的自私鬼。

李钦臣牵着她下楼梯，出了教学楼才问："你的手机怎么一直响？"

"哦……"她低着头把手机从包里拿出来，看见不断发消息的是另一个人，"我好朋友来了，之前我跟你说过的，段觉云。"

黎灵灵没少在他俩面前讲起彼此，但这么久了，段觉云和李钦臣也确实一直没见过。

李钦臣对她这个闺密的印象很单一：是陪伴过黎灵灵高中两年的好朋友，和于悠一样。

但段觉云对他的印象很丰富：有时是大浑蛋，有时是讨厌鬼，有时是惹人生气的大直男。

这都得取决于黎灵灵怎么描述对方了。

因此，段觉云这次不是一个人来的，她带上了深中上一届的学长：于骅。

这位学长在深中时就对黎灵灵照顾有加，还多次为她补课。是个人都能看出他对她有意思，但那时在高三阶段，他倒也没有把话挑明。

Ling, Bis der Tod uns scheidet.
till death do us part.
直到死亡让我们分开。

The Fifteenth Letter
至死不渝

校园咖啡厅里这会儿还没有多少人,他们找了一张靠窗位置的四人桌。

黎灵灵拉着段觉云去前面排队点饮品,回头一看,桌旁交错对坐的两个大男生形成了这间咖啡厅的一道风景线。一个谦和地正襟危坐,另一个懒洋洋地靠着椅背,半点儿没有身为学弟该尊敬人的意思。

"你有没有搞错啊!"黎灵灵收回视线,拽着好姐妹的手说,"你怎么把他带过来了?"

段觉云心虚地道:"学长说之前第一志愿填的是安清大学,但没被录取。所以他一直想过来逛逛学校,我不就凑巧和他说了来找你玩嘛。"

黎灵灵说:"可是李钦臣在。"

段觉云有理有据道:"你昨晚还说他是变态,我以为你俩的情侣关系很一般。"

黎灵灵觉得很无语。她说他是变态,是因为……昨天他缠她太久了好吗!

"好了,先不说学长对你还有没有意思,人家之前好歹把你那稀巴烂的化学成绩救起来了吧,来你们学校参观一下怎么了?"段觉云说到这儿,没好气儿道,"我还是第一次见你对象呢,他哪里比于骅好了?"

黎灵灵辩驳:"李钦臣对我很好的,很小的时候就对我好。"

"小时候能怎么好？送你钱了？"

她想了想，说："他小时候把他爸车上那个小金人掰下来给了我，也算送钱了吧。"

刚到午饭时间，店里人正多。

两人排了半天，这队伍压根没动一下。她们空着手回到位置上，才发现他们已经在桌上扫码点完饮料和甜品了。

黎灵灵乖乖地坐回去，看着自己眼前的两份布丁，一份草莓味，一份酸梅味。

她僵着脸笑道："云姐，你要哪份？"

段觉云选择远离这个战场，低头喝东西，说："我不爱吃布丁。"

"酸梅味的布丁是我点的。我记得以前帮你补课的时候，你经常点这个味道的布丁。"于骅笑着帮她将那份布丁推近了一点儿，"李同学应该是不清楚你的口味，才多点了一份。"

李钦臣面不改色地把那份酸梅味布丁挪到自己面前，说："她口腔溃疡，吃酸的会刺激伤口。"

黎灵灵觉得惊奇，捂了一下左脸："你怎么知道的？"

"昨晚——"他有意停顿了一下，轻声回答，"感受到的。"

虽然他没有直接说是接吻的时候感受到的，但效果没差别。

交谈几句后，于骅剑拔弩张的气势也不见了。

桌上的甜品都被一一吃完，段觉云悄悄地给黎灵灵发了一条信息：你看他俩处得多好啊。

黎灵灵表示赞同，他俩确实聊得不错。

她点头那会儿，正听见李钦臣说"想家里的小孩了"。

于骅多嘴地问："什么小孩？"

李钦臣云淡风轻地回答："我们的小狗。"

他回答完，还将手机里栗子的照片大方分享给他看。

吃完东西，知道他俩下午还有课，段觉云和于骅就先走了，表示可以自己逛校园。黎灵灵热情地把学校的公众号推送过去，顺便告知了他们对外开放的东图书馆在几点关门。

回宿舍的路上,她的手机响了,是于骅发来的消息:这次见面太仓促了。下回你来京市玩,也可以来找我。

黎灵灵礼貌地回复"好的",然后对身边的人吐槽:"你和于学长第一次见面,怎么跟一见如故似的,话这么多。"

李钦臣走在她旁边,一言难尽地瞥她一眼:"一见如故?"

"对啊,你甚至把我们给栗子洗澡的视频放给他看了。"黎灵灵不满地道,"栗子这么大了,它也有隐私的!

李钦臣安静地望着她片刻,轻叹一口气,突然拿过她的手机,说:"聊个没完了?"

是于骅没完没了地发消息,这人像是看不懂婉拒。他在得到黎灵灵的一句"好的"之后,居然还热心地介绍起他的大学。

李钦臣打字回复:好的,学长,我会和李钦臣一块儿来的。

消息停在这儿,对方果然没再发来了。

"你都招些什么烂桃花。"李钦臣捏了捏她的脸,"你不知道他对你心怀不轨?"

黎灵灵耸耸肩,说:"他是暗恋我,但他没追过我,就是暗恋得太明显了而已。"

李钦臣说:"青春期男生的暗恋是对女孩最大的意淫。"

她眯着眼道:"你是什么时候喜欢我的?"

李钦臣思忖两秒,放弃抵抗:"我做禽兽很久了。"

黎灵灵咬着嘴唇,道:"那你是什么时候发现我对你……"

"偷偷喜欢一个人这件事,我比你更擅长。"李钦臣说完,手搭在她的肩膀上,"你喜欢我还是喜欢他?"

"你在乱比较什么?"她嘀咕,"当然是喜欢你。"

他把她的手机塞回口袋里,语气里多了几分冷笑:"你喜欢我给我备注全名?"

就连于骅都有个"学长"的后缀,偏偏她给他的备注这么简单。

宿舍楼就在不远处,李钦臣边说边把人往一旁冷清的长廊带。

黎灵灵觉得自己很冤枉。他的备注在她这儿换过很多次,只是最后她觉得名字最顺眼。

她被他的气息弄得后颈发痒,还没说话,他的长指便插进她的发间,压着她稍稍靠近,然后低下头,吻落了下来,他尝到那份草莓布丁的余香,绵长的亲吻渐渐带了些侵略感。

黎灵灵的手摸到他的喉结,听见他带着醋意的话:"我把你锁起来就好了。"

她的指尖感受到他喉骨的震动,她威胁般掐上去:"我给你两秒考虑,刚才这句话你到底是想上演恐怖故事还是不可描述的情节?"

李钦臣说:"不知道。"

她好脾气地问:"那请问,你把我锁起来想做什么?"

"我想握住你的手……"他慢慢地止住话头,察觉自己虎口上的齿印越来越深。

黎灵灵红着脸咬他,恼怒地瞪他,大有"你再说这些不着调的话我就咬死你"的架势。

李钦臣垂着眸子,很配合地问:"我还能说吗?"

谈恋爱以来,黎灵灵算是对李钦臣成为自己男朋友后的脸皮有了更深的了解。

之前两人是朋友时,他就常用轻佻的口吻说话。现在他有了实质性的名份,自然更变本加厉。不管是决定交往,还是想接吻,他总是先让她点头同意才开始,但之后的发展就完全不受她控制。

当天下晚课后,被断断续续亲了十七分钟的黎灵灵捂着微微肿起的红唇,在回宿舍的途中愤愤不平地下结论:李钦臣一定对她有皮肤饥渴症!

好在继续探索和女朋友亲热的这一条路上,还有许多正事阻碍着李钦臣。

快到学期末时,他和系里的学长们研发的游戏即将发行首测版本。

黎灵灵被他请去帮忙时才发觉这居然不是一个练手的小游戏,而是一款已经拉到了投资赞助的正式手游。李钦臣凭借技术入股了核心团队,和其他四位学长是这款游戏的主要策划人。

等看完这款游戏的基本架构，黎灵灵不禁觉得李钦臣学计算机实在是大材小用，他就该去辅修一门金融，才对得起他这一心要赚钱的脑子。

这是一款充满国风设计的手游，名叫"风山之巅"。

游戏背景是武侠江湖，副本还在不断更新。主线首测版本的第一章是"少年郎江湖事"，第二章取自贯休的诗"一剑霜寒十四州"，以此类推一共有十八个章节。

元素包括一蓑烟雨、二两薄酒、三匹骏马，主要人物有侠客、少年杀手、朝廷万户侯等，其中的动作设计都有请动作捕捉演员来指导。

他们的目标显然也不是眼前微不足道的移动应用创新大赛，而是朝完成一款 3A 游戏的方向努力。

黎灵灵被拉来参与制作的是人机交互和 UI 设计，他应该是看中这涉及了她的专业。

周四考完试，她就往他们一群人租的小工作室跑，自觉地打开电脑，做考试前接下的任务。等全部弄完，她才抱着新版设计跑去找李钦臣。

这个工作室一共有十个人，跟李钦臣同一届的另外几个男生都在外面打下手，包括他的室友陆宁。而李钦臣正在那间又破又小的办公室里和三个学长开会。

穿着花衬衫的是老大靳遥，坐在他对面的胖子学长叫王问泽，最爱调侃黎灵灵的叫朴业。

在黎灵灵象征性地敲门后，朴业转过头，那张嘴果不其然又开起了不正经的玩笑："不是吧，弟妹，我们才在你男人的办公室里待了多久啊，你就急着来宣誓主权了？"

黎灵灵撇着嘴，扬了扬手里的电脑："学长，我可是来办正事的。"

"办吧，正好我们开完会了，不耽误你俩约会。"

其他两个人也看笑了，不约而同地看了眼李钦臣，互相招呼着往外面走。

李钦臣用手支着额头，慢悠悠地看她，勾勾手示意她过来："你饿了吗？"

"你认真点儿。"黎灵灵没回答这无关紧要的问题，把电脑递过去，"这一部分都弄好了，刚才我发了备份到你的邮箱。我可不会敲你们那些代码，你晚点儿自己导入吧。"

他粗略地看了一眼，点头道："谢了。"

"谢是该谢，但你不会以为我是免费的劳工吧？"

"你要什么酬劳？提提看。"

"臣老板这么大的口气？"

"能给的我当然给。"李钦臣捏了捏她莹白的耳垂，云淡风轻道，"如果他们不想给，我就私下给。"

她的眼眸都亮了点儿："你到底攒了多少钱？"

"不知道黎小姐要多少。"他的嗓音暗哑，暧昧地暗示，"倾尽所有还不够的话，我只能卖身了。"

"你别这么……"黎灵灵的耳根泛红，她打开他的手，俯身半趴在他的办公桌上，扯回正题，"这款游戏上市后，如果效果不错，你分红有多少？"

李钦臣的动作顿了顿，指着桌边的一张传单说："能提这辆车。"

"我感觉我们大学生还是不要助长奢靡之风，不用这么早就买这么贵的车。"她笑眯眯地说，"我也不图你们发工资。不如分分你的分红，你七我三，怎么样？"

他没立即说话，因为坐着，他正好抬眼看着她小狐狸般狡黠的微表情。

"我要太多了？拜托，你们这个策划团队的成员在一年内应该还是以大学生为主吧？"黎灵灵据理力争，"我的专业成绩和实操都是系里第一名，又和你们主创之一谈着恋爱呢，可靠得很，哪里还能找到性价比这么高的人？"

李钦臣本来看见她这副理直气壮要钱的模样就想笑，听见她说出那句"和你们主创之一谈着恋爱"就更绷不住了。

他咳了一声，眼眸里盛着笑意："和我谈恋爱也能成为你的有利条件？"

"怎么不能？要换成别人，你们开会还能放心我这么突然跑进来？不怕机密被窃取吗？"

"你说得对。"男生粗糙的指腹刮着她的脸颊，耐心地打着商量，"这样吧，你九我一。"

黎灵灵受宠若惊，但谨慎地道："我没有逼你上交工资的意思啊！我的钱是我的钱，我可不会交给你的。"

"你听我说完，我的钱可以是你的钱，你再负责给我交个房租就行。"李钦臣笑着将一把钥匙轻轻地塞进她的手心。

这是他上个月租的公寓的钥匙。

他现在经常往工作室跑，住宿舍不方便，有了就近的公寓，黎灵灵也能住。当然，他不会说后面的原因才是重点。他想和她住在一起，想和她同居，想和她有一个家，很久之前他就在筹划了。

黎灵灵捏着钥匙，佯装考虑了一会儿，还没开口，整个人突然被他抱起来。她坐在他的腿上，恼怒地打了下他的小臂："我都没答应呢，你强买强卖！"

"嗯。"他煞有介事地应道，并握住她的五指，"我觉得你不会拒绝。"

好处太多，她确实不会拒绝。

他的呼吸靠近，黎灵灵闭上眼前突然想起其他事儿，猛地推开他："哦，对了，这部分我改了一下，你刚才有看吗？"

李钦臣没亲到人就被她推开，愣了一秒，幽怨地看着她。

她心虚地笑笑，若无其事地打开电脑："咳咳，就是这里……为什么所有手游的女性角色都穿得这么暴露？明明男性角色也可以展现肌肉、腿环什么的啊。"

"男玩家居多，而且目前市面上比较火的游戏都把社交放在主体部分做研发。"

"你们也不能免俗？"

"不能。但是你想要的肌肉、腿环元素，可以自己加进去。"他顿了一下，一本正经地反问，"所以腿环是什么？"

黎灵灵的表情僵住，她傻笑两声没说话。

这款游戏取得的成绩还不错，因为番外新增的战地模式副本，他们甚至在 TGA 大选里获得了最佳创意奖。

当李钦臣上去领奖时，获奖感言里便有一句："涉及战争题材的游戏应该是让玩家反省时代，而不是炫耀战胜果实的。"

其中由玩家扮演 NPC 这个概念策划是由黎灵灵提出的。

他俩因为这一意外之喜，无疑在安清大学的同系校友里火了一把。

放寒假前，靳遥他们带着工作室的其他人来聚餐。大选里的旗开得胜，让所有为这款游戏付出的人都异常兴奋，桌上的啤酒已经喝完一打。

中途，李钦臣被学姐拉去移车，只剩下黎灵灵面对这一群醉鬼。

几个学长和同届的同学已经喝上头了，还剩下爱打趣她的朴业和李钦臣的室友陆宁算清醒的，下一秒他们就把话题朝她引了过来。

朴业指了下李钦臣离开的方向，别有深意道："学妹，你不跟着去啊？你师婉学姐可不是好惹的啊。"

师婉是李钦臣的直系大四师姐，在开学初就公开对他示爱过。

黎灵灵用手撑着脑袋，她摇摇头："学长，你这就狭隘了。我们家李钦臣这么乖，师婉学姐品行又这么端正，我有什么好跟去的？"

"你家李钦臣乖？"陆宁大着舌头道，"哪个乖崽身上带文身的？"

朴业看热闹不嫌事儿大："啊！他还有文身？我上回让他陪我一起去烫个头发他都不去。"

"那可不，我就在宿舍里隐约见过那么一次，都没看清文的是什么！他那个文身本来就藏得隐蔽，后来我也没机会看了。"陆宁灌了半瓶酒，说，"不信你问黎灵灵。"

黎灵灵眨了一下眼，说："我……没看过。"

陆宁显然更吃惊："你还没看过？"

朴业突然笑得很狡诈："到底是文在哪儿了？连我们灵灵都没看过。"

黎灵灵是真没看过，一学期过去了，她本来都忘了这事，还以为暑假那会儿李钦臣是随便说说的，没想到这会儿连目击证人都有了。

陆宁咳了一声，意味深长地看着她说："你俩不是感情深厚吗，居然还挺纯爱的。"

黎灵灵装作没听懂，捂了一下发烫的脸颊。

身后传来脚步声，是李钦臣回来了，两个男人都识相地没再聊这件事。

或许是知道黎灵灵能喝，师婉的兴致也高，一直在和她拼酒。李钦臣劝了好几次，被黎灵灵一句"女人之间battle（战斗），男的少插手"劝退了。

后半场，大家都醉得不轻，醒着的两个校友挨个儿把人送回学校。

李钦臣没回去，把黎灵灵带回了自己租的那间公寓。

他那间公寓是一梯三户的户型，在这儿租房子的不是青年上班族就是安清大学的学生。进电梯那会儿，两人正好和对门的邻居碰上。

黎灵灵趴在李钦臣身上，大大咧咧地跟他们打招呼："你们好啊！"

邻居是一对刚工作的情侣，比他俩大不了几岁。女人看着黎灵灵喝醉的样子，被逗笑了。

李钦臣抱着她往边上挪，抱歉道："不好意思，我女朋友喝得有点儿多。"

女人摆手道："没事儿没事儿，我们那儿有醒酒茶，你要吗？"

黎灵灵抢过话头，大声回复："谢谢姐姐，不过他刚刚买啦。我男朋友不太会喝酒，他……嗝！他是买给自己的。"

这下把旁边的男人也逗笑了。

李钦臣也有点儿无奈，摸了摸她的脑袋，纳闷地低喃："喝成傻子了。"

好在十五楼很快就到了。

出电梯那会儿，黎灵灵挣脱他的手，表情严肃地道："李钦臣，你邀请我来这儿住，就得说公主请进！"

他按着她的手输入指纹，门打开后把人推进去，说："公主赶紧进。"

"你说错了!"

她还没闹完,整个人就被抱了起来,丢在床上。

黎灵灵没喝断片,但脑子晕晕乎乎的。恍惚中,她感觉自己被喂下一杯热汤,有人在温柔地帮她擦脸、刷牙。下一刻,酒液弄湿的贴身毛衣被掀了起来,肌肤裸露在空气里。

她还算有点儿意识,脸颊蹭到他挺拔的鼻梁,搂着他的脖子,缩了缩肩膀:"李钦臣,你在干吗?"

李钦臣的手里还拿着一件他自己的棉质T恤,另一只手从毛衣下摆探进去,锢着她的腰肢,边亲她边回话:"湿了,换一件。"

他的嘴唇薄,很好亲。黎灵灵心中一动,迷糊着顺从地贴上他的脸。两人呼吸交缠,她慢慢地抬起手配合他换衣服。

大概是最近被室友们看的那部宫廷剧洗脑,她又突发奇想提要求:"你要说帮公主更衣。"

"公主,"李钦臣的手撑在她的颈侧,他压住她踢来踢去的腿,吻着她的眼皮,低声警告,"你再乱动,臣就以下犯上了。"

黎灵灵不动了,乖乖地等他换完衣服。她像是思考了很久,一把将人压在自己身下。

李钦臣的一只手还护在她的背后,空出手把那件湿毛衣丢在沙发上。他睨着她,问:"公主又想干什么?"

"我检查一下。"她的唇瓣湿润通红,眼眸里也含着水,手却不规矩地扒他的衣服。

比起她刚才的捣乱举动,李钦臣显然无比配合,甚至帮她一起解自己运动裤前面的绳子。

他用手环住她的腰身,问:"检查什么?"

她低头亲了亲他的下巴,说:"我好像看到了。"

那个文身在他小腹左下角一点儿的位置,几乎要没入暗处,下面还有行德语:Ling, Bis der tod uns scheidet.(灵,直到死亡让我们分开。)

黎灵灵被揉捏得快要瘫软成泥,气息不稳地问出口:"这是什……什么意思?"

李钦臣的呼吸渐重，握住她的手，用英语翻译了这句话："Till death do us part.（直到死亡让我们分开。）"

他的嗓音缱绻低哑，格外撩人心魄。

文身文在这个位置，以后真的只有她能看得见。

黎灵灵的睡相并不好，喝完酒就更闹腾。但这姑娘这么多年从不亏待自己，只爱闹腾别人，然后心安理得地睡到自然醒。

醒来后，她从墨灰色的被套里探出头，想了想昨晚到底发生了什么事。被褥里是清冽好闻的青柑味道，和李钦臣身上的一样，她有种被他抱在怀里一整夜的感觉。

等看清身上穿的是一件男款 T 恤后，黎灵灵愣了一秒。

是李钦臣帮她换的衣服、擦的脸，还牵着她的手做了些事儿，虽然是她好奇心作祟先开始的。他哄她睡觉前，她又闹着要喝水，逼着他"给公主唱摇篮曲"，貌似她还咬破了他的肩膀和下巴……

深夜的记忆断断续续回笼，黎灵灵有点儿羞恼地把自己的脑袋埋回被子里。

哎，同情李钦臣一秒。从小到大，这么些年，他怎么一直在伺候自己？

主卧的浴室里传来嗡嗡的电动声。

门没关，黎灵灵等自己的那股羞赧劲儿过了，才下床踱步过去，倚靠在门框处看他。

李钦臣穿了一条居家运动裤，身高腿长，俯身在洗手台前刮胡子。

他大早上刚冲过凉，漆黑的额发上时不时淌下几颗水珠。李钦臣一向有健身的习惯，裸着的上身从宽直背脊到窄臀的线条精瘦又分明，侧腹的鲨鱼肌看上去紧实有力，而且，肩颈处果然有好几个破皮的牙印——是黎大小姐的专属标记。

男生在镜子里看见她，转过身轻笑道："你怎么不穿鞋子？"

房间里有暖气，黎灵灵的脑袋还有点儿宿醉后的晕乎感，她下意识往他那边走过去。

他脱掉自己脚上的拖鞋，留给她。

她摇摇头，没穿拖鞋，借着他手臂的力气坐在了洗手台的一侧，迷糊地开口："你刮个胡子刮这么久？"

李钦臣语气平淡地回道："我想刮仔细点儿，你说昨晚被扎疼了。"

黎灵灵宕机的脑子因为他这句话又开始运作，她想起他昨晚做的事表情骤变："你——"

"我？"他看她的神色都能猜到她的脑子里在想什么，戏谑地笑道，"你记起来了？"

她气得用手掌捂住他的嘴，装凶地道："大早上的，你能不能别说这些？"

李钦臣没脸没皮地亲了下女孩的手心，懒洋洋地问："晚上能说？可你昨晚边听边咬我。"他又指了下自己的右肩，炫耀他昨晚得来的勋章，没个正经地说，"看看，都把你男友咬烂了。"

黎灵灵的一口白牙齐整健康，醉意重，她下嘴也没个轻重。

偏偏面前的李钦臣又是最会纵容她的人，尤其是谈恋爱以来，他纵容她到了有些病态的程度。昨晚被咬出血时，他都刻意没收紧肌肉，更没舍得推开她。

黎灵灵看着那几处被咬破的皮肤，心里涌出悔意，手轻抚着，嘴上却没留情："你活该。"

"嗯，没良心的。"李钦臣顺着她的话，咬了下她的耳尖，"我给你买了机票，吃完早饭，待会儿我送你去机场。"

已经放寒假了，一个学期没见到宝贝女儿的魏贞和黎父早就对她望眼欲穿，一周前就在催她买机票。

但反观李钦臣，他应该只会留在安清市。

年前他还能和学长、教授们一块儿忙项目的事，但除夕夜前，大家肯定都要回去的。

黎灵灵不知道该不该问他过年去哪儿，纠结了一路也没问出口。结果到出门时，门外站着一个不速之客——那是一张完全陌生的男生面孔，个子只比自己高一点儿，五官柔和到有种阴郁感。

李钦臣还在房间里拿东西，只有黎灵灵站在门框处，她不确定地问："你是？"

"我是李钦臣的兄弟，咱妈让我过来喊他回家。"齐宓看着她，突然笑了出来。

咱妈？黎灵灵满头雾水："可是，阿臣是独生子啊……"

"你就是他那个一块儿长大的小青梅？"齐宓打量着她，故意吊胃口，"他没和你说过吗？"

身后传来关卧室房门的声音。李钦臣的脚步渐近，带着一种危险。

黎灵灵还没来得及回头，突然看见面前的齐宓脸上露出几分报复的快感，他朝她说："他爸妈和我爸在一起好多年了，可能中途也有其他人参与进来过吧。"

他的话音落下，李钦臣的手臂从她的身侧越过，他拽着男生的衣领将人扯进了屋。哐当一声，门被关紧了。

黎灵灵甚至没反应过来，就被关在了外面，一脸蒙地盯着门。

门外传来指纹解锁的提示声和女孩的拍门喊叫声，李钦臣没应，不紧不慢地在里面落下锁。

"徐医生让你去找她复诊，你妈让我来接你。"齐宓存心惹怒他，笑着挑衅，"你不敢说吧？我帮你告诉她有什么不好，以后我们还会常见面的。"

李钦臣绷紧下颌，居高临下地看着眼前被摔在地上的男生，如同看着死物。

齐宓经历过被喜欢的女孩另眼相看，被朋友在背后议论的滋味，也不禁冷笑道："她能有多喜欢你？我很想知道她会不会顺带着觉得你和他们一样恶心！"

门外，黎灵灵拍门拍得手都麻了，脑子里更是一团乱麻。

李钦臣爸妈和他爸在一起是什么意思？是她想象的"在一起"吗？她本来是不愿意想到那种事情上面去的，但李钦臣这个反应很难让她不相信。

门在几分钟后毫无征兆地打开，李钦臣拿着她的包出来。

黎灵灵的手还举着，她要探头往里面看："那个人呢？你打他了吗？"

他没回答，只是牵着她的手往电梯口走："车到了。"

机场离公寓不远。高速路上没堵车，车子很快就抵达了航站楼。

他明明知道她现在满脑子全是疑问，但他并不打算说话。两个人之间从来没有这么安静过。

黎灵灵的眼眶微红，她揉着自己刚才拍门拍得泛麻的手掌心，背过书包就要往机场里面走："那我回去了。"

李钦臣突然勾住她的脖子，熟悉的气息落下来，柔软的唇贴着她。他吻着她，还要深入，似乎急需什么来安慰自己。

黎灵灵觉得不舒服，抗拒地推他，并没费什么力气就把他推开了。两个人沉默地站在角落，仿佛陷入了尴尬难堪的境地里。

"你很喜欢我的时候才能亲我。"她有点儿觉得委屈，抬起眼看他，"你现在好像在发泄情绪。"

李钦臣怔了一秒，牵着她的手，慢慢把人带进了怀里，温热的手掌抚着女孩的后脑勺，压着她贴近自己的胸口。

"对不起。"他沉闷的一句道歉落在她的耳边。

黎灵灵回抱住他的腰身，缓声问："那个人没事吧？"

因为那人被拽进屋里后就没再出现过，她的脑子控制不住去想李钦臣到底把对方怎么样了。那个男生怎么样都不要紧，但要是真弄出了事，李钦臣就完了。

"没事。"李钦臣拍了拍她的后背，亲了亲她的发顶，说，"进去值机。"

黎灵灵没再多问，或许是知道他不愿意讲，她看得出他的情绪不佳，也不想吵架。

进机场后，她正好接到了魏贞打来的电话，魏贞问了她飞机落地的时间。

李钦臣给黎灵灵买的是头等舱，她刚要往贵宾候机室走时，碰巧看见了自己班的班长季曜，他之前说自己是李钦臣京市那边的同学。

"那个——"黎灵灵纠结再三,喊住他,"你之前跟我说李钦臣有病……到底是什么意思?"

季曜身边还有个女生,估计是他的女朋友。他和身边人解释了几句后,走了过来:"你愿意信我了?"

黎灵灵并不愿意相信,不过今天发生的事提醒了她。每个人都会有阴暗和失控的一面,但李钦臣呈现在她面前的永远是沉稳自若的一面。

可他从高三那年突然回深州,到高中毕业后只跟她说了一句"不会再回那个家",明明这些都不是他这个年纪的人可以轻轻松松面对的事情。

她率先开口问:"你知道朱静吗?"

黎灵灵还清楚地记得这个名字,对方是一个女生。虽然她不认为李钦臣和这人有什么私情,但多少是有点儿关系的。

"朱静是我班上的同学。"季曜沉思了一会儿,说,"我长话短说吧。她高一那会儿和李钦臣一块儿被绑架了。可能也不是绑架吧,就是被人贩子带走了,差不多一个星期后才被救回来。"

"校长和多位领导再三警告,不让学生在学校里讨论这事,但他们还是在私底下讨论得热火朝天。因为大家都觉得李钦臣因为一个不认识的校友自投罗网,实在有点儿让人匪夷所思。"

黎灵灵不解地问:"自投罗网是什么意思?"

"朱静后来跟我们说,李钦臣是特意去救她的。"季曜挠挠头,"我虽然不和他一个班,但大家都知道这哥们性格挺冷淡的,和男生都很少扎堆玩,更别说和女生……"

她试图回忆去年提到朱静时,李钦臣只莫名其妙地说过一句"我们灵灵戴发卡很漂亮的"。如果他不是奋不顾身去救人,那会不会是认错了人?

黎灵灵把这些碎片串起来,难以置信道:"这是什么时候的事?"

季曜说:"国庆节前后吧,当时学校给我们放了长假。"

是的,她记得自己就是高一那会儿去过京市找他。那是她是第一次单独飞到那么远的城市，难免胆怯。她给李钦臣发过一条信息后手机就没电了，又灰溜溜地返回机场买票回深州。

"当时的情况可能只有当事人才知道。你知道李钦臣家里是开银行的吗？"

黎灵灵皱着眉，没说话。

"你别乱猜啊，我就是听说了另一件事。"季曜又给出一个说法，"高三办谢师宴那天，朱静喝多了，跟别人说她当时是被那群绑匪威胁，假装被人贩子拐的。他们的目的就是绑架李钦臣，勒索钱财。"

季曜还记得当时这件事发生不久后，学校发过一次通知，说最近边境的人贩子猖獗，如果被拐卖到不知名的小地方，一定要注意记住路边的电线杆、变压器或者配电箱上的数字。报警念出那串代表位置的数字，警察就能找过来。

"朱静说，李钦臣就是这样把自己从东北那边一个边陲村里救出来的。"

黎灵灵不是不清楚有钱人家的孩子容易被亡命之徒盯上，尤其李钦臣的家底还和她这种小富即安的家庭不一样。

因此他平时极少露富，外人也几乎不知道他的父母就是华煜银行的董事长。

季曜看着她错愕的表情，猜测她真的没听过这些事，不由得同情地道："你还好吧？"

"你为什么要说他有病？"

"不是我说的。这件事之后，朱静休学了一个学期。李钦臣倒是很快回学校继续上课，跟没事儿人一样。但是有人看见他用点着的烟往自己手上戳。"

季曜说到这儿也挺唏嘘的："他被绑架那几天也过得很难吧，都不知道经历了什么，心里承受不了……"

黎灵灵蓦地想起李钦臣的手臂上从未刻意遮掩的伤疤。

原来他不是打架，是自残。

从一而终，至死靡它。
永远热烈的，热恋的。

The Sixteenth Letter
我爱你，反弹

黎灵灵回到深州后，李钦臣并没有再联系黎灵灵。他在当天问了她一句"到没"，收到她一句"嗯"之后，就没再发过消息。

　　他就这样消失了好几天。

　　黎灵灵私下找靳遥学长问过他的近况，但对方说他已经回京市了。

　　魏贞就这么看着女儿放寒假后一直把自己关在房间里，闷闷不乐了许多天，问她什么事儿，她又不说。

　　魏贞和丈夫商量之后，上楼准备找女儿谈心："灵灵，妈妈和你聊聊天。"

　　黎灵灵才睡过午觉，从床上坐起来，整个人都是蒙的："是聊栗子的事儿吗？"

　　上大学之后，这条狗就一直归黎父负责了。

　　"不是。"魏贞捋了捋她乱蓬蓬的头发，"我们聊聊别的。之前你和阿臣在一起，我和你爸从来没反对过，但是也担心过会有这么一天，年轻男孩的心不好捉摸吧？"

　　黎灵灵听着听着觉得哪里不对劲，打断魏贞："妈妈，我和李钦臣好着呢，没分手。"

　　连吵架都不算，甚至都不是他们之间的矛盾。

　　魏贞愣了一下，咬牙切齿道："你爸这个人的嘴是真不能信！"

　　黎灵灵被逗笑了："但是，我确实想问问您别的事情。"

"你说。"

黎灵灵道:"为什么在我的印象里,李叔叔和孙阿姨他们一直不喜欢李钦臣?"

"是你孙阿姨不喜欢他。"

本来这是大人之间茶余饭后会聊的事儿,魏贞从来不在孩子面前说这些,但黎灵灵这么大了,又和李钦臣是情侣关系,她倒也不再避讳。

"你爸和孙阿姨相熟,说她之前是有个初恋的,但后来因为李叔叔从中作梗就散了。在两人结婚后,孙阿姨才知道这件事儿,之后他们家里就没太平过。"

李钦臣本来就是李父用来缓解夫妻关系才花心思生下来的,但是李母并没有因为一个孩子对他转变态度。

黎灵灵才知道有这样一段渊源,她想起那个自称是李钦臣兄弟的男生,有些难以启齿:"那……孙阿姨那个初恋后来找过她吗?"

"各自有家庭,孩子都有了。我也不知道找过没有。"魏贞想了想,还是和盘托出,"后来我听别人说啊,他们这段婚姻渐渐变成了开放式婚姻。"

"开放?"

"就是在国外新闻里比较常见的那种。"她觉得说这种事儿实在是脏了自己女儿的耳朵,摸了摸她的脸,"好了,就说到这儿。你怎么突然想问这个?"

黎灵灵的情绪很低落,说:"妈妈,李钦臣也知道他的爸妈这样吗?"

"知道。"

"我想去京市,今天就想去。"她的声音里带了点儿哭腔。

魏贞看了她须臾,亲了亲她的额发,说:"好,我让你爸开车送你去机场。"

黎灵灵从不同人的叙述里得知这些事,又慢慢将它们串连在一起,一切仿佛是一张让人呼吸不过来的网。

她心里有种七上八下的感觉，作为旁观者都倍感窒息，更别说那都是李钦臣亲身经历过的事。他把她保护得太好了，从来不跟她说这些事情。

再度独自在京市国际机场落地，黎灵灵有截然不同的心态。

那时候的她因为失去了最好朋友的联系，头一次鼓起勇气跑来了北方，却还是因为畏惧没有离开机场多远。

如今她从机舱下来，不知道为什么松了一口气。

这些年，他们之间的关系只会变得更亲密。

黎灵灵一直知道李钦臣现在的家庭地址。他的父母据说搬到京州没多久就拿下了当地的楼王别墅，房子依山傍水，犹如坐落在超一线城市里的世外庄园。

知道归知道，但真到了小区大门外，她还是有些震惊。这里的保安系统十分严密，光是自己数过的，已经有三支安保队伍从身边走过。

她刚从 CBD 商圈那条路过来，这边算是豪宅集聚地，书院、山庄、公馆都错落有致，绿化也是京市覆盖率最高的地方。

司机把她放在最外面的人工湖边，说："咱们普通车不让进里边儿了，您要是联系不上亲戚朋友呢，就去那边找安保巡逻队的人问问。"

黎灵灵点头道谢。

她往里面多走了几步，从包里拿出手机，想着要不要告诉李钦臣她来找他了，否则她也不一定能进去。

"你还真来了。"左侧方传来一道略带讽刺的男声。

齐岙的左手臂上缠着白色绷带，他脸色不佳地说："我刚才听见孙姨接到了你父母的电话。"

魏贞虽然同意黎灵灵过来，但怕她吃闭门羹，还是以平辈身份先和李钦臣的父母沟通了一番。

齐岙似乎不太理解黎灵灵真的毫无芥蒂。他走近她，上下打量一番，刻薄又直白地说："李钦臣有病，他父母也有病，你到底明不明白？"

黎灵灵看着他，皱眉道："你也住在这儿？"

齐宓笑道："我不是和你说过吗？他爸妈和我爸在一起。"

到底是什么样的夫妻才能如此毫无下限？出轨的人尚且知道别把小三带到孩子面前，但李钦臣的父母居然连掩饰都懒得做。他们为了满足自己荒唐的私欲，居然让两个这样的孩子待在同一个屋檐下。

黎灵灵突然理解了李钦臣对这个家的厌恶，也突然对眼前的人多了几分同情，轻声说了句："你好可怜。"

他收起笑容，皱眉道："什么？"

"不是吗？你费尽心思贬低李钦臣，可是你远远比不上他。"黎灵灵的唇角微扬，"他有人爱，也懂得爱人，他在努力逃离父母家庭的阴影，你却只能像个跳梁小丑一样，试图把他拉回泥泞里。"

齐宓怔在原地，难以置信地盯着她，自己心里那点儿羞耻和怨懑都被她三言两语戳破了。

黎灵灵不紧不慢地给出最后一击："你在这么畸形的家里生活也很辛苦吧？但是很抱歉，李钦臣才不会陪你活在阴影里。"

"他不是不联系你。"身后的齐宓喊住她，看她停住脚步，他才慢慢继续说，"那年暑假，他过来的时候，并不知道他爸妈要把他留在京市。"

在把李钦臣接回来之前，这对夫妻已经和齐父搅和在一起。他们让齐父以朋友的名义住进家里，想让李钦臣接受这样的家庭组合，才把他骗回京市。因为担心他对深州念念不忘，他们还拿走了他的手机和身份证件，强行让他适应新生活。

"你寄的信是被我藏起来了。"齐宓顿了一下，语气里满是羡慕和难堪，"他拿回自己的手机那天，我把他带去了他们在的房间……他接受不了，跑出去了。我们都没想过他会被绑架……"说到这儿，他抬眼看向她，自嘲道，"你知道吗？他爸妈让我住进来，可能也只是为了混淆视听。"

他们家的生意做得这么大，也知道难免惹来亡命之徒。家里养个假少爷，说不定还能替自己儿子挡挡灾。只是他们没想过，最后受到伤害的还是李钦臣。

"他发病的时候很吓人，躁郁症。"齐宓艰难地开口，"他们请人看着他，经常给他打镇静剂。他后来喜欢去练拳，满身戾气，我有时候觉得他不正常，能在下一秒就发疯。"

这种可怕的形容，说的根本不是她认识的李钦臣。

黎灵灵攥紧了手，咬唇道："你和他们一样，都卑劣。"

因为魏贞提前打过招呼，李母也早就交代过门卫，黎灵灵在进行访客登记后就顺利地进了别墅内部的园林。

她顺着门牌号往里面走，李家的保姆已经在大门口等她了，将她请进内厅。接待客人的茶几上摆着精致的水果拼盘和一杯热茶。

"孙阿姨，我……"她进到屋里，看着眼前妆容精致的女人，反倒难言，"我来找李钦臣。"

孙婳让她先坐："你妈妈跟我说过你会来，我也知道你和阿臣在谈恋爱，想和你聊聊他。"

黎灵灵坐在她对面，问："是聊他生病的事吗？"

"嗯，当年发生那场意外，我和他爸爸都很后悔没有照顾好他。"孙婳面露愁色，"绑匪要钱，我们就想给钱消灾，但他还是受了好几天的苦，回来那天满身都是血……"

说是"苦"，都算是往小了说。任何一个人受了那种被折磨到快死的苦，都会留下严重的心理创伤，何况李钦臣那时年纪也不大。

"阿臣从小不太爱表达自己，我和他爸对他的关心也不足。直到学校老师说他在经历那件事之后疑似有自残行为，我们才把他接回来。去医院检查，医生诊断他是中度焦虑抑郁、重度躁郁症。这个病不单单是情绪上出问题，他很长一段时间躯体化严重，只能躺在病床上靠输营养液维持体征。"

"你见过小齐吧？阿臣知道小齐碰了你寄给他的信，掐着小齐的脖子……那天真是吓坏我了，没想到那次出事会对他有这么大的影响。"孙婳说到这儿，眼神闪烁了一下，又叹了一口气，"他生一场病，精神崩溃失常，变成了一个怪物。"

怪物。这个词实在太刺耳。

自始至终，黎灵灵都冷眼听着她洗白自己的叙述，但听到这里，她还是无法接受她把自己撇得这么干净。

黎灵灵径直问出口："李钦臣只是因为被绑架才这样吗？难道不是因为无法接受你们混乱的感情生活吗？"

孙婳好歹是她的长辈，本来也知道这是家丑，就在刚才的叙述里有所遮掩。此刻她听见黎灵灵这么直白地问出口，脸色一下子难看起来，一阵红一阵白："你妈妈告诉你的？"

黎灵灵面无表情地道："街坊都知道的事情你还怕人说？你们也并不引以为耻吧。"

"你在嚷嚷什么？这就是老黎家的家教？"站在二楼扶栏旁的李父斥责道。

"我爸妈比你们会教！婚都结了你们还纠结那点儿情情爱爱的破事，干吗要闲得没事生孩子？李钦臣小时候你们就对他不管不问。你们好歹为人父母，就没有一丁点儿廉耻心吗？"

黎灵灵本来就没想过来这一趟能心平气和，索性撕破脸。

来了这么久她也没看见李钦臣，便看向二楼："李钦臣是不是在楼上？"

李父不自然地别开头，看向自己身后侧的房间。

黎灵灵已经直接往上跑。楼梯宽而长，是斜弯的布局，空旷的楼房里能听见她的脚踏在地毯上的沉闷声音。

孙婳追过来，在楼道上轻声问："你又锁他了？"

李父习惯了高高在上，即使不说话，也不怒自威。他冷声道："他刚才敢顶撞我，那疯病是真的好了吗？"

黎灵灵拧了好几下门把手打不开门，气得踹了几脚："开门！不正常的是你们，你们这群神经病凭什么锁他？！"

李父未有动作，蓦地听见房门内的把手处传来哐当的重物撞击声。

门把手在十几秒后被砸落在地。

李钦臣拉开门，神色冷淡地看向他们，手里拿着从健身房里拿来的纯铁哑铃。

黎灵灵冲过去抱住他，刚想说话却发现自己已经哽咽。她明明也没干什么很累的事情，但就是说不出来的委屈。她怪自己，也怪他们所有人，情绪爆发到极点，干脆抱着他哭。

隔着身高只到他胸口的女孩，父子俩对上视线。李父对上儿子冰冷的目光，难得后脊生寒。

李钦臣一只手揽住黎灵灵的肩膀，往房间里退了一步，另一只手丢开哑铃，关上了门锁被砸坏的房门。

两个人坐在床边的地毯上。

黎灵灵一直在哭，哭得差点停不下来。

李钦臣起初只是安静地给她擦眼泪，不知道应该说什么话来安慰，也没开口。后来他实在没招了，俯身亲她的眼角、鼻子、唇瓣。过了好一会儿，她没喘过气才停住哭泣。

安静了片刻，李钦臣别过头看她红肿的眼睛："你都知道了？"

她仍旧说不出话，没半点儿刚才舌战群儒、滔滔不绝的样子，泪水无声地流满了脸颊。

"抱歉，我没认真解释过那两年不和你联系的事情。"他用略显粗粝的指腹抹去她眼尾的泪水，低声道，"我生病住院的时候过得太混沌了。"

"其实我偷偷打过一次电话给你，不该挑大早上的，你在睡觉，迷迷瞪瞪地问我是谁。我说我是李钦臣。"他说到这儿蓦地笑了，有点儿无奈，"你说'最讨厌的就是李钦臣'。"

她那时只是小女孩，讨厌他作为朋友的言而无信，更讨厌他的失踪。

黎灵灵听他云淡风轻地提起这些往事，眼泪又止不住地往下掉，心酸又心疼。

"黎灵灵，我病好了才回来找你的。"他花了很长时间调整自己的状态，才敢回到她身边。

他给她的，一定是很好的李钦臣，也敢给她保证："我不会再变坏。"

黎灵灵离开李家之后，就一直处于闷闷不乐的状态。

期间，魏贞打过电话问她什么时候回家，但她似乎早就决定要在京市待一段时间，带着李钦臣回了自己提前订好的酒店。

"你有点儿黏人。"在李钦臣第二次进洗手间的时候，他有点儿哭笑不得地看着靠在门边上的女孩，俯身说，"栗子最喜欢守在这种地方。"

黎灵灵仰起头看他，眼睛还有点儿肿，她嘟囔："你骂我是狗。"

"我在夸你。"他俯身把人抱起来，亲了亲她红肿的眼皮。

黎灵灵本来就见不得他这么温柔，吸吸鼻子，不知道又联想到了什么事情，眼眶一酸，又要掉眼泪。

李钦臣真是怕了她，轻笑道："不准哭。"

她噘着嘴，带着哭腔道："我高三那会儿还对你那么坏……"

他从来不对黎灵灵撒谎，所以那些事情宁愿闭口不提也不会说些假话来骗她。而她想起以前自己对他的埋怨、忽视和打骂，也是真的很自责。

"你对我还不好？不是都答应和我一起考安清大学了吗？"李钦臣故意逗她，"难道你还答应过别人？"

黎灵灵瞪着他。

他低笑着，感觉和她在一块就总忍不住笑。李钦臣从床上捡起外套，牵住她的手往外面走："我带你去玩会儿吧，你都好多年没来过京市了。"

也不算很多年，暑假出门玩的时候，黎灵灵还在这边转过机，但她确实没出机场多远，更别说认真地逛逛整个京市。

黎灵灵不情不愿地被他拉了出去，跟在他身后走。她本来只是想尽自己所能多陪陪他，但他似乎真的像他说的那样，他是恢复成了一个好的李钦臣，才回来见她的。

刚放寒假，北方的温度骤降，比安清市还要冷上许多，好在黎灵灵来之前就被妈妈多套了一件毛衣。

临近傍晚，还没到下班高峰期，路上并不堵。

黎灵灵跟着他坐上了一辆不知道驶向哪里的出租车。她看着窗外，突然没头没尾地开口:"可是你告诉我的话,我就能更早地陪着你了。"

她的侧脸对着他,但是牵在一起的手一直没分开。

李钦臣盯着她半晌,回忆起那两年的生活,佯装轻松地笑道:"算了,那个时候我不太好看。"

黎灵灵一脸幽怨地回过头,觉得他总是不正经。

李钦臣抬手捏了一下她的脸颊。她明明没笑,但他也能精准地戳中她那浅浅的酒窝。

下车前,他说:"我的痛苦不是你造成的,你不必经历我的阴霾期。"

黎灵灵愣了几秒,直到高山钟鼓敲响梵音,才将她游离的神思拽回现实。

青山佛塔下,林木葱茏,极为寂静。她这才看清自己身处的环境,不解地道:"你怎么带我来寺庙了?"

李钦臣牵着她往前走,说:"这座寺许愿很灵。"

"多灵?比黎灵灵还灵?"她讲了一个冷笑话。

他正儿八经地接腔:"那没有。"

黎灵灵终于被逗乐,表情缓和了一点儿,跟上了他刻意放慢的脚步。

李钦臣也没别的想法,就是觉得她一天下来想这么多不该想的事,太疲惫也太烦躁了。

她很难静下心来,所以他才想着带她来听听梵音。

他们到庙里的时候,正好大师在带领弟子诵读最后几段经文。黎灵灵听完后,听见李钦臣在自己耳边说:"我以前很喜欢来这儿听经。"

他的本意是,在恢复期间他经常来这里做"音疗"。他心情沉闷时,就来这儿吹吹山上的风,闻闻香火的气味。

但黎灵灵显然想歪了,她一脸纠结。

她想到李钦臣在年少时就见证了父母混乱的私生活,又经历了意外,所以才经常来清心寡欲的寺庙静心养性。

他的心理疾病虽然治好了,但生理上呢?

她又想起之前李钦臣的室友说的话,明明都谈恋爱一个学期了,接吻是她主动的，看那处的文身也是她主动的……该不会他受父母的影响，压根没想过再进一步了吧？

佛堂清净地，普度众生时。

正常人带女朋友约会，谁会选去寺庙啊？黎灵灵默念了一百遍"神明对不起"，但是依然控制不住胡思乱想。

她抬头瞥了眼李钦臣的侧脸，跃动的心慢慢沉了下去。

她似乎是接受了现实，嘟囔道："就算你对那种事并不向往，也没关系，我俩可以是灵魂伴侣。"

李钦臣看得入神，但注意力仍旧在她身上，他转过头问道："什么事儿？"

"啊？"她吓得差点儿被口水呛到，佯装无事发生般转过身，"什么？这里还有财神庙！我去拜拜。"

她本来就不擅长在他面前掩饰情绪，他又偏偏在她拜完财神抽到签后，还锲而不舍地追问。

黎灵灵把他扯到一棵菩提树下，想随便说几句其它的话蒙混过关。

"你刚才抽到了吉签。"李钦臣看穿她想耍赖的伎俩，点到为止地提醒，"最好谨言慎行。"

黎灵灵是一个财迷，纠结了好久也不知道怎么开口。她手里握着签条，索性往另一边香客不多的石梯走去。

李钦臣慢悠悠地跟在她身后，等到了缓步台才停下来。他"啧"了一声，道："黎灵灵。"

"好了好了，我想想还不行吗？"黎灵灵理直气壮道，"而且我都不介意了，你还一直问个不停。"

"到底是什么？"他耐心地问。

她有点儿抓狂了，道："你为什么一定要问得这么清楚啊？就随口的一句废话而已！"

"我已经习惯了去了解你。而且你故意藏秘密的话，接下来你都不会看着我的眼睛说话。"他走近她，掌心覆在她的眼皮上，"就像你现在这样。"

黎灵灵眨了好几下眼睛，咬唇道："我就是觉得你因为那些经历，可能不会太热衷那种事情了。"

男生的神情变得微妙，他往后瞥了眼菩萨的庞大金身，喉结微动："你怎么乱想到这个的？"

黎灵灵摸摸鼻子，心虚地道："我也觉得不太好，不聊这个了。"

"我是正常男人，经常会对你有欲望。"他说得漫不经心，却又无耻得坦坦荡荡。

"你不用逞强。"她这会儿不信，很善解人意地想拉着他先往下面走，"你骗我可以，骗神明不……"

李钦臣打断她的话，把她拉近，望进她的眼睛里："我的神明在这儿，我从不骗她。"

黎灵灵对上他深情的目光，委屈地小声控诉："可是你都好久没有亲亲抱抱我了，你在酒店还嫌我黏着你。"

黎灵灵的撒娇十分失败，因为李钦臣压根没接她的腔，甚至把她推远了一些，轻轻皱眉："你把我那个不太乖的女朋友还给我。"

她沉默了几秒后，皮笑肉不笑道："你今天没有女朋友了。"

李钦臣点了下头，懒洋洋地牵住她的手往山下走。是这个味，这才是黎灵灵。

回去时，两人去了一家海鲜饭馆吃晚饭。

黎灵灵边吃边吐槽："这里的海鲜果然比不上深州的新鲜好吃。"

李钦臣舀了半勺炒蟹肉塞进她嘴里，问："明天你回去？"

她不疾不徐地嚼完蟹肉，看着他说："你也回去？"

"我舅舅他们说月底回来过年，顺便去扫墓祭祖。"

"那今年我们可以一起守岁啦！"黎灵灵笑眯眯地喝了一口粥，余光一扫，看到了从他身后走过来的男生，喜悦的表情收敛了点儿。

巧了，是那位在京市读大学的于骅学长。他身后还跟着几个同龄男生，看上去像是刚在附近的大学城里打完球。

李钦臣顺着她的视线看过去，正好和于骅对视上。后者愣了一下，随即和同伴们打了声招呼，往他们这边走来。

"李……李钦臣!"黎灵灵这次学乖了,咳了一声,"你去前台说打包一份盐焗虾和一份盐水花甲,我想带回酒店慢慢吃。"

李钦臣看她一眼,看穿了她的心思也懒得拆穿,慢悠悠地起身离开。

他前脚刚走,于骅就泰然自若地坐到他的位置上:"好巧啊,灵灵,我没想到会在这儿见到你。"

黎灵灵笑着点头,不太自然地说:"我来京市见他的家长。"

"你们都发展到这一步了?"于骅掩饰不住惊讶,甚至有些不解,"没必要吧,只是谈个恋爱,你一个小女孩经验少,别在一棵树上吊死了。"

黎灵灵没说话,只是静静地看着他。

于骅后知后觉自己好为人师的说教嘴脸有些讨人嫌,不动声色地扯开话题:"你……你男朋友是不是对我们有什么误解?见到我就走。"

"没有吧,他对你挺和气的啊。"

"我就是担心他心眼小,又爱装大气。"于骅说着说着,语气委婉了一些,"他上次知道我高三那会儿和你关系不错后,好像就跟我一直有点儿嫌隙。他就算不相信我,也应该相信你啊!"

一股"绿茶味"扑面而来,如黎灵灵这样迟钝的人都突然感觉到不适。

她本来只是觉得这个学长性格不够直接,但听到这里,她还是没忍住笑道:"学长,我男朋友也喜欢像你刚才这样说话,但是他这样就很可爱,因为我喜欢他,他什么样子我都觉得可爱。"黎灵灵垂着眼,慢条斯理地剥着皮皮虾,"我小时候很顽皮,很爱打架,打输了又要哭,一哭就是好几个钟头,没眼泪就在那儿干号。我爸妈都烦死我了,但是只有他会哄我。"

于骅的脸色变得不太好看。他走过来和她聊天,可不是为了来听这些的。

但女孩恍若未闻,继续自顾自地说:"这个世界上,没有人比他对我还有耐心,没有人比他更爱我,我爸妈都常开玩笑说只能和他打个平手。同样的,他身边也没有人比我更了解他,没有人比我更心疼他。你说,我这么喜欢他,怎么可能会去考虑其他人?"

说完最后一句话,她把那只剥好的皮皮虾放进他面前的碗里。

于骅诧异地看着她,眼里起了一点儿波澜。

黎灵灵笑道:"那是我男朋友的碗,你别误会了。"

回酒店洗漱后,黎灵灵就把次日回深州的机票买好了,也和家里人报备好信息。

全国各地的大学都陆陆续续放了寒假,几个狐朋狗友已经在群里你一言我一语地约了饭,在商定时间。

段觉云:我这次一定要赶回来,都多久没见你们了啊!

周峥:就后天呗,我女朋友要明天才放假。

于悠:嘿嘿,是的。

樊羲:滚!你别在我们纯洁友谊的群里秀恩爱!灵啊,你赶紧来管管他们。这两人居然背着我们在一起了,简直是背叛组织!

段觉云:她不也……

于悠:他还不知道!

樊羲:我不知道什么?

周峥:哈哈。

黎灵灵:就还是老地方见,后天晚上约着吃烧烤!对啦,李钦臣也会来。

樊羲:啊!钦臣怎么不说话?他离开这么久,一点儿也不想兄弟们!

黎灵灵:他刚去洗澡了。

群里安静了一瞬。

段觉云:樊羲,你现在知道了吗?

于悠:羲爷,你还好吧?

周峥:哈哈。

黎灵灵笑着关了手机,将它丢在一边,起身把带来的包收拾了一下,挂在了旁边李钦臣的行李箱上。

她刚转过身，就听见浴室门拉开的声音。

李钦臣擦着湿发出来，他穿着休闲的白T恤和长裤，身材优越，身后又笼着未散的雾气，显得好不真实。

他走近后，帮她把行李箱提到旁边，闲聊般问她："刚才你在笑什么？"

"嗯……我和樊羲他们聊了一会儿。"黎灵灵也刚洗过澡，能闻到他身上和自己用过的沐浴露是一样的香味。

这家酒店的套房用的是潘海利根的白玫瑰系列沐浴露，味道清淡宜人。两人靠得近时，每个感官都能感受到这种味道的存在，有些暧昧，不分彼此。

她不知道为什么，下意识看了眼身后的两张大床，脱口而出："睡觉吗？"

李钦臣看了眼时间，说："现在？"

才晚上九点钟。黎灵灵捋了下自己身上的吊带裙，慌不择路地说："那我们坐到床上去聊聊？"

他发现女孩的耳后根和锁骨都变红了，不动声色地勾唇："好啊。"

"你想聊什……"黎灵灵刚在床上坐下，就看到李钦臣躺在了床铺的另一侧，她的话音戛然而止，警惕地往边上挪了挪。

李钦臣看着她的动作，眼神黯然："你这么防着我？那天你在我的公寓，都是抱着我睡的。我的胳膊被你当成枕头压了一晚上，你还嫌太硬了。"他的声音低了点儿，直勾勾地看着她，不再说话了。

黎灵灵还没觉得哪里不对劲，就已经朝他的方向挪回去，嘟囔道："我这不是以为你要去你的床上睡嘛。"

"那我不能和你一起睡吗？你今天在庙里可不是这么对我说的。"他侧过身，毫无征兆地压了下来，修长的手指缠上她肩上的吊带，不经意地解开了绑着的蝴蝶结，"怎么办？我不会绑了。"

"那你干吗要解开？"她捂着露了大半春光的胸口，眨巴几下眼睛。

"离开我家的时候，你和齐宓在楼下聊了两分钟。"他忽然在这个时候问起这件事，有点儿秋后算账的意思，"你们聊什么了？"

黎灵灵像躺在砧板上的鱼,在他身下不知所措地陈述:"我只是说,你并不讨厌他。"

李钦臣说:"嗯?"

她不多解释了,只是觉得一切尽在不言中。

因为你和他都清楚,你不过是这三个成年人之间的祭品。透过他的眼睛,你偶尔也能看见自己。

他的吻落在女孩圆润的肩头,黎灵灵小声说了句很孩子气的话:"讨厌他的人是我,我讨厌你那个家里的所有人。"

李钦臣笑道:"还好我从那个家里搬出来了。"床头一侧的灯还亮着,男生精瘦的肌肉上挂了汗,绷紧的下颌线隐在阴影里。

"我刚才听见了你和那个学长说的话。"

她意识朦胧,问:"我……我说了什么?"

李钦臣的声音很沙哑,亲了亲她的眼皮:"你说你很喜欢我。"

他的动作和温柔的语调完全相反,黎灵灵抓紧他的肩背,咬着唇瓣,道:"你听错了吧……"

"我没听错。"男生在此刻尤其厚颜无耻,他不紧不慢地笑,在她耳边提要求,"那你再说一遍。"

黎灵灵眼尾通红,她憋屈地说:"我很喜欢你。"

"再说一遍。"

"我很喜欢你,很喜欢李钦臣……"

他亲了亲她的脸,然后说:"我也很喜欢听你喊我的名字。"

回深州一周后,是农历腊月廿四。

俗话说,"二十四,扫房子"。南方这边家家户户都在今天扫尘。

李钦臣和黎灵灵被黎父和黎母安排打扫阁楼储物间的卫生。

阁楼这间房子空间其实不小,但家里不管是客房还是书房,储物设计都很齐全,楼道那儿也有杂物间,他们索性将它改成了"黎灵灵的垃圾房"。

从她在幼稚园学拼音字母的课本,到高三复习的试卷,都在里面。

她的旧衣服有些扔进了旧衣回收箱，但写满字的练习册都还好好地按年度保存着，越往前翻，书页纸张的颜色越陈旧泛黄。

说这里都是垃圾也不尽然，还有两个纸盒里各放着一本厚实的相册。

"怎么有开学的军训照片？"黎灵灵指着最上面那张照片说，"原来他们那天说回家也没回啊，还来学校偷拍我。"

他们还拍到了同样穿着军训服的李钦臣。

"这张是在江城……这里还有时间，应该是三年级放国庆节假的时候吧。"

照片上，两个小朋友并排站在广场上的标志建筑前，一个笑靥如花，举着手摇国旗；另一个表情酷酷的，却偷偷竖起两根比"耶"的手指放在女生的头上。

黎父和黎母常带她出去旅游，那时李钦臣一个人跟外婆住。老人家腿脚不便，总托付邻居夫妇一块儿把人带去。

他和黎灵灵玩得好，从来不是一个人的努力。自然而然地，没有人比他们更亲近。

"这张照片是十三岁那年在东京，我爸妈突然吵架，我哭了一个下午。"黎灵灵指着那张照片，气愤地道，"你还抢了我半根冰激凌。"

李钦臣盘腿坐在地上，回想了几秒，懒洋洋地反问："你那天是不是吃了四根冰激凌？"

黎灵灵："……"

算了，她不和记性好的人争吵。

一张张照片翻下来，像是把以前的记忆重新捋了一遍。

虽然这是黎灵灵的个人记录，但边边角角里总是有李钦臣的存在。他童年里不被珍视的每个瞬间，都因为黎灵灵得到了很完整的记录。

"我觉得我很幸运。"

黎灵灵不明所以，抬起头说："幸运什么？"

"谁跟你在一起，你都会过得很好，但我只有和你在一起，才会过得很好。"

李钦臣很幸运，是和她共度的这一生。

大一结束后的暑假，两个人因为收到了大胖的结婚请柬，一块回了深州的盛夏里社区。

大胖本来就比他们大三岁，算是一毕业就领了结婚证。

两人回来一趟，趁这个机会还见到了不少以前巷子里的玩伴。有的搬家许久，有的十多年未见，变化都很大。看见他俩手牵手，每个人的表情都是从"略微吃惊"转变到"也不奇怪"，仿佛他们就该是天生一对。

当晚趁着喜气，他们还给栗子过了"十岁大寿"。

两人不知道它的具体生日，但是带它去做体检时，兽医查了一下。

黎灵灵很有仪式感，买了一个蛋糕给栗子，还给它戴上皇冠。她拿着相机，点开录制视频："李钦臣，它的皇冠又歪啦！"

这场景也够滑稽的，但偏偏茶几旁边的男生和狗都很配合。

李钦臣甚至还无奈地哼起了黎灵灵自创的宠物生日歌——歌词全改掉，调还是那个调。

"汪汪汪汪汪，汪汪汪汪汪！

"汪汪汪汪汪汪……happy birthday to 栗子！"

黎灵灵大笑，吹灭蜡烛的同时，将镜头反过来摆放在不远处。

咔嚓一声，相机拍下一张"全家福"。

吃过晚饭，他们去逛了逛以前读过的学校、卖正宗糖水的旧巷子、被翻新成商业街后又变回来的老街。

总有些地方十几年如一日，没有改变过。

日落时分，他们兜兜转转回到了盛夏里社区，李钦臣家的老院子门口。

两人心血来潮，在已经画过好几道身高对比线的墙上画下他们现在的身高线。

黎灵灵丢开木炭，拍了拍手，说："这个身高差应该不会变啦。"

李钦臣严谨地开口："会，人老了之后骨头会萎缩。"

她有点儿兴奋地道："那你会变得比我还矮吗？"

李钦臣看了眼他们之间的差距，直白地道："如果我以后需要坐轮椅的话。"

　　黎灵灵撇撇嘴，说："反正……这条街应该不会再被拆迁了。那等我们老了，就回来继续画身高线吧。"

　　"好。"

　　夏季，天黑得晚，在院子的屋顶上能看见远处的海岸线，海湾的高架桥上车灯闪烁。

　　日落未歇，城市进入暮色里。

　　宽敞的老房子的露台上安置了一张投影的白色幕布，两张藤椅慢悠悠地晃着。

　　黎灵灵抱着半个西瓜，用的勺子很大，她时不时往旁边人的嘴里送上一口西瓜。

　　两人吹着晚风，看着电视剧。过两天，他们都要回安清市继续忙实习工作和专业考试，此刻难得闲下来。

　　他们正在看的剧恰好也叫《西瓜》。主角正在说台词："时间就是这样，夜里想着心事，第二天的闹铃就响了；下几次雨，夏天也结束了；等反应过来的时候，一年已经快要过去了。"

　　但是夏天总会给人们留下一些深刻的东西，毕业季、晴天、校服、梅雨、遗憾、圆满……经历过这些，他们才长成了大人。

　　"从一而终，至死靡它，永远热烈的，热恋的。"黎灵灵轻声点评，嘴里满是甘甜清爽的西瓜汁。

　　旁边的男生点了点头。

　　"你在赞同什么？"她偏着脑袋，眼眸灿若繁星，唇角弯弯，"我只是在描述今年的夏天。"

　　李钦臣回眸看她，声线温柔："嗯，我说我爱你。"

　　"反弹！"

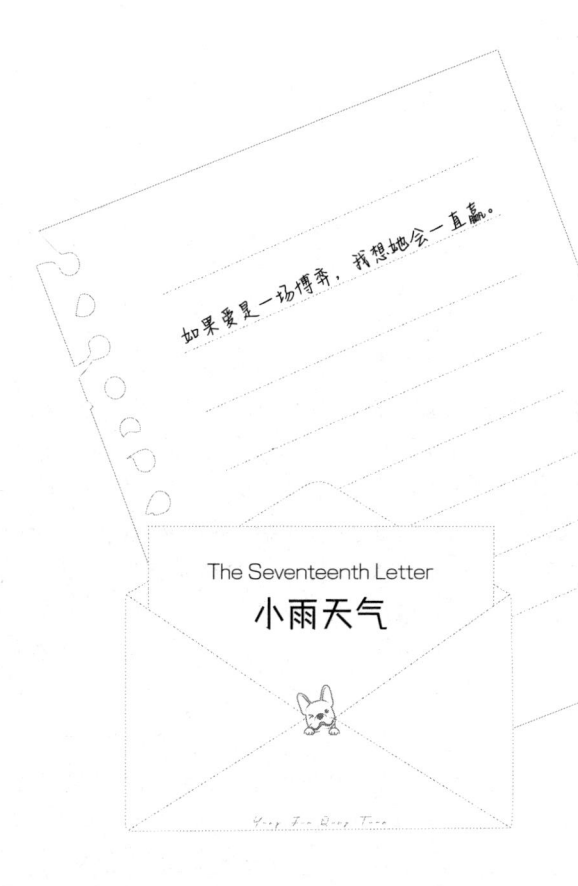

如果要是一场博弈，我想地会一直赢。

The Seventeenth Letter
小雨天气

全身镜面前,西装革履的男人正在不疾不徐地解腕表,眼神里多了几分兴味:"你说,她能认得出来吗?"

反问的声音带了点儿讽刺:"你当我白吃了十年的饭?"

诡异的是,这两个声音都出自李钦臣的口中。

没错,在一个雷雨闪电交加的夜晚结束后,李钦臣忽然听见了十八岁的自己和他说话,并且十八岁的他会熟练地鄙视二十八岁的他。

少年巧舌如簧,回击如期而至:"我本来以为你在二十八岁会出轨、离婚、破产、变丑。"

李钦臣冷笑道:"我不觉得我们的婚姻会如此悲观。"

少年无所谓般抬了抬眉:"但你会对拥有她十年的人嘴贱。"

他沉默片刻,提醒道:"我是你。你拥有的,也是我拥有过的。"

"客观来说,你是我,但我暂时还不是你。我可以慢慢变成你,可你永远无法回到这个时候的我。"少年漫不经心地指出事实,评价起自己也毫不留情,"虽然岁月确实让你成熟了点儿,不过你也应该清楚你在十八岁那会儿是什么善妒的德行。"

李钦臣扯松领带,和镜子里那双疏懒的黑眸对视了片刻,似乎是终于意识到自己十八岁时到底有多年轻莽撞、优越感十足、嘴欠得讨人厌。

他摩挲着无名指的婚戒,轻笑一声,道:"难怪她嫁的是我,不是你。"

少年语塞,两秒后反应过来,不是——他骄傲个什么劲?他也没在十八岁的时候就向黎灵灵求婚啊。

比起李钦臣和他自己的 battle(战争),黎灵灵显得正常从容很多,不过她这会儿在公司里忙得焦头烂额。

广告行业是"消灭"灵感和头发的最佳赛道,加班更是常态。这一年的黎灵灵是 GlEAM 传媒工作室的合伙人之一,她的事业蒸蒸日上,也时常忙得不可开交。

连续一周的阴雨天和赶方案加班让大家的情绪都不太好。咖啡机报废了两台,传真机嘀嘀地响着,打印机因过度使用发热。

大厦三十七层灯火通明,办公室里刚请过一轮夜宵茶点,格子间内飘着淡淡的点心香味。

"李钦臣,你就出门啦?我……我也快好了。"黎灵灵一只手接电话,一只手翻着刚送来的材料,点了点头。一抬眼,她又看到门口的助理忐忑地拿着一份文件。

李钦臣瞥了眼显示屏上的天气预警,骨节分明的长指敲在方向盘上:"快下雨了,我开车到你们的地下停车场,你在一楼等我。"

黎灵灵无所谓道:"你到了告诉我位置,我下来找你就行了。"

李钦臣一向注重她的安全,坚持道:"今天太晚了。"

她妥协道:"好吧。"

黎灵灵挂断电话后,看了眼外面的天色,然后看向门口的助理,说:"你叫大家先回去,快下雨了。"

助理将文件递过来,犹豫道:"可是灵灵,吴总出去之前还说做不完就……"

"吴钫家就在这附近,他是男的当然不担心。"黎灵灵瞥了眼外面茶水间的几个女同事,摆摆手,"明天他怪下来我担着,你们简单收个尾就撤离吧。"

外面几个人趴在门口偷听,早就在她话音落下时开始狂欢。很快,这层楼的灯只剩下最后两盏。

黎灵灵留下关灯,和她一起搭乘同一部电梯下去的是公司新来的实习生之一,肖若。

女生的个子小小的,有些社交恐惧。每次她看见黎灵灵这个上司,都会将"内向"表现得更明显,打过招呼后她就站到电梯的一角。

电梯里还有一个陌生的男人,这人个子不高,或许是大厦里其他公司的员工。

起初黎灵灵也没多在意。电梯门打开后,她们一同打卡走到门口。

夜雨已经下了起来,好在并不急促,细密的雨线中有人匆忙地跑过。大厦楼下有两只石狮子坐镇,黎灵灵站在另一侧,正打算摸出手机。

另一边,一向怯懦的肖若躲在屋檐下,从包里拿伞。突然她朝一直跟在她身后的男人大喊:"大叔,你能别摸我的大腿了吗?"

惊雷响过,黎灵灵下意识朝那边走去:"怎么……"

她的话还没说完,男人蓦地一把抢过肖若手里的手机,似乎还骂了几声,就直接往旁边的巷子里跑。

巷子前面还有零星几个路人,他们听见后面的动静后,慌乱地跑了出去。

黎灵灵今天没穿高跟鞋,轻易追了上去。她一脚踹向男人的膝盖骨,卸下肩上的小方包,砸向他的脑袋:"哪来的神经病?手机!"

在男人哀号躲闪的瞬间,她从他的手里拿回了手机。她咬牙拽过他的领口,将人往外面拖:"走,去派出所!"

男人长得瘦弱,哼哼唧唧的,被她扯得脸红脖子粗。他反抗了好几次都未果,似乎是被刺激得红了眼睛,他从口袋里掏出一把小刀,说:"臭娘们!"

他的刀还没来得及刺下去,昏暗的巷口就出现一道手电筒强光,两人都下意识眯眼,抬手挡住眼睛。

黎灵灵的手在此时被挣脱开,她也看不清前面有谁。

她听见李钦臣焦急地喊她,中间还夹杂着大厦警卫员和肖若靠近的脚步声。

刀刃摔在石板路上,发出刺耳的声音。

李钦臣把惨叫的男人提到了巷子外面,由保安室的几个人接手制服他。

赶过来的保安大队长诚挚地道歉:"抱歉,各位,我查监控发现,他是傍晚大家下班的时候混进大厦的。听说这男人精神有问题,我们在联系他的监护人了。"

大晚上的又下起大雨,大家也没法继续在这儿耗时间。

肖若拿回手机后就一直憋着眼泪道谢,后面大厦保卫处的人又不断表示歉意。好在今晚并没有发生什么事故,大家都松了一口气。

去停车场的路上,黎灵灵连大气都不敢喘,无措地抓着手里被砸歪一个角的包包。

李钦臣从刚才开始就一直没和她讲话,肯定在生气。他生气起来从来不在外人面前让她丢面子,但是会像她爸似的冷着她。

偏偏黎灵灵从小到大都是话痨,不能接受冷战。

他俩果然私下里串通一气,都把她治得死死的。

电梯里的鎏金内饰反射出夫妻俩的站位,离得挺近,偏偏彼此一言不发。黎灵灵偷偷瞥他,试图找到心甘情愿被"夫管严"的理由。

李钦臣下班的时候不穿西装,今天也不例外。

休闲款的黑色廓形大衣撑出男人平直的宽肩,里面雾霾蓝衬衫的扣子只扣到锁骨那儿,线条锋利的下颌紧绷着,一半面容隐在灯光里,没有半分情绪。

他的个子挺拔,视觉上显得格外冷漠高贵。

黎灵灵本来想耍下脾气的,但想想自己确实有点儿错……她觉得她还能忍忍。

到了车库,黎灵灵在看车牌号找车,一旁的李钦臣拿出了车钥匙。

他今天开的是几年前买的那辆车,两个尾灯的红光像两只眼尾上扬的眼睛,这是名副其实的"小恶魔"。

车里开了暖气,驱散夜晚的寒气。

黎灵灵在开车之前,没克制住自己去扯他的衣角:"李钦臣。"

"你追什么?逞强什么?"他总算开始秋后算账。

黎灵灵如释重负,正视问题道:"那条巷子过去是地铁站,也有一个女同事刚走。"

李钦臣蹙着眉反问:"关你什么事?"

"我也要对我的员工负责啊!"他说话冲,黎灵灵的语气也变得不好,过了两秒,她又服软,"我知道我刚才太冲动了,没多想嘛……你的态度好一点儿不行吗?"

他不回话了,直接发动了车子。

一路上两人都没交流,黎灵灵冷着脸进屋换鞋,又进了浴室。

一旁的手机又收到好几条信息。

肖若在公司群里讲了今晚发生的事情,群里不少本就喜欢黎灵灵这个领导的职员们都发来慰问,就连大厦的安保负责人也出来跟大家保证类似事件不会再发生。

他们都在夸她、感谢她,只有李钦臣吼她。

黎灵灵委屈地把手机甩开,整个人埋进放满热水的浴缸里,像鱼似的在水底吐了吐泡泡。

五分钟后,磨砂玻璃门被人推开。

黎灵灵从水里出来,探出头不满地瞪他:"你还没吵够?"

李钦臣垂眸看了她须臾,自顾自地坐到了浴缸边,伸出手说:"我手疼。"

刚才制服那个神经病的时候,他的左手背挨了一刀,或许是那把小刀太钝,只割破了皮,渗出了丁点儿血丝,并没伤及筋骨。

只是在亮光下看,一道五厘米长的伤口有些可怖,微微有些肿,也破坏了这只手的美感。

他故意不擦药,又一路上都不提一句,到这会儿才别有用心地把手摆到她眼前来。

黎灵灵本就容易心软,她凑到浴缸边上,搓了搓他的手背边缘,有点儿心疼地道:"我不会再这样了,你不要凶我了。"

李钦臣捋过她的湿发，温热的吻落在她的额头上："对不起，我有点儿慌，不会有下次了。"

黎灵灵和李钦臣大学毕业那年的夏天举办了婚礼，算是同龄人里早婚又恩爱的典型代表。两人从小就一起长大，结婚多年后就算产生分歧，李钦臣也不会将问题留到第二天。

夫妻俩在浴室里腻歪地说了一会儿话，黎灵灵催他赶紧去用碘酊擦拭伤口。他被推出去前，看着蹲坐在门口的法斗犬，偏了偏头，指着它说："出去。"

黎灵灵对此早已习以为常。

李钦臣对栗子常说的一句话就是："我说了多少次了，别看我老婆洗澡。"

可怜的栗子已经是一条老狗了，每次都要很没尊严地被他丢出浴室。

书房里，李钦臣坐在电脑桌前。

"你吼她？你对她的耐心都变差了，你对她不好。"说罢，少年幸灾乐祸地摇摇头，"她怎么会嫁给你啊？"

二十八岁的李钦臣听着少年的指责，按着眉骨反问："如果我不在呢？她不能总是这么不顾后果。"

"你又忘了？她没有你照样能过得很好，离不开她的是你。"

"是，离不开她的是我。"他承认，"我后怕。"

如果今晚他没及时赶过去，如果黎灵灵出了什么事情，他没有办法承担任何后果。

"我没有想凶她，我知道她都懂那些大道理。"男人的手指抵着太阳穴，他在反思，也有些无奈，"但我只是想让她至少为了我活得自私一点儿。"

少年或许被他说服了，良久没说话。

片刻后，李钦臣倏地笑了："她怎么还吃我十八岁时装可怜哄人那招？"

少年皱眉反驳："这么多年过去，难道你进步了？"

李钦臣似乎想到些什么，闲散地起身，扬起眉，对着镜子里的自己嘲讽："反正你在这个年纪是学不会了。"

李钦臣进卧房时，黎灵灵正在擦身体乳。

他顺势坐到床沿，将掌心搓热，去帮她抹匀背上的乳液。他亲了亲她的耳根："宝宝。"

"嗯？"

黎灵灵刚抬头，就被他掐着下巴吻住了。

月色朦胧，月光顺着天花板上半开的窗户流淌进屋里。男人一截清瘦的后颈浸在夜色里，肩颈的肌肉随着他俯身的动作略微起伏收紧。

黎灵灵微微喘气，趴在他身上休息，百无聊赖地捏着他的手指玩。

她觉得不太真实，今天晚上确实是她太鲁莽了。按道理说，李钦臣生气也在她的意料中，可是他居然哄了她两次，有点儿反常。

黎灵灵咬了一口他的下巴，直说："你今天有点儿奇怪。"

李钦臣还以为她发觉了什么不对劲，支着胳膊肘看她，说："哪里奇怪？不像我？"

"不是。"

她说完这句话，李钦臣的期待又落了回去，他心不在焉地想：或许在黎灵灵的眼里，他从十八岁到如今一直没变过。

这对他来说不是坏事。她会爱上十八岁的他，也会爱着二十八岁的他，她始终爱着的人是他李钦臣。

"李钦臣，你这样可能会惯坏我。我以后……"黎灵灵突然开始反省，想了想能挑战他底线的事情，随口道，"我以后要是出轨了怎么办？"

李钦臣轻笑着吻她的侧脸，认栽地喃喃道："那也是我的错。"

至少不管是十八岁的李钦臣，还是二十八岁的李钦臣，他们都能在黎灵灵的问题上达成共识：如果爱是一场博弈，我想她会一直赢。

图书在版编目（CIP）数据

用尽晴天 / 礼也著. -- 南京：江苏凤凰文艺出版社, 2024.10. -- ISBN 978-7-5594-8942-5

I. I247.5

中国国家版本馆CIP数据核字第2024ZN3341号

用尽晴天

礼也 著

责任编辑	白　涵
策划编辑	阿　宅
特约编辑	阿　宅
封面设计	天然星
责任印制	杨　丹
出版发行	江苏凤凰文艺出版社
	南京市中央路165号，邮编：210009
网　　址	http://www.jswenyi.com
印　　刷	三河市九洲财鑫印刷有限公司
开　　本	880毫米×1230毫米　1/32
印　　张	9
字　　数	258千字
版　　次	2024年10月第1版
印　　次	2024年10月第1次印刷
标准书号	ISBN 978-7-5594-8942-5
定　　价	49.80元

江苏凤凰文艺版图书凡印刷、装订错误，可向出版社调换，联系电话 025-83280257